DER VERWEGENE DUKE

DER 1797 CLUB – BUCH 1

JESS MICHAELS

Der verwegene Duke

Der 1797 Club – Buch 1

Copyright © Jesse Petersen, 2021

übersetzt von Martin Entenmann

Für weitere Informationen kontaktieren Sie bitte Jess Michaels
www.AuthorJessMichaels.com

Für meine Mom, die mich bat, meinen Lesern zu versichern, dass sie weder eine geldgierige Aufsteigerin noch eine Säuferin ist. Sie hilft mir meine Werke zu lektorieren und ist einer meiner größten Fans, wodurch das Schreiben noch viel mehr Spaß macht. Ich hab dich lieb, Mom!

Und für Michael. Zwanzig Jahre Ehe und du bist immer noch mein bester Freund und die Person, mit der ich alle Momente in meinem Leben teilen möchte. Danke, dass du mein Ein und Alles bist.

ANMERKUNG DER AUTORIN

Als ich im Februar 2016 die Idee für die 1797-Club-Reihe hatte, begann es als ein kleiner Scherz unter befreundeten historischen Liebesromanautoren. „Warum nicht eine Serie über ALLE DUKES?“, scherzten wir während einer Konferenz.

Als das Wochenende vorbei war, hatte ich ein grobes Konzept für die Serie ausgearbeitet. Im Laufe des letzten Jahres hat sich das Konzept noch einmal weiterentwickelt, aber ich freue mich sehr, Ihnen diese zehnbändige Reihe über eine Gruppe von Freunden vorstellen zu können, die sich gegenseitig helfen, während jeder von ihnen einen der höchsten Titel des Landes erbt. Ich habe mich in diese Männer verliebt, diese Brüder im Geiste, und ich hoffe, Sie werden jeden einzelnen von ihnen und ihre kämpferischen Heldinnen ebenso lieben.

Viel Spaß!

P.S. Werden Sie Mitglied im Club!
   www.1797Club.com

Frühjahr 1797

James Rylon versteifte sich, als er seinen Vater beobachtete, wie er über den Rasen der Braxton Academy auf ihn und seine beiden besten Freunde zuschritt. Sein Herz begann zu rasen und er spürte, wie ihm das Blut aus dem Gesicht wich. Die einmal im Monat stattfindenden Besuche des Duke of Abernathe waren etwas, das er zutiefst fürchtete.

„Er sieht immer so böse aus", murmelte James' bester Freund Graham.

James schluckte und versuchte angestrengt, sich seine Angst nicht anmerken zu lassen. Mit vierzehn mochte er diese Art von Schwäche nicht zeigen, nicht einmal seinen besten Freunden. „Er *ist* immer böse", flüsterte er.

Sein anderer bester Freund, Simon, schüttelte den Kopf. „Das lässt mich meinen eigenen Vater ein bisschen mehr schätzen. Er ignoriert mich meistens einfach."

James biss sich auf die Zunge, unwillig zu sagen, was ihm durch den Kopf ging. Unwillig, sich das Zittern in seiner Stimme anmerken zu lassen, unwillig, zuzugeben, dass sein eigener Vater ihn verachtete.

Der Duke of Abernathe erreichte sie endlich und sah seinen Sohn finster an. „Pulham."

James zuckte zusammen. Seit er zehn war, hatte sein Vater darauf bestanden, ihn mit seinem Höflichkeitstitel anzureden. Aber er war nicht der Earl of Pulham. Er war James. Seine Schwester nannte ihn James. Wenn seine Mutter nüchtern genug war, um wach zu sein, nannte sie ihn James. Alle seine Freunde und Lehrer nannten ihn James.

Der Titel fühlte sich an wie ein Joch, das ihm sein Vater um den Hals legte. Eine Last, die er mit seinem mageren Körper kaum tragen konnte.

„Vater", antwortete er.

Sein Vater richtete sich zu seiner vollen Größe auf und schlug James so hart ins Gesicht, dass er für einen Moment Sterne vor den Augen sah. Er konnte sein demütigendes Keuchen vor Schmerz nicht unterdrücken, als er seine Hand hochriss, um seine brennende Wange zu bedecken.

„Du sollst mich *Euer Gnaden* oder *Abernathe* nennen, oder zumindest *Sir*." Sein Vater schüttelte den Kopf. „Du bist *viel* zu alt für diesen Vater-Unsinn."

James nickte. „J ... ja, Euer Gnaden."

Der Herzog warf schnell einen Blick auf seine Freunde und James tat dasselbe. Simon hatte das Gesicht verzogen und starrte konzentriert auf einen Punkt weit in der Ferne. Graham hingegen stand kerzengerade, die Hände zu Fäusten geballt, und starrte James' Vater an. Und da er der Einzige war, der begonnen hatte, in seinen männlichen Körper hereinzuwachsen, war das ein ziemlich einschüchternder Anblick.

Abernathe lachte nur über die Herausforderung im Blick des anderen Jungen. „Sieh dich vor, Junge. Du bist noch kein Duke." Er richtete seine Aufmerksamkeit wieder auf seinen Sohn. „Komm, Pulham. Geh ein Stück mit mir."

James schluckte den Kloß in seinem Hals hinunter und trat an die Seite seines Vaters, als sie ihre monatliche Runde durch den Garten hinter der Braxton Academy antraten. Wie immer fragte sein Vater nicht nach ihm oder seinen Studien. Nein, er *bellte* die Fragen heraus … Fragen über das Oberhaus, Fragen über die Verwaltung von Ländereien, Fragen über Titel. Und wie immer stammelte James Antworten, von denen die meisten falsch waren, während sein Vater schrie und drohte.

Als die übliche Viertelstunde, die seine Besuche andauerten, vorbei war, blieb Abernathe stehen und drehte sich um, um James anzusehen.

„Du bist ein hoffnungsloser Fall", sagte sein Vater mit einem Kopfschütteln. „Nicht alle meine Söhne waren Versager. Eine Schande, dass derjenige, der meinen Titel übernehmen wird, einer ist. Guten Tag, Pulham."

Dann machte er auf dem Absatz kehrt und ging davon, ohne auch nur einen Blick zurückzuwerfen. James starrte ihm nach und in seiner Brust kochte eine Mischung aus Wut, Herzschmerz und Schuldgefühlen. Tränen stachen in seine Augen. Er beugte sich vor, stützte seine Hände auf die Knie und atmete flach, während er versuchte, sie zu bekämpfen. *Bekämpfe die Schwäche. Mach, dass sie verschwindet.*

Die Glocke über der Tür wurde geläutet und signalisierte, dass die Zeit gekommen war, Sport und andere Tätigkeiten zu beenden und zum Unterricht zurückzukehren. James stieß ein schmerzerfülltes Grunzen aus. Er musste zurückgehen. Er würde sich den anderen in seiner Klasse stellen müssen. Und seinen Lehrern. Sie würden seine Schwäche erkennen. Die, die er normalerweise mit guter Laune und Verspieltheit verbarg.

Die Schwäche, die ihn von innen heraus verfaulen ließ. Sie saß dort, wo es niemand sehen konnte.

„James?"

Er spannte sich an und richtete sich bei der Erwähnung seines Namens auf. Dann drehte er sich um und sah Simon und Graham ein paar Meter entfernt stehen. James wischte sich über die Augen und Hitze erfüllte seine Wangen, da seine Freunde ihn in einem solchen Zustand gesehen hatten.

„Was?", bellte er, viel lauter und eindringlicher, als er es hätte tun sollen.

Simon starrte ihn einen langen Moment an, dann kam er auf ihn zu und schlang einen Arm um James' Schulter. „Komm schon. Lass uns zum Bach gehen."

Grahams Gesicht leuchtete auf. „Oh ja, das machen wir! Ich habe keine Lust, dem alten Comey zuzuhören, wie er die nächsten anderthalb Stunden über Zahlen schwadroniert. Ich würde viel lieber angeln."

James nickte. „In Ordnung."

Sie begannen sich von der Schule zu entfernen, durch den Garten, über eine niedrige Stelle in der Mauer, die ihn umschloss, und hinaus in die Landschaft, die die Braxton Academy umgab. Sie waren schon über fünf Minuten gegangen, bevor jemand sprach.

„Warum ist er so grausam zu dir?", fragte Graham.

Demütigung durchströmte James. Er hatte es sein ganzes Leben ertragen, dass sein Vater ihn vor anderen ausschimpfte, aber nie vor Graham und Simon. Er mochte die beiden. Als er im Jahr zuvor an die Braxton Academy gekommen war, waren sie schnell Freunde geworden, zusammen mit einer Gruppe anderer Jungen. Er war an der Academy aufgeblüht, weit weg vom Schatten seines Vaters, fort von seinem Haus, in dem er sich stets so unerwünscht und unge-liebt fühlte.

„Niemand sonst hat ihn gesehen oder gehört", versicherte ihm Graham. „Simon und ich sind ihm einfach gefolgt. Ich war besorgt."

„Besorgt über was?", flüsterte James.

„Darüber, dass er dich wieder schlägt", antwortete Graham, diesmal durch zusammengebissene Zähne.

Simon warf seinem Freund einen Blick zu, bevor dieser fragte: „James, was hat er gemeint, als er sagte, nicht alle seine Söhne seien Versager? Du hast doch gar keine Brüder, oder?"

James holte tief Luft, als sie einen niedrigen Hügel erklommen und den Bach am äußeren Rand des Schulgeländes erreichten. Während Graham hinter einem Baum nach den dort versteckten Angelruten suchte, dachte James über seine Antwort nach.

Er hatte sich nie sicher genug gefühlt, über seine Familiensituation zu sprechen. Sie war kompliziert und hässlich. Aber bei diesen beiden Jungs wusste er, dass er offener sein konnte. Und im Moment war er zu erschöpft, um etwas anderes zu sein.

Er setzte sich an den Rand des Baches und starrte auf das sprudelnde Wasser. „Ich hatte einen älteren Bruder, fünfzehn Jahre älter. Einen Halbbruder, Leonard. Ich habe ihn aber nie kennengelernt. Er starb, bevor ich geboren wurde. Deshalb hat mein Vater meine Mutter überhaupt geheiratet ... um einen weiteren Erben zu zeugen."

Simon starrte ihn an. „Wie ist er gestorben?"

„Ein Unfall", sagte James achselzuckend. „Mein Vater spricht nicht von ihm, außer um mich mit ihm zu vergleichen. Und in diesem Vergleich gewinne ich nie. Anscheinend war Leonard perfekt, verstehst du?"

„Du bist also der Ersatzmann?", fragte Graham, während er ihm eine Angelrute überreichte, an deren Haken nun ein Wurm hing.

James zuckte zurück und Simon streckte die Hand aus, um Graham auf den Arm zu schlagen. „Verdammt, Graham."

Graham starrte ihn an. „Ich meine es nicht so grausam, wie es sich angehört hat."

„Und doch hast du recht", meinte James, während er seine Leine auswarf. „Ich bin nicht der Erbe, ich bin der Ersatzmann. Mein Vater wird mir das nie verzeihen."

„Deshalb ist er auch so grausam", sagte Simon leise.

Die Jungen schwiegen eine ganze Weile, aber dann zuckte James mit den Schultern. „Es ist nicht fair. Er verachtet mich seit dem Moment, als ich geboren wurde und nicht Leonard war. Eigentlich verachtet er uns alle, auch Meg und Mutter. Wir sind nicht die Familie, die er wollte, und er hat es deutlich gemacht, seit ich denken kann. Er hasst mich so sehr, dass er mir nicht einmal beibringen will, was ich wissen muss, und dann schreit er mich an, weil ich es nicht weiß." Er schüttelte den Kopf. „Ich habe keine Ahnung, wie man ein Duke ist."

Simon seufzte. „Leider weiß *ich* viel zu viel darüber. Das ist alles, worüber mein Vater mit mir spricht, denn ich werde eines Tages der Duke of Crestwood sein."

Graham nickte. „Auch ich bekomme regelmäßig Vorträge vom Duke of Northfield. Meine kommen sogar in Briefform."

Simon und Graham tauschten ein Grinsen aus, und dann wurden Simons Augen groß. „Warte, was ist, wenn wir dir helfen, James?"

James sah ihn an. „Was meinst du damit? Wie könnt ihr mir helfen?"

„Wenn er es dir nicht beibringen will, warum können wir es nicht tun?", fragte Graham und setzte sich aufrechter hin, als er Simons Plan erkannte. „Wir könnten eine kleine Gruppe gründen, einen Club."

„Einen Club für Dukes?", fragte Simon mit einem Augenrollen. „Na, ist das nicht ein bisschen abgedroschen?"

„Es gibt eine ganze Reihe von Jungen in unserer Klasse, die Dukes werden", entgegnete James, legte seine Rute beiseite und erhob sich auf seine Füße. „Baldwin ... Lucas ..."

„Hugh ... nicht der zukünftige Baron Hugh. Der Sohn des Duke of Brighthollow. Dieser Hugh", fügte Graham hinzu. „Und ein Haufen mehr in Klassen knapp unter und knapp über unserer eigenen."

James rieb sich das Kinn. All diese Jungen, mit all ihrem Wissen, die sich gegenseitig helfen könnten, während sie sich darauf vorbereiteten, die höchsten Titel des Landes zu erlangen, ohne königlicher Herkunft zu sein ... allein die Vorstellung gab ihm Hoffnung.

„Wir können es nicht den Duke Club nennen", sagte James. „Simon hat recht ... das ist albern. Aber mir gefällt die Idee, dass wir uns zusammentun. Unsere Väter können so nutzlos sein ... aber zusammen könnten wir stärker und besser sein, als sie es sind.“

Simon grinste. „Die Idee gefällt mir auf jeden Fall. Aber wenn nicht ein Duke Club, wie nennen wir ihn dann?“

James überlegte einen Moment lang und lächelte dann. „Der Club 1797. Es steht für sein Gründungsjahr an der Uferseite eines Bachs.“

Graham legte den Kopf schief. „Das gefällt mir.“

James stieß ein Lachen aus und der Stich der Ablehnung seines Vaters verblasste zum ersten Mal dank der Aufgeregtheit über ihren Plan. Er schritt am Ufer des Gewässers umher und seine Gedanken rasten.

„Es wird viel zu tun sein. Wir müssen uns überlegen, wen wir einladen. Und was zu tun ist. Wo wir uns treffen ...“

Simon lachte. „Nun, gerade hast du einen Fisch an der Angel. Also fang den zuerst und *dann* reden wir.“

James stürzte sich auf die ruckelnde Rute und begann, seinen Fang einzuholen. Aber er kümmerte sich nicht wirklich um das zappelnde kleine Biest an seiner Angel. Er konnte nur an die Pläne denken, die er und seine Freunde geschmiedet hatten.

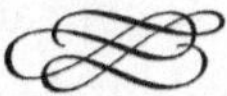

KAPITEL 1

1810

Eine der exklusivsten und teuersten Partys, die je eine Londoner Saison eröffnet hatten, fand rund um James Rylon, den Duke of Abernathe, statt. Es gab ein lebhaftes Orchester und Unterhaltungskünstler, die durch die Säle schwebten und Magie und andere Kunststücke der Fantasie vorführten. Es gab ausgezeichnete und kultivierte Tanzpartner, und ausnahmsweise war der Wein nicht verwässert.

Und er war vollkommen und unerträglich *gelangweilt*. Oh, er lächelte und plauderte, und jeder würde ihn als das Leben jeder Versammlung bezeichnen.

Aber James war *gelangweilt*.

Er bewegte sich unbehaglich, als sich eine Gruppe von Ladies näherte, lächelnd hinter ihren Fächern, die von ihren Müttern nähergedrängt wurden, um eine gute Position für ihre geeigneten Töchter zu sichern. Er zwang ein angenehmes Lächeln auf sein Gesicht.

„Guten Abend, Myladies", murmelte er und suchte in seinem Kopf nach Namen, die zu den Gesichtern passten. Er würde sie finden, daran hatte er keinen Zweifel. Oberflächliche Höflichkeit und Perfektion waren seine Spezialität. Was darunter lag, war eine andere Geschichte, und eine, die er nur mit sehr wenigen Menschen teilte.

Sie redeten alle gleichzeitig, kicherten jedes Mal, wenn er etwas auch nur im Entferntesten Amüsantes sagte, und er hielt ein Seufzen zurück. Er lächelte leicht, als er seine besten Freunde, Simon, den Duke of Crestwood, und Graham, den Duke of Northfield, durch die Menge auf sich zukommen sah. Beide hatten einen amüsierten Ausdruck auf dem Gesicht, als sie ihn so belagert vorfanden. Es waren Gesichtsausdrücke, die sofort in Alarmbereitschaft umschlugen, als die Ladies sie erblickten und sie genauso in die Falle gelockt wurden wie er selbst.

„Es gibt so viele Dukes in Eurer Generation", gurrte eine der jungen Ladies, die erst James, dann die beiden anderen mit ihren dichten Wimpern anklimperte. „Und Ihr seid alle solch gute Freunde."

Simon zuckte mit den Schultern. „Es ist wohl die Ära der jungen Dukes, nehme ich an."

„Und trotzdem hat sich keiner der jungen Dukes bisher entschieden, zu heiraten", sagte eine der Mütter und schob ihre Lippen zu einem Schmollmund vor.

„Das ist nicht wahr", entgegnete James, packte Grahams Arm und schob ihn ins Getümmel, als wäre es ein Kampf. „Northfield hier wird meine Schwester Margaret heiraten. Das ist schon seit Jahren arrangiert."

Er konnte sehen, dass seine Worte die kleine Schar von Ladies nicht besänftigen konnten, auch wenn sie trotzdem eine Runde halbherziger Beglückwünschungen aussprachen.

„Bitte entschuldigt uns, Myladies", sagte Simon, und seine Stimme klang plötzlich etwas angespannt. „Wir haben noch etwas Geschäftliches zu besprechen, bevor wir alle zu tanzen beginnen."

Das Zuckerbrot zukünftiger Tänze baumelte vor ihnen, die Ladies lächelten und wichen zurück, aber James konnte immer noch ihre Blicke vom anderen Ende des Raumes auf sich spüren. Er stieß einen langen Seufzer aus.

„Geht es dir gut?", fragte Simon, legte den Kopf schief und musterte James genauer.

James presste seine Lippen aufeinander. Er wusste, dass Simon und Graham die Wahrheit herausfinden würden. Aber es war eine Wahrheit, die er noch nicht besprechen wollte. „Natürlich", sagte er mit einem breiten Lächeln. „Obwohl ich weiß, dass es eine herausfordernde Saison werden wird, da die erste Nacht schon so intensiv ist."

Simon zuckte mit den Schultern, als er in die Menge blickte, sein Gesichtsausdruck war nun so angespannt, wie James sich fühlte. „Wir sind in einem bestimmten Alter, nehme ich an. Man erwartet von uns, dass wir heiraten und unsere Erben hervorbringen. Das macht uns in Räumen wie diesen zu Lämmern auf der Schlachtbank."

James nickte. Oh ja, er kannte diese Erwartungen nur zu gut. Sie ruhten schwer auf seinen Schultern und drückten ihn nieder, auch wenn er geübt darin war, so zu tun, als sei er froh und unbeschwert.

„Nun, ich habe nicht vor, mir in nächster Zeit jemanden an die Beine zu fesseln", erklärte er mit einem Lachen, das sich sehr falsch anfühlte. Er wandte sich an Graham, in der Hoffnung, er könne das Thema wechseln. „Ich werde es Graham überlassen, zuerst zu heiraten."

Jetzt war sein Lächeln echt. Als sein Vater vor acht Jahren verstorben war, hatte seine erste Handlung als Duke darin bestanden, eine Verbindung zwischen Graham und seiner geliebten jüngeren Schwester Margaret zu arrangieren. Er hatte es getan, um ihre Zukunft zu sichern, aber auch, damit Graham in der Realität sein Bruder sein würde, so wie er es im Geiste bereits lange war.

James erwartete, dass Graham bei dem Gerede über seine zukünftige Ehe lächeln würde, aber seine beiden Freunde sahen seltsam grimmig aus. Besonders Simon war jetzt blass und sah fast krank aus.

„Entschuldigt mich, Gentlemen, ich brauche einen Drink", murmelte Simon und nickte den beiden zu, bevor er ging, ohne auf eine Antwort zu warten.

James starrte ihm nach. „Was ist los mit ihm?"

„Ich weiß es nicht", gab Graham leise zu. „Er ist in letzter Zeit nicht ganz bei sich. Er weigert sich aber, mit mir darüber zu reden."

„Ja, das ist mir auch schon aufgefallen", sinnierte James.

„Sieh, ob einer der anderen es aus ihm herausbekommen kann", schlug Graham vor.

James lächelte erneut. *Die anderen.* Graham bezog sich auf die Männer in ihrem informellen Club 1797. Alles Männer, die dazu bestimmt waren, Dukes zu werden. Sie hatten James in so vielen seiner dunkelsten Stunden geholfen. Sie waren die besten Männer und er war stolz darauf, sie Freunde und Verbündete zu nennen.

Da waren natürlich Graham und Simon, seine allerbesten Freunde und diejenigen, die ihm geholfen hatten, den Club zu gründen. Bald darauf hatten sie Baldwin Undercross, jetzt Duke of Sheffield, gebeten, einzutreten. Er hatte seinen Cousin mitgebracht, Matthew Cornwallis, jetzt Duke of Tyndale. Durch ihn hatten sie Ewan Hoffstead kennengelernt, der kürzlich Duke of Dunborrow geworden war. Er war stumm, aber hatte einen scharfen Intellekt und war ein guter Freund.

Lucas Vincent, jetzt Duke of Willowby, war ein Jahr später zu ihnen gestoßen. Aber jetzt war er nicht mehr in London. Um ehrlich zu sein, wusste niemand, wo er überhaupt war, aber wenn er zurückkehrte, hatte James keinen Zweifel daran, dass er sich sofort wieder in ihre Freundschaft stürzen würde, als ob kein Tag vergangen wäre.

Hugh Margoilis, Duke of Brighthollow, und Robert Smithton, Duke of Roseford, waren nach Lucas eingetreten. Ihr letztes Mitglied war Christopher Collins, derzeit der Earl of Idlewood. Er war das einzige Mitglied, das seinen Duke-Titel noch nicht geerbt hatte, obwohl es darüber keine Enttäuschung gab, denn sein Vater, der Duke of Kingsacre, hatte im Laufe der Jahre einen guten Einfluss auf alle Männer gehabt.

Es war eine große Gruppe, hatte aber unglaublich enge Freundschaften hervorgebracht. James wusste, dass er sich auf jeden einzelnen von ihnen verlassen konnte, wenn er Hilfe brauchte. Und er konnte sich kein Szenario vorstellen, in dem irgendetwas ihre langjährigen Freundschaften auseinanderreißen könnte.

„Warum fragst du *mich*, ob jemand anderes Simon nach seinen Problemen fragen kann?", fragte James.

Graham wölbte eine Augenbraue. „Tu nicht so, als wüsstest du nicht, dass du der Anführer unserer kleinen Gruppe bist, James."

James lachte, aber er schätzte Grahams Ungezwungenheit. Wenn sie allein waren, nannten Simon und Graham ihn nie bei seinem Titel, denn sie wussten, dass Abernathe mit so vielen negativen Konnotationen verbunden war. Selbst jetzt, Jahre nach dem Tod des alten Dukes, zuckte James innerlich ein wenig zusammen, wenn ihn jemand mit diesem Titel ansprach, und dachte an die Grausamkeit seines Vaters. Er schüttelte die Gedanken ab. „Wir tragen alle unseren Teil bei, Northfield", erklärte er.

Graham verschränkte die Arme und die beiden blickten noch einmal auf die Party. Er warf James einen Seitenblick zu und sagte: „Sträubst du dich in dieser Saison *wirklich* erneut gegen die Ehe?"

James spannte sich leicht an, da Graham sich in gefährliche Gewässer begab. „Ich bin erst siebenundzwanzig. Ich denke, ich habe noch genug Zeit, um meine ... Pflicht zu erfüllen."

„Ich nehme an, das ist wahr", sagte Graham leise. „Oder jemanden zu finden, bei dem es sich nach mehr anfühlt als eine bloße Pflicht. Ich habe gehört, dass Verliebtsein heutzutage wieder in Mode kommt."

Es kostete James alles, nicht mit den Augen zu rollen. Liebe war schließlich eine törichte Vorstellung. Er hatte noch nie erlebt, dass es bei jemandem, der es versuchte, geklappt hätte. Sicher, seine eigenen Eltern hatten sich kaum ausstehen können. Sein Vater hatte auf ihre ehelichen Probleme mit Schreien und gelegentlichem

Ausbruch von körperlicher Gewalt reagiert. Seine Mutter hatte sich mit ihrer Flasche zurückgezogen.

Nein, er hatte kein Interesse an einer Heirat. Nicht in dieser Saison. Und sehr wahrscheinlich auch in keiner anderen Saison.

„Ich bezweifle, dass es in diesem Raum eine Frau gibt, die mich zur Liebe verführen könnte, Northfield", kicherte er. „Sie müsste in der Tat ziemlich außergewöhnlich sein."

~

Emma Liston stand an der Wand und wünschte sich, sie könnte einfach in der Tapete verschwinden und nie wieder gesehen werden. Es war ihre übliche Reaktion, wenn sie zu einem Ball geschleppt wurde, aber heute Abend fühlte sie es stärker an als je zuvor. Normalerweise überbrückte sie die Zeit auf diesen Veranstaltungen mit ihrer Freundin Adelaide an ihrer Seite. Sie waren Mauerblümchen und mochten es, gute Gespräche zu führen.

Heute Abend war Adelaide jedoch nicht anwesend, und irgendwie war Emma in einen Kreis junger Frauen geraten, die gewiss nicht zu ihren Freundinnen gehörten. Während *sie* nur ein blutjunges Mauerblümchen war, waren Lady Rebecca und Lady Frances eher Diamanten ersten Ranges. Sie waren hübsch und perfekt und beliebt und ... *gemein*.

Und in diesem Moment richtete sich ihre Aufmerksamkeit auf den Duke of Abernathe und den Duke of Northfield, die zusammenstanden und ein scheinbar ernstes Gespräch führten.

„Es ist *so eine* Verschwendung!", sagte Lady Rebecca und wickelte eine ihrer perfekt geformten schwarzen Locken um ihren Finger. „Der eine ist bereits verlobt und der andere weigert sich, auch nur *zu versuchen,* eine Braut zu finden!"

Emma hatte sich sehr bemüht, Abernathe nicht anzuschauen, während die anderen beiden sich unterhielten. Sie war seit vier langen Jahren in der feinen Gesellschaft unterwegs, und er war die eine Person, die sie am meisten nervös machte. Sie versuchte, ihm und seinen Freunden so gut wie möglich aus dem Weg zu gehen.

Jetzt aber sah sie ihn an, dazu gezwungen durch Lady Rebeccas Aussage, dass Abernathe sich weigerte, seine Pflicht zu tun. Emma wusste, warum er sie beunruhigte. Zum einen war er lächerlich gutaussehend. Wahrscheinlich der bestaussehendste Mann, den sie je gesehen hatte.

Er hatte intensive braune Augen und dichtes dunkles Haar, das er für die aktuelle Mode ein wenig zu lang trug. Nicht, dass es wichtig gewesen wäre. Männer wie Abernathe setzten Trends … sie folgten keiner Mode. Vor zwei Jahren hatte er einmal ein bestimmtes Muster auf seiner Weste getragen, und innerhalb weniger Wochen hatte jeder andere Mann in der Gesellschaft das Stück kopiert. Obwohl sicher keiner so gut darin ausgesehen hatte, wie er.

Aber es war nicht nur die Tatsache, dass er gutaussehend war, was Emma verwirrte. Es war, dass er … der goldene Junge der Gesellschaft war. Er führte das Rudel um sich herum an, ohne dass er es überhaupt bemerkte. Er lachte laut und oft, und manchmal unangemessen, und es machte ihm nichts aus. Er nahm jede Wette an, er bestritt jedes Rennen, er kämpfte sogar jeden Kampf. Bei einem normalen Mann hätte diese Art von Dreistigkeit dazu geführt, dass er auf der Stelle in Ungnade gefallen wäre.

Und doch wuchs die Legende von Abernathe mit jeder wilden Tat. Er konnte nichts falsch machen.

Kurz gesagt, er war das Gegenteil von allem, was sie war. Er war beliebt und sie wurde oft vergessen. Er war gutaussehend und sie war unscheinbar, und sie wusste es. Er war der Goldjunge der Gesellschaft und sie war ein Blaustrumpf bis in die Zehenspitzen.

Und doch, manchmal, wenn Emma ihn ansah, erkannte sie eine Traurigkeit in seinem Blick. Ein kurzes Aufblitzen von Kummer, das nicht zu der selbstbewussten Zurschaustellung männlicher Kraft passte, die er wie einen Mantel um sich trug. Das waren die Momente, in denen er sie am nervösesten machte, denn sie wusste, dass sie einen flüchtigen Blick auf etwas erhascht hatte, von dem er nicht wollte, dass es jemand sah. Wenn er wusste, dass sie es wusste ... nun, ein Mann wie er konnte eine Frau wie sie zerstören, ohne es überhaupt großartig versuchen zu müssen.

„Ich habe gehört, dass er auch in dieser Saison nicht heiraten will", verkündete Lady Frances und riss Emma mit ihrem schrillen, genervten Tonfall aus ihren Gedanken. Sie hatte die Arme verschränkt und starrte Abernathe geradezu an, als hätte er ihr gegenüber ein persönliches Vergehen begangen.

Emma blickte ihn wieder an. „Ich frage mich, warum?", flüsterte sie, fast mehr zu sich selbst als zu ihnen.

Lady Rebecca wandte sich ihr lachend zu. „Nun, ich würde denken, dass es Euch egal ist, Emma, so oder so."

Jetzt war Blut im Wasser, und Lady Frances begegnete Lady Rebeccas Augen mit einem grausamen Zug auf ihren Lippen, den Emma nur zu gut kannte. Sie wappnete sich für das, was als Nächstes kommen würde.

„Ja, Emma", gurrte Lady Frances, ihr Tonfall von falscher Freundlichkeit geprägt. „Es ist ja nicht so, als ob eine Frau wie *Ihr* ihm jemals ins Auge fallen würde."

„Ich habe gehört, dass Sir Archibalds Frau endlich gestorben ist", warf Lady Rebecca ein. „Vielleicht solltet Ihr Euch erkundigen, ob er eine Frau sucht, die sich um seine acht Kinder kümmert."

Sie sagten dies in einem wohlwollenden Tonfall, aber ihre Grausamkeit war nicht zu leugnen. Emma hielt ihren Gesichtsausdruck neutral, als sie sagte: „Das wusste ich noch gar nicht. Sein Verlust tut mir leid und ich schätze Eure Sorge um mich und meine Zukunft."

Lady Rebecca und Lady Frances lächelten beide, dann verschränkten sie die Arme und gingen davon, ohne ein weiteres Wort an Emma zu richten. Als sie weg waren, stieß sie den Atem aus und murmelte: „Dämliche Kühe."

„Ich habe sie auch nie ausstehen können."

Emma versteifte sich, als sie die Stimme hinter ihr vernahm. Sie drehte sich langsam um, um zu sehen, wer ihren unangemessenen

Ausbruch belauscht hatte. Sie errötete, als sie Lady Margaret, die Schwester des Dukes of Abernathe, hinter sich stehen sah. Ein Lächeln erhellte ihr hübsches Gesicht.

„Lady Margaret“, keuchte Emma, und der Atem verließ plötzlich ihre Lunge.

Wie ihr Bruder, so war auch Margaret sehr beliebt. Wäre sie nicht bereits mit dem Duke of Northfield verlobt gewesen, hätte sie zweifellos Dutzende von heiratswilligen Männern zur Auswahl gehabt.

Und doch hatte Margaret im Gegensatz zu den Frauen, die gerade von Emmas Seite gewichen waren, immer freundlich gewirkt, wenn sie miteinander zu tun hatten. So wie sie auch jetzt freundlich lächelte.

„Ich ... ich hätte das nicht sagen sollen“, erklärte Emma. „Bitte sagt es ihnen nicht.“

Margaret trat neben sie und lachte. „Ich selbst versuche die beiden zu meiden. Ich verspreche Euch, ich würde ihnen nie ein Wort davon sagen, was *wir* von ihnen halten.“

Emma atmete erleichtert auf. „Danke.“ Sie schüttelte sich unbehaglich. „Ähm, wie gefällt Euch die Party?“

„Lady Rockford übertrifft sich jedes Jahr selbst, um ihren Debüt-Ball unvergesslich zu machen. Aber dieses Jahr hat sie einen Clown engagiert und dessen Make-up ist verstörend.“ Margaret ergriff Emmas Arm und zeigte auf einen der Darsteller. „Seht Ihr?“

Emma sah sich um und fand den Clown, den Margaret erwähnte. Das Rot seiner Schminke erinnerte ein wenig zu sehr an Blut. „Oh nein, das ist wirklich etwas grenzwertig“, sagte sie mit einem Schauder.

Margaret lachte und Emma ertappte sich dabei, dass sie dasselbe tat. „Ich schwöre, nächstes Jahr wird sie Gefangene aus Newgate herbringen, komplett in Ketten, nur um uns alle zum Reden zu bringen.“

„Oh je, ich glaube, ich werde diese Party auslassen“, sagte Emma.

Margaret nickte. „Ich bleibe ebenfalls zu Hause." Sie lächelte breit. „Und jetzt sagt mir ..."

„Emma", sagte Emma schnell.

Margaret runzelte die Stirn. „Ich kenne Euren Namen, meine Liebe. Ich bin hergekommen, um mit Euch zu reden, nicht wahr?"

„Oh", sagte Emma und errötete. „Ich nahm an, dass Ihr Euch nicht mehr daran erinnert, da wir in den letzten Jahren nicht mehr so viel Kontakt hatten."

Margaret zuckte mit den Schultern. „Auf diesen Partys und Veranstaltungen herrscht stets ein solches Gedränge. Es liegt nicht daran, dass ich es nicht wollte. Ich habe unsere Gespräche immer genossen, wenn wir miteinander gesprochen haben."

Emma legte den Kopf schief, unsicher, ob sie sich nun veräppelt fühlte. „Habt Ihr?"

„Das habe ich. Aber sagt mir, worüber habt Ihr mit den beiden Damen diskutiert? Sie sahen recht sauer aus."

Emma biss sich auf die Lippe, unsicher, wie sie fortfahren sollte. Sie war noch nie eine große Lügnerin gewesen, aber es fühlte sich ungehörig an, Margaret zu erzählen, dass die Ladies über ihren eigenen Bruder gesprochen hatten.

„Nun ...", begann sie.

Margarets Augenbraue wölbte sich. „Also über Abernathe", schlug sie vor.

Emma spürte, wie ihr das Blut in die Wangen schoss. „Ja", flüsterte sie. „Woher wusstet Ihr das?"

„Alle reden *immer* über James", seufzte Margaret, und Emma war sich nicht sicher, ob sie über diese Tatsache verärgert, resigniert oder wütend war.

„Aber fast immer auf eine gute Art und Weise, Mylady", sagte Emma schnell.

„Oh bitte, nenn mich Meg", sagte Margaret. „Das tun alle meine Freunde."

„Meg. Ja, natürlich. Nun, dann bin ich für dich ab jetzt Emma."

„Lass mich raten, sie diskutierten über die Abneigung meines Bruders gegen eine Heirat?", fuhr Meg fort.

Emma nickte. „Lady Frances sagte, sie habe gehört, dass er in dieser Saison nicht heiraten wird. Sie waren ziemlich enttäuscht darüber. Er gilt, wie du weißt, als ein guter Fang für Frauen wie sie."

„Frauen wie sie", sinnierte Meg. „Fiese Titeljägerinnen? Ich hoffe, er heiratet niemals so eine Frau. Falls er überhaupt heiratet."

„Ist das *wirklich* eine Möglichkeit?", fragte Emma mit einem Kopfschütteln. „Dass er nicht heiraten wird?"

Meg zuckte mit den Schultern. „Wenn der Meinung ist, dass ich nicht zuhöre, sagt er manchmal Dinge, die mich denken lassen, dass er über ein Leben allein nachdenkt, ja."

Emma konnte gerade noch verhindern, dass ihr der Mund vor Überraschung offenstehen blieb. Es war ein lächerlicher Gedanke, dass ein Mann wie Abernathe sich weigern würde, seine Pflicht zu erfüllen. Mehr als das ... er konnte praktisch jede Frau haben, die er wollte. Jede von ihnen würde ihm zu Füßen fallen, wenn er nur um ihre Hand anhielte. Und jede Frau, die er auch nur ansah, würde die ganze Gesellschaft auf sich aufmerksam machen.

„Deine Mutter muss über diese Vorstellung verärgert sein", vermutete Emma und erzitterte, als sie an ihre eigene Mutter dachte. Violet Liston verfügte über eine nahezu manische Energie, und wenn sie begann, mit einer gewissen Absicht auf Emma zuzukommen, gab es kein Entkommen aus ihren Plänen.

Momentan lag ihr Fokus darauf, Emma zu verheiraten. In dieser Saison. So schnell wie nur irgend möglich.

Meg verblasste. „Meine Mutter ist ... *anders* als andere. Ich bezweifle, dass es ihr etwas ausmachen würde, was James tut oder nicht tut."

Emma versuchte, keine Reaktion auf ihrem Gesicht zu zeigen. Sie hörte manchmal leises Geflüster über die Dowager-Duchess of Abernathe, aber nie etwas völlig Unpassendes.

Sie bewegte sich unbehaglich und kämpfte darum, einen Weg zu finden, das offensichtlich unangenehme Thema zu wechseln. „*Du* wirst aber heiraten, und zwar bald, nach dem, was alle sagen."

Meg lächelte, aber ihre Lippen waren etwas angespannt. „Ja, ich nehme an, es wird bald sein. Northfield und ich können nicht ewig verlobt sein. Mein Bruder besteht darauf, dass wir einen Termin für Ende dieses Jahres oder spätestens Anfang nächsten Jahres festlegen."

Emma erstarrte. Sie hatte gehofft, dass sie mit Megs Verlobung ein positiveres Thema finden würde. Schließlich wusste jeder, dass der Duke of Northfield einer der engsten Freunde des Duke of Abernathe war. Er und Meg waren praktisch zusammen aufgewachsen, und ihre Heirat war schon vor Jahren arrangiert worden.

Und doch war Megs Lächeln falsch und ihr Blick stumpf, als das Thema angeschnitten wurde. Emma konnte kaum dem Drang widerstehen, ungläubig den Kopf zu schütteln. Hier war *sie*, die von ihrer Mutter gedrängt wurde, einen Partner zu finden, denn ihre Aussichten waren bestenfalls schwach, schlimmstenfalls nicht existent, und Meg hatte einen Duke in der Tasche, einen Mann, dem es an nichts mangelte ... und sie war unzufrieden.

Emma würde die Beliebten der Gesellschaft nie verstehen.

Sie suchte ein anderes Thema, aber bevor sie eines finden konnte, stieß jemand von hinten gegen Meg und Emma. Beide drehten sich um, und Emma war schockiert, die Dowager-Duchess of Abernathe selbst hinter ihnen stehen zu sehen. Sie hatte einen Drink in der Hand, der in ihrem Glas hin und her schwappte, als sie schwankte.

„Na, na, na", sagte die Dowager-Duchess. „Wenn das nicht meine pflichtbewusste Tochter ist."

Emma hielt den Atem an, als sie zu Meg blickte und erkannte, wie ihr die Farbe aus den Wangen wich. *Das* war es, was Meg damit gemeint hatte, dass ihre Mutter anders war ... ganz offensichtlich. Und plötzlich verstand Emma viele Dinge, die sie vorher nicht ganz begriffen hatte.

KAPITEL 2

„**M**eg, ich habe nach dir gesucht", sagte die Doweger-Duches of Abernathe, etwas zu laut. Sie kippte noch einen Schluck ihres Getränks hinunter, bevor sie Schluckauf bekam.

Megs Gesicht hatte nun jegliche Farbe verloren und sie trat vor. „Mutter, ich dachte, wir hätten darüber gesprochen, wie viel du heute Abend trinken dürftest", flüsterte sie mit einem schnellen Blick in Emmas Richtung.

Emmas Augen wurden groß ob dieser völlig unerwarteten Entwicklung. In der Tat schaute die Dowager-Duchess etwas zu tief in ihre Tassen. Ihre Augen waren trübe und sie schwankte bereits.

„Du bist nicht meine Mutter, Margaret Elizabeth Elinor Rylon", lallte sie. „Du kannst mir nicht vorschreiben, was ich zu tun habe, während du auf deinem hohen Ross sitzt."

Ein paar Gäste in ihrer Nähe begannen zu starren, und Meg klammerte sich an den Arm ihrer Mutter. „Bitte senke deine Stimme."

„Bin ich dir etwa peinlich?", hickste die Dowager-Duchess wieder.

Emma starrte ungläubig. Keine Lady, die sie kannte, würde ausgerechnet auf einem Ball eine solche Szene machen. Sie hatte keine

Ahnung, was sie tun sollte. Sie könnte sich abwenden, um Meg nicht noch mehr in Verlegenheit zu bringen, aber dann würde sie die andere Frau in dieser Situation im Stich lassen. Sie wusste, wie schrecklich es sein konnte, wenn andere einen beobachteten und über einen redeten.

Emma erschauderte bei dem Gedanken, und in diesem Moment traf sie eine Entscheidung.

„Euer Gnaden", sagte sie mit einem strahlenden Lächeln. „Ihr kennt mich vielleicht nicht, aber ich bin Emma Liston, eine Freundin Eurer Tochter. Wir wollten gerade in den Ruheraum gehen, um uns einen Moment auszuruhen. Vielleicht möchten Ihr Euch uns anschließen."

Meg ruckte mit dem Gesicht zu Emma und diese nickte leicht, wie um sie zu ermutigen. „Ja, Mutter. Der Ruheraum ist jetzt genau der richtige Ort."

Die Dowager-Duchess sah völlig verwirrt aus, als Meg ihrer Mutter das Glas aus der Hand nahm, es beiseite stellte und dann sie und Emma jeweils einen ihrer Arme nahmen. Sie begannen, die ältere Frau durch die Menge zu führen und hielten sie aufrecht, als sie in ihrer wachsenden Benommenheit stolperte.

„Fall nicht", hörte Emma Meg durch zusammengebissene Zähne flüstern. „Oh, bitte, fall nicht und lass sie es nicht sehen."

Emma wurde von einem Gefühl der Empathie für die andere Frau überflutet. Sie verstand, wie es war, ein Elternteil zu haben, das sie demütigte. Sie verstand die Angst, die sich einstellte, die Unruhe. Nur dass es ihr Vater war, der ihr das angetan hatte, und nicht ihre Mutter.

Sie erhaschte einen Blick auf einige Leute in der Menge, die sie anstarrten, und räusperte sich. „Oh ja, Euer Gnaden, es *ist* furchtbar heiß, nicht wahr? Der Ruheraum wird genau der richtige Ort sein, um wieder zu Kräften zu kommen."

Meg warf ihr einen weiteren dankbaren Blick zu, während die Anwesenden sich wieder ihren Aufgaben widmeten. Aber als sie den Raum verließen, sah Meg über ihre Schulter. Emma wusste nicht, was sie tat, so sehr war sie darauf konzentriert, die Dowager-Duchess aufrecht zu halten, aber nur wenige Augenblicke, nachdem sie den Ballsaal verlassen hatten und in die Halle in Richtung des kleinen Raumes gegangen waren, in der sich die Ladies zur Ruhe begaben, hörte sie schwere Schritte hinter ihnen.

Emma warf einen Blick über ihre Schulter und ihr Herz blieb fast stehen, als sie den Duke of Abernathe direkt vor ihr sah. Sein normalerweise fröhlicher und zuversichtlicher Gesichtsausdruck war durch einen der Besorgnis ersetzt worden.

„Meg", sagte er leise.

Emmas Herz hüpfte, ohne dass sie sich diese Reaktion gewünscht hätte. Er hatte so eine tiefe, hallende Stimme, eine, die sie direkt in den Magen traf und dann kleine Flatterbewegungen nach sich zog, wie Schmetterlingsflügel.

Eine völlig unangemessene Reaktion, während sie seine betrunkene Mutter vor den Augen der Gesellschaft wegschleppte. Doch sie schob die Reaktion beiseite und konzentrierte sich erneut auf ihre Aufgabe.

„Ja", sagte Meg und beantwortete damit eine Frage, die er nicht gestellt hatte.

Er runzelte die Stirn, als er die Tür des Ruheraums öffnete und Meg, Emma und der Witwe erlaubte, einzutreten. Der Raum war leer, Gott sei Dank, und Emma und Meg halfen der Dowager-Duchess zu einem Sofa, wo sie zusammensackte und zu ihnen hinaufgrinste.

„Ich mag deine Freundin, Meg", lallte sie. „Gemma, du bist vielleicht keine große Schönheit, aber du hast Feuer in dir."

Meg keuchte. „Mutter! Genug!" Sie drehte sich zu Emma um. „Es tut mir so leid."

Emma streckte die Hand aus, um Megs Hand zu nehmen, und versuchte verzweifelt, Abernathe zu ignorieren, der mit verschränkten Armen in der Tür des Raumes stand, den Blick auf das kleine Schauspiel vor ihm gerichtet. „Es gibt nichts, was dir leidtun müsste. Ich ... ich sollte euch allein lassen. Aber ich hoffe, deiner Mutter geht es bald besser."

Meg blinzelte unter Tränen und nickte. „Ja, danke nochmals für deine Hilfe ... deine *Freundlichkeit*, Emma."

Emma drückte ihre Hand und drehte sich dann zur Tür. Abernathe starrte sie an, sein dunkler Blick war auf ihr Gesicht gerichtet, als sie ein paar zögerliche Schritte auf ihn zuging.

„Euer Gnaden", flüsterte sie mit brüchiger Stimme.

Er nickte ihr zu. „Danke, Miss ..."

Er brach ab und sie flüsterte: „Liston, Emma Liston."

„Miss Liston", sagte er.

Dann richtete er seine Aufmerksamkeit erneut auf das Familiendrama, das sich auf der Couch auf der anderen Seite des Raumes abspielte. Emma verließ die beiden, schloss die Tür hinter sich, lehnte sich dagegen und versuchte, zu Atem zu gelangen.

Was gerade passiert war, war sicherlich nicht das, was sie erwartet hatte, als sie heute Abend hier ankam. Irgendwie hatte sie sich mit einer der mächtigsten Familien der Gesellschaft eingelassen. Irgendwie war sie in ein Geheimnis von ihnen eingeweiht worden.

Jetzt konnte sie nur hoffen, dass es sie nicht heimsuchen würde.

James blickte finster drein, als er seine Kutsche aus der Auffahrt fahren sah. Tiefe, anhaltende Wut pulsierte in ihm, als er sich wieder Meg zuwandte, die mit blassem und verkniffenem Gesicht im Foyer stand.

Wie er es hasste, sie so zu sehen. Es brachte Erinnerungen an ihre Kindheit zurück. Erinnerungen daran, wie er sich in Dutzenden von Nächten um ihre Mutter gekümmert hatte, wenn sie sich so hatte gehen lassen. Erinnerungen an Megs gequältes Gesicht, wenn ihr Vater sie ignoriert oder gezüchtigt hatte. Sie hatten immer nur einander, auf die sie sich verlassen konnten.

Wenn sie verletzt war, fühlte James sich, als ob er sie irgendwie im Stich gelassen hätte.

„Ich hätte mit ihr gehen sollen", sagte Meg.

James schüttelte den Kopf. „Mutter hat Miss Watson dabei", meinte er. „Und sie hat Mutter erlaubt zu viel zu trinken. Ich bin sicher, sie wird sich *gut* um sie kümmern."

„Deine Kutsche wird die Heimreise vielleicht nicht unbefleckt überstehen", sinnierte Meg, obwohl ihr Ton alles andere als humorvoll war.

„Sie kann gereinigt werden, falls Mutter die Fassung verliert", entgegnete James mit einem weiteren Stirnrunzeln. „Geht es *dir* gut?"

„So eine Szene hat sie in der Öffentlichkeit seit Jahren nicht mehr gemacht", flüsterte Meg. „Zum Glück war Miss Liston da. Sie hat mir enorm geholfen."

James nickte, als er an Emma Liston dachte. Er hatte sie schon öfter auf diesen Veranstaltungen gesehen, obwohl er zugeben musste, dass sie ihm nie aufgefallen war. Normalerweise richtete er seine Aufmerksamkeit auf auffälligere Frauen, auf solche, die die Spiele der Gesellschaft mitmachten.

Miss Liston war ein Mauerblümchen. Das wusste er. Ihr braunes Haar und ihre schlanke Statur waren nicht die Art von körperlichen Attributen, auf die er normalerweise achtete, wenn ihm nach Flirten zumute war. Aber es gab eine Sache, die ihm an ihr aufgefallen war. Sie hatte blau-grüne Augen. So eine Farbe hatte er noch nie gesehen. *Wunderschöne Augen.*

„Ist sie von der Sorte, die darüber reden würde?", fragte er und lenkte seine Gedanken wieder auf das eigentliche Thema. „Die kleine Szene, die Mutter kreiert hat, könnte bei einer solchen Frau leicht Interesse wecken, wenn sie sich entschließen würde, sie zu teilen."

Meg runzelte die Stirn. „Das glaube ich nicht. Ich gebe zu, ich kenne sie nicht sehr gut, aber es war nichts als Freundlichkeit in der Art, wie sie damit umging. Sie hat sogar die allgemeine Aufmerksamkeit von Mutter abgelenkt, als wir uns durch die Menge bewegten."

James nickte langsam. „Dann schulden wir ihr unseren Dank. Aber bitte lass dir von Mutter nicht den Abend verderben, Meg. Tanz mit Graham."

Meg versteifte sich ein wenig. „Northfield macht sich nichts aus Tanzen, das weißt du doch."

James runzelte die Stirn. „Dann tanz eben mit Simon. Er ist immer für eine Runde zu haben."

Meg wandte ihr Gesicht einen Moment ab. „Nun gut, ich werde sehen, ob Simon tanzen will. Aber nur, wenn du mir ein Versprechen gibst."

„Was möchtest du?", fragte er und lächelte sie an. „Du weißt doch, dass es für mich fast unmöglich ist, dir einen Wunsch abzuschlagen."

„Aber nur *fast*", wiederholte sie mit einem kleinen Lächeln ihrerseits. „Würdest du mit Emma tanzen?"

„Meg ...", begann er.

Sie hob anklagend eine Augenbraue. „Nachdem, was sie gerade getan hat, um uns zu helfen, würdest du sie tatsächlich zurückweisen? Ehrlich, James, es ist nur ein Tanz. Du weißt, wenn du es tust, wird sich ihre Tanzkarte wahrscheinlich für die ganze Nacht füllen. Das sind wir ihr doch schuldig, oder nicht?"

Er nickte langsam. „Nun gut, ich werde mit Miss Emma Liston tanzen. Das gibt mir zumindest die Chance, herauszufinden, ob sie heute Abend etwas über Mutters ... Zustand weitererzählen wird."

Meg runzelte die Stirn, als sie beide im Gleichschritt zurück in den Ballsaal gingen. „Wenn du einen Hintergedanken brauchst, um mit einer netten, jungen Frau zu tanzen ... dann auf jeden Fall, James."

Er fing ihren Arm auf, bevor sie sich in die Menge bewegte, um Simon zu finden. „Reserviere auch einen Tanz für mich, ja?"

Die Anspannung im Gesicht seiner Schwester wich und sie beugte sich vor, um ihn leicht auf die Wange zu küssen. „Immer."

Sie wandte sich ab und verschwand in der Menge, sodass James am Rande des Raumes stehen blieb. Er schaute in die wogende Menge von Menschen, die so prächtig gekleidet waren. In diesem Moment, nach der Szene mit seiner Mutter, wollte er nichts mehr, als nach Hause in sein Bett zu gehen.

Aber er hatte eine Rolle zu spielen und ein Versprechen an seine Schwester zu halten. Also trat er in die Menge der Gäste hinaus, um Emma Liston zu finden. Das gelang ihm auch schnell genug. Sie stand in der Ecke, an der Wand, ihr Gesicht vor Aufregung angespannt. Er ließ die Schultern hängen, während er durch den Raum auf sie zuging.

Je näher er kam, desto mehr Aufmerksamkeit schenkte er ihrem Auftreten. Es waren nicht nur ihre Augen, die hübsch waren. Sie hatte auch einen schönen Mund, mit vollen Lippen. Lippen, die sich öffneten, als sie den Kopf drehte, um ihn auf sich zukommen zu sehen.

Sie richtete sich auf, als er sie erreichte. „Euer Gnaden", stammelte sie.

„Miss Liston", sagte er mit einem Kopfnicken. „Ich habe mich gefragt, ob Ihr mit mir tanzen möchtet, wenn Eure Tanzkarte nicht schon voll ist."

Sie versteifte sich bei dieser Aussage und ein unsichtbarer Schutzwall erhob sich zwischen ihnen. Ihr Ton wurde kühl, als sie sagte: „Dieser Tanz ist noch offen. Also ja."

Er streckte einen Arm aus, und sie zögerte ein wenig, bevor sie ihre schlanke Hand in die Beuge seines Ellenbogens gleiten ließ. James war überrascht von dem Schock des Bewusstseins, der ihn bei dieser Handlung durchzuckte. Er spürte jeden einzelnen ihrer Finger auf seinem Körper, roch den schwachen Duft von Flieder aus ihrem Haar, hörte das Rauschen ihrer Röcke, als sie seine Beine streiften.

James blinzelte. Er war genervt darüber, dass er solche Dinge bemerkte. Er schob sie etwas von sich und führte sie auf die Tanzfläche zum ersten Walzer des Abends. Sofort spürte er, wie sich

Dutzende von Augenpaaren auf sie richteten, und ein Raunen ging durch die Menge.

Miss Liston schien es auch zu bemerken, denn sie stolperte beim ersten Schritt, und er hielt sie fester, damit sie nicht fiel.

Sie blickte entschuldigend auf. „Ich tanze nicht oft Walzer", erklärte sie.

Er ignorierte die Aussage, als sie sich durch die Menge drehten. „Ihr wart eine große Hilfe während dieser ... Situation mit meiner Mutter heute Abend", bemerkte er leise.

Ihre Lippen öffneten sich vor Überraschung, und er hatte einen kurzen Moment, in dem er sich fragte, wie sie wohl schmecken würden. James schüttelte erneut den Kopf, um seinen Verstand zu klären. Verdammt, aber er war verunsichert durch die Handlungen seiner Mutter.

„Jeder wird von Zeit zu Zeit auf einem Ball etwas übereifrig", sagte Miss Liston vorsichtig. „Ich war froh, ihr helfen zu können. Ich hoffe, es geht ihr bald besser."

„Sie ist nach Hause gefahren", erklärte er. „Und wir beide wissen, dass sie nicht nur etwas übereifrig war."

Sie schluckte hart und sah auf, um seinem Blick zu begegnen. Wieder einmal war er davon beeindruckt, wie atemberaubend ihre Augen waren. Er glaubte nicht, dass er jemals zuvor eine solche Kombination aus Blau und Grün gesehen hatte.

„Wenn mich jemand fragen würde", sagte sie langsam, „dann würde ich ihre Handlungen auf die Hitze im Saal schieben. Das ist jedenfalls alles, woran ich mich erinnere."

James runzelte die Stirn ob ihrer Bemerkung, die freundlich und irgendwie unerwartet war. „Wenn Ihr jedoch etwas anderes sagen würdet, würde es Euch vielleicht ein wenig Bekanntheit einbringen."

Ihre Augen verengten sich. „Bitte nehmt nicht an, dass Ihr mich gut genug kennt, um zu glauben, dass ich Bekanntheit oder gar Ruhm gegen den Ruf einer anderen Person eintauschen würde, Euer Gnaden. Ich habe weder Eurer Schwester noch Eurer Mutter geholfen, um irgendetwas durch diese Tat zu gewinnen. In dieser Welt gibt es noch Anstand ohne Preis. Wenn Ihr das nicht wisst, tut es mir leid für Euch."

James wölbte eine Augenbraue ob ihrer hitzigen Antwort. Wenn sie emotional war, war sie viel lebhafter und eine Röte kroch in ihre Wangen und ihren Hals hinunter und verschwand in der Büste ihres Kleides.

„Ich entschuldige mich, Miss Liston", sagte er und neigte den Kopf. „Ich wollte nicht andeuten, dass Ihr eine ambitionierte Aufsteigerin seid. Sicher nicht."

Ihr Gesichtsausdruck wurde ein wenig weicher. „Ich bin sicher, es gibt einige, die es sein könnten. Aber ich gehöre einfach nicht zu ihnen."

„Dann haben wir Glück, dass *Ihr* die Freundin meiner Schwester seid", meinte er. „Und noch einmal, ich danke Euch."

„Eure Schwester ist reizend", sagte Miss Liston und blickte über seine Schulter in die Menge der anderen Tänzer.

Als er sie umdrehte, sah er, dass Meg mit Simon tanzte. Sie lächelte und lachte, und sein Herz wurde leichter, als er das sah.

„Das ist sie in der Tat", sagte er. „Sie mag Euch."

Die Musik hatte begonnen, langsamer zu werden, und Miss Liston sah mit großen Augen zu ihm auf. „Tut sie das? Ich kann mir nicht vorstellen, warum. Wir haben nichts gemeinsam."

Er lachte über ihre Offenheit, auch wenn er ihren Worten keinen Glauben schenkte. „Ihr seid beide klug. Und offensichtlich seid Ihr beide nett. Das ist die Grundlage für viele Freundschaften, Miss Liston."

Die Musik verstummte und er verbeugte sich vor ihr, dann reichte er ihr die Hand, um sie vom Parkett zu geleiten. Als sie den Rand erreichten, legte er wieder den Mantel seiner Persönlichkeit um sich und sagte: „Es war ein großes Vergnügen, mit Euch zu tanzen, Miss Liston. Ich hoffe, Ihr werdet mir dieses Vergnügen noch einmal gönnen."

Zu seiner Überraschung kicherte sie nicht, wie es andere Frauen vielleicht getan hätten. Stattdessen verschränkte sie die Arme wie ein Schutzschild vor der Brust und presste diese überraschend vollen Lippen zu einer festen Linie zusammen.

„Euer Gnaden, wir wissen beide, dass dies ein Mitleidstanz war, der mir als eine Art Belohnung für meine Hilfe zugestanden wurde. Und offensichtlich war es auch ein Weg, um festzustellen, ob ich das, was ich heute Abend gesehen habe, gegen Euch verwenden würde. Bitte tut nicht so, als ob es etwas mehr war. Ich verstehe, wie die Welt funktioniert."

Er wich zurück. „Ihr seid sehr direkt."

Panik überflutete ihr Gesicht und sie schüttelte sich vor Unbehagen. „Nun, eine Frau in meiner Position muss praktisch veranlagt sein und darf sich nicht von törichten Vorstellungen hinreißen lassen."

„Also ist die Vorstellung töricht, dass es mir tatsächlich Spaß gemacht haben könnte, mit Euch zu tanzen?", fragte er mit einem leichten Lächeln. „Ist das so schwer zu glauben?"

Sie zuckte mit den Schultern. „Ich bin nicht gerade in Eurer Gesellschaftsklasse, Euer Gnaden."

„Miss Liston, ob Ihr es glauben wollt oder nicht, ich habe die Zeit mit Euch wirklich genossen", versicherte er und war überrascht, dass er diese Worte tatsächlich ernst meinte. Wenn er normalerweise mit den Ladies tanzte, ging er die Bewegungen durch und versuchte höflich zu sein, während er darauf wartete, zu entkommen. Dieser Tanz war anders gewesen. Emma Liston war ... *interessant.*

Sie neigte den Kopf. „Nun, ich ... ich ... danke Euch. Jetzt sollte ich meine Mutter suchen gehen. Gute Nacht, Euer Gnaden."

Er neigte den Kopf. „Gute Nacht, Emma."

Sie versteifte sich bei der Verwendung ihres Vornamens, aber sie korrigierte ihn nicht, bevor sie sich abwandte und durch die Menge davonstürmte und James allein ließ, um sie zu beobachten. Und er beobachtete sie, bis sie in der Menge verschwand und ihn völlig verwirrt von ihrer Begegnung zurückließ.

KAPITEL 3

Emma starrte mit nichtsahnenden Augen auf ihren Teller. Welche Bedeutung hatte schon ihr schnell abkühlendes Essen, wenn sie statt zu essen immer wieder ihren Tanz mit dem Duke of Abernathe durchleben konnte? Wie eine Närrin dachte sie immer wieder an seine starken Arme und an die Wärme seines Körpers, während sie sich auf dem Tanzboden drehten ... an den ausdrucksstarken, dunklen Blick, als er mit ihr sprach.

Natürlich hatte sie alles ruiniert, weil sie so verdammt direkt zu ihm war.

„Emma!"

Sie riss den Kopf hoch und fand ihre Mutter über den Tisch gelehnt, die Augen auf sie gerichtet. Emma seufzte. Sie kannte diesen Blick. Es war der „*Heiraten, heiraten, heiraten*"-Blick, der ihre Mutter manchmal so wahnsinnig aussehen ließ.

„Es tut mir leid, Mama", sagte Emma. „Ich war abgelenkt."

Violet Liston lächelte. „Träumst du vom Duke of Abernathe? Oh, Emma, ich kann dir nicht sagen, wie begeistert ich bin, dass du seine Aufmerksamkeit erregt hast."

Emma schürzte die Lippen, bevor sie murmelte, „Wirklich? Das war mir gar nicht bewusst, als du es gestern Abend zehnmal und heute Morgen mindestens viermal erwähnt hast."

„Kein Grund, frech zu werden", schimpfte Mrs. Liston. „Der Abend war ein durchschlagender Erfolg. So viel Aufmerksamkeit hattest du seit Jahren nicht mehr."

Emma runzelte die Stirn, denn sie konnte den Vorwurf ihrer Mutter nicht leugnen. Nachdem Abernathe sie verlassen hatte, war sie tatsächlich von mehreren anderen Gentlemen angesprochen worden. Natürlich von niemandem von Abernathes Format, aber von solchen, die ihre Mutter als *brauchbare Aussichten* bezeichnen würde. Es war lange her, dass auf ihrer Tanzkarte mehr als zwei Namen gestanden hatten. Gestern Abend waren es fünf gewesen.

„Es waren nur ein paar Tänze, Mama", sagte sie und schob ihren Teller von sich weg, da sie keinen Appetit hatte.

„*Ein paar Tänze* sind der beste Weg zu einer Ehe", beharrte ihre Mutter und fuchtelte mit ihrer Serviette in der Hand herum. Emma sah, wie weiß ihre Knöchel waren, und ihr Stirnrunzeln vertiefte sich.

„Kaufe meine Aussteuer nicht zu früh, Mutter", sagte sie sanft. „Ich bin noch immer eine alte Jungfer."

Ihre Mutter verzog das Gesicht, als ob dieses Wort ein Fluch wäre. In diesem Haus fühlte es sich manchmal an, als wäre es das. „Wie kannst du nur so unbekümmert sein, Emma?", fragte sie verärgert. „Du kennst unsere Umstände. Dein Vater ..."

„Ist nicht hier", unterbrach Emma. „Und ist schon seit sechs Monaten nicht mehr hier."

„Aber er kommt wieder zurück", beharrte Mrs. Liston, erhob sich und schritt unruhig im Esszimmer umher. „Und wenn er das tut, bringt er regelmäßig einen Skandal mit nach Hause. Wir haben gut daran getan, sie zu vertuschen und ihre Aufmerksamkeit von dir abzuwenden, aber es wird ein Zeitpunkt kommen, an dem ich dich nicht mehr schützen kann. Doch wenn du bereits sicher verheiratet bist, bevor er den nächsten ... Ausbruch hat, dann wird es keine Rolle spielen. Du musst verstehen, wie wichtig das ist, Emma."

Emma schloss ihre Augen und stieß einen langen Atemzug aus, bevor sie ihre Mutter wieder ansah. „Ich verstehe, für wie wichtig *du* es empfindest", flüsterte sie. „Aber Mutter, was würde passieren, wenn ich einfach eine alte Jungfer bliebe?"

Mrs. Listons Mund verzog sich vor Entsetzen und sie trat auf Emma zu. Ihr Ton wurde laut und wild, als sie rief: „Bist du wirklich so naiv? Das Geld, das wir haben, kann nicht ewig reichen."

„Nicht bei dem Lebensstil, den wir jetzt führen, nein", räumte Emma ein. „Aber wenn wir aufhören würden, uns auf die Saison zu konzentrieren, und ein kleineres Haus auf dem Lande nehmen würden ..."

Ihre Mutter verschränkte die Arme. „Du scherst dich nicht darum, wie es mir ergeht", unterbrach sie, ihre Lippen zitterten und in ihren Augen quollen die Tränen. „Du *willst* dich nicht um mich sorgen. Es ist dir *egal*, ob ich gedemütigt werde."

Damit stürzte ihre Mutter aus dem Zimmer und jammerte den ganzen Weg die Treppe hinauf vor sich hin. Das Geräusch verklang erst, als die Kammertür von Mrs. Liston mit einem lauten Knall zuging. Emma stützte die Ellenbogen auf den Tisch und legte den Kopf in die Hände.

Sie war an diese Ausbrüche ihrer Mutter gewöhnt. Mrs. Liston hatte den dritten Sohn einer wichtigen Familie geheiratet, und sie hatten eine komplizierte Beziehung. Wenn Harold Liston in der Nähe war, umschmeichelte Emmas Mutter ihn. Er konnte nichts falsch machen.

Aber wenn er ging, erinnerte sich Mrs. Liston plötzlich an all seine vielen Fehler. Es war nie ein Geheimnis gewesen, dass sie gehofft hatte, ihren Stand in der Gesellschaft durch die Heirat zu erhöhen. Aber Emmas Vater hatte sich schon vor langer Zeit von seinen einflussreichen Verwandten losgesagt. Sie und ihre Mutter standen nun am Rande der guten Gesellschaft.

Emma hatte diese Tatsache immer akzeptiert. Ihre Mutter jedoch konnte das nicht, und im Laufe der Jahre hatte sie ihre Hoffnungen mehr und mehr auf Emmas eigene zukünftige Ehe gesetzt.

Je länger Emma unverheiratet blieb, desto frustrierter wurde ihre Mutter.

Es war nicht so, dass Emma von Anfang an nicht heiraten wollte. Sie hatte davon geträumt, jemand Nettes zu finden, jemanden, der sich um sie kümmerte und für den sie sorgen konnte. Aber die Realität der gehobenen Gesellschaft hatte dieses Hirngespinst innerhalb ihrer ersten Saison aus ihr herausgequetscht.

Die meisten Männer interessierten sich dafür, die Brautwerbung zu einem Spiel zu machen. Sie wollten etwas daraus gewinnen. Und die meisten Frauen wussten, wie man das Spiel besser spielte als sie. Und so hatte ihr Junggesellinnendasein begonnen.

Wenn es nur um sie ginge, könnte sie damit leben. Sie würde genau das tun, was sie ihrer Mutter gerade vorgeschlagen hatte. Sie würde in ein kleineres Haus ziehen, aufhören, in Kleider und andere Frivolitäten zu investieren und ihr Leben mit Büchern und einer Katze und ein oder zwei guten Freunden verbringen, die sie von Zeit zu Zeit aufsuchen könnte.

Aber der Gedanke an ein Leben mit ihrer Mutter, die sie ständig wegen ihres Versagens bei der Suche nach einer guten Partie schikanierte, war keine angenehme Vorstellung.

Sie stand auf und schritt zum Feuer. Als sie dies tat, betrat ihr Dienstmädchen Sally den Raum. Emma wandte sich ihr mit einem Seufzer zu. „Lass mich raten, meine Mutter hat dich mit der Nachricht zu mir geschickt, dass ich ihr das Herz gebrochen habe."

Sally nickte mit einem knappen Lächeln. „Ja, Miss."

Emma verdrehte die Augen. „Großer Gott, sie ist so vorhersehbar."

„Sie will nur, dass Ihr Euch niederlasst, Miss. Und glücklich verheiratet seid."

Emma war sich nicht sicher, ob das wirklich stimmte, aber sie widersprach nicht. „Ja, wahrscheinlich."

„Ist es wahr, dass Ihr mit dem Duke of Abernathe getanzt habt?", fragte Sally.

Emma schüttelte den Kopf. Abernathe war so mächtig, so charismatisch, dass sogar die Dienerschaft ein Flattern in der Stimme bekam, wenn von ihm die Rede war. „Ja. Und auch mit ein paar anderen Gentlemen."

Sie hielt inne, als sie über diese Worte nachdachte. Ihre Mutter hatte etwas über die Aufmerksamkeit gesagt, die Emma dank Abernathe bekommen hatte. Und obwohl Emma es laut abgetan hatte, konnte sie doch nicht so tun, als hätte Mrs. Liston nicht recht. Was Abernathe wollte, was er beachtete, wurde zur Mode. Kleidung, Drinks, Frauen …

War es möglich, dass sie seine vorübergehende Wertschätzung in eine Art Spiel umwandeln konnte?

Bevor sie weiter darüber nachdenken konnte, betrat ihr Butler, Kendall, den Frühstücksraum. „Miss Liston, ein Schreiben für Euch."

Emma durchquerte den Raum, um es entgegenzunehmen. Sie drehte es um und hielt den Atem an. Es war das Siegel des Hauses von Abernathe. Ihre Hände zitterten ein wenig, als sie es brach und die Seiten auffaltete.

Es war eine Einladung zu einer Gartenparty in zwei Tagen, und auf die förmlichere Seite war eine Notiz von Meg gekritzelt. *Bitte komm!*

Emma holte tief Luft, als der Butler den Raum verließ. „Wie lange wird Kendall brauchen, um das meiner Mutter zu melden?"

Sally lachte. „Drei Minuten", schätzte sie. „Und das nur, weil er langsam die Treppe hochgeht."

Emma starrte auf Megs freundliche Nachricht hinunter. Meg, die behauptete, sie zu mögen. Sie schüttelte den Kopf.

„Nun, dann gehe ich wohl auf eine Gartenparty", sagte sie.

„Ausgezeichnet", freute sich Sally. „Ich werde dafür sorgen, dass Ihr ein paar Kleider zur Auswahl habt. Und Eure Mutter wird sich freuen."

Ihr Dienstmädchen schlüpfte aus dem Zimmer und ließ Emma allein. Sie rieb sich die Augen und seufzte. „Oh ja, Mama wird überglücklich sein."

Aber was sie selbst betraf, so hatte sie ein ungutes Gefühl. Eines, das nichts mit Gärten oder Partys oder Meg zu tun hatte. Es hatte alles mit Abernathe zu tun.

~

Als Meg sein Arbeitszimmer betrat, sah James von seinem Stapel Papiere auf und lächelte sie an. Doch als er ihr Gesicht sah, blass und verkniffen, fiel sein freudiger Ausdruck von ihm ab und er erhob sich.

„Was ist passiert?", fragte er.

Meg griff hinter sich und schob die Tür zu, bevor sie sich mit einem Seufzer dagegen lehnte. „Meine Gartenparty beginnt in einer halben Stunde", sagte sie.

Er nickte. „Ja?"

„Und Mutter ist betrunken. Erneut."

Er schloss die Augen und schüttelte den Kopf. Wut stieg in seiner Brust auf, aber er unterdrückte sie und sah stattdessen seine Schwester an. „Es tut mir leid, Meg."

Sie lehnte ihren Kopf einen Moment gegen die Tür und er konnte sehen, dass sie mit Tränen der Frustration kämpfte. „Es geht ihr monatelang gut, und dann gerät sie in diese Spirale. Ich weiß, dass ihr Leben nicht glücklich war, ich weiß, dass Vater ... *Vater* war. Er hat uns allen klargemacht, wie sehr er uns verachtet und sich wünscht, dass wir diejenigen wären, die er *wirklich* liebt. Ich möchte Verständnis dafür haben, wie kaputt sie das gemacht hat, aber ich bin so *unglaublich* frustriert über ihr Verhalten."

James kam um den Schreibtisch herum und schlang seine Arme um seine Schwester. Er spürte, wie sie einen Moment lang schlaff wurde, bevor sie wieder zu Kräften kam. Sie sah mit einem traurigen Lächeln zu ihm auf.

„Was kann ich tun?", fragte er, als sie sich aus seiner Umarmung löste.

Sie begegnete seinem Blick. „Kommst du ... kommst du in den Garten und begrüßt die Gäste?"

„Margaret", sagte er und drehte sich um, um sich wieder an seinen Schreibtisch zu setzen.

„Fang nicht an, mich Margaret zu nennen!", protestierte sie, aber das Lachen war in ihren Ton zurückgekehrt. „Bitte, es wird die Ladies alle in einen Rausch versetzen und etwas von Mutters Abwesenheit ablenken."

James presste die Lippen aufeinander und starrte sie an. „Du benutzt meine absolute Verehrung für meine kleine Schwester gegen mich."

Sie grinste. „Jedes einzelne Mal, ja."

Er warf seine Hände kapitulierend in die Luft. „Nun gut. Ich werde meinen Kopf aus meinem Arbeitszimmer herausstrecken. Aber ich warne dich, ich werde mir eine Ausrede einfallen lassen, um zu gehen. Ich habe heute Dinge auf meiner Agenda, die nicht ignoriert werden können."

Sie klatschte in die Hände und die Erleichterung auf Megs Gesicht war nicht zu übersehen. „Oh, danke, Jamie."

Er lächelte über seinen Kosenamen, ein Rückfall in ihre Kindheitstage. Margaret nannte ihn nur noch selten so, und es wärmte sein Herz. „Gern geschehen."

„Vielleicht änderst du ja deine Meinung und bleibst doch", sagte sie hoffnungsvoll, während sie sich zur Tür bewegte.

Er seufzte. „Und warum sollte ich das tun? Ich habe kein Interesse daran, mir den Klatsch und Tratsch deiner Freundin anzuhören."

Meg rollte mit den Augen über seine Unverschämtheit. „Wir tun mehr als nur klatschen. Und der Grund, warum du vielleicht bleiben möchtest ist, dass jemand, den du magst, anwesend sein wird."

Er schüttelte verwirrt den Kopf. „Jemand, den ich mag? Du?"

„Nein. Emma Liston", verkündete Meg erfreut, als sie den Raum verließ und James mit ihren Abschiedsworten zurückließ. Er lehnte sich in seinem Stuhl zurück und starrte ihr hinterher.

Emma Liston. Es war zwei Tage her, seit er sie das letzte Mal auf dem Saisoneröffnungsball von Lord und Lady Rockford gesehen hatte. Seitdem hatte er versucht, sie aus seinem Kopf zu bekommen. Es war seltsam, dass sie ihm immer wieder in den Sinn kam. Sie war überhaupt nicht sein Typ, und er bevorzugte kaum eine Frau gegenüber einer anderen.

„Wahrscheinlich, weil sie Mutter in ihrem schlimmsten Zustand sah und freundlich war", murmelte er und sah wieder auf das Hauptbuch vor ihm hinab. Jetzt verschwammen die Zahlen vor seinen Augen und er konnte sich kaum noch daran erinnern, was er gerade getan hatte, bevor Meg hereinkam und ihn ablenkte.

Sicherlich waren es nicht die Gedanken an Emma Liston, die das bewirkt hatten. Ganz sicher nicht. Sie war auch nicht der Grund dafür, dass die lästige Aufgabe, Megs Gäste zu begrüßen, plötzlich weniger irritierend erschien.

Nein. Überhaupt nicht.

~

Als die Kutsche um die letzte Kurve in die Auffahrt zum Londoner Anwesen des Duke of Abernathe bog, schluckte Emma schwer und versuchte zumindest, den Anschein von Ruhe zu bewahren. Das war nicht einfach, während Mrs. Liston ihr gegenüber ununterbrochen redete, so wie sie es getan hatte, seit sie ihr Haus vor fast einer halben Stunde verlassen hatten.

„Du solltest versuchen, neben Lady Margaret zu sitzen", erklärte ihre Mutter.

Emma schüttelte den Kopf. „Mama, ich bin sicher, es wird eine Sitzordnung geben und wichtigere Gäste werden neben Meg ... Lady Margaret sitzen."

Die Augen ihrer Mutter leuchteten triumphierend auf. „Nun,

sieh zu, dass du so lange wie möglich mit ihr redest, egal wie. Sie könnte deine Rettung sein."

Emma klammerte sich mit ihrer Hand an den Kutschensitz. „Mama, ich möchte nicht ..."

„Unsinn!", unterbrach sie ihre Mutter und fuchtelte wild mit einer Hand. „Natürlich solltest du diese Verbindung nutzen. Es könnte deine Rettung sein."

„Bitte, Mama", flüsterte Emma, die Erschöpfung überspülte sie in einer langen Welle. „Bitte, halte dich zurück."

Die Kutsche hielt an, bevor sie den Streit fortsetzen konnten, und ihre Mutter warf ihr noch einen spitzen Blick zu, bevor ihr ein Bediensteter aus der Kutsche half. Emma glättete ihre Röcke, versuchte, ihr plötzlich rasendes Herz zu beruhigen, und folgte Mrs. Liston aus der Kutsche.

Als sie zu dem schönen Haus hinaufblickte, war sie überrascht, dass Meg selbst aus der Haustür trat und ihnen von der obersten Stufe aus zuwinkte.

Mrs. Liston packte Emmas Arm und zerrte sie fast bis nach oben, wobei sie die ganze Zeit plapperte.

„Lady Margaret!", rief sie aus. „Wie reizend von Euch, uns einzuladen. Ihr wisst, wie sehr Emma Eure Freundschaft schätzt ... wir freuen uns sehr."

Emmas Wangen glühten vor Hitze bei den überschwänglichen Worten ihrer Mutter. Sie warf Meg einen kurzen Blick zu, stellte aber fest, dass die andere Frau nicht irritiert über die Albernheit ihres Gastes aussah.

„Das Vergnügen ist ganz meinerseits, das versichere ich Euch", antwortete Meg und streckte die Hand aus, um Emmas Hand zu ergreifen und kurz zu drücken. „Hallo, Emma."

„Mylady", sagte Emma leise und kehrte zur korrekten Förmlichkeit für diesen öffentlichen Rahmen zurück, als sie Megs Blick begegnete.

Für einen kurzen Moment sah sie Verständnis in ihren Augen. Ein unsichtbares Band, das wegen der Mütter geknüpft wurde, die ihre Töchter demütigten, wenn auch auf sehr unterschiedliche Weise. Und zum ersten Mal an diesem Tag holte sie tief Luft und beruhigte sich ein wenig.

„Ich werde ich Euch selbst zur Veranda begleiten", verkündete Meg.

Emma keuchte bei dieser Aussage entsetzt auf. Ihre Mutter hatte sie gezwungen, sich dreimal umzuziehen, um sich schließlich für das erste Kleid zu entscheiden ... ein gelbes Kleid mit blauen Blumen, die auf das Mieder genäht worden waren. Natürlich war das der Grund, warum sie zu spät gekommen waren.

„Es tut mir so leid, dass ich die Party verzögere", keuchte Emma.

Meg schüttelte den Kopf. „Du liebe Güte, das ist in Ordnung. Wahrlich, der letzte Gast ist erst vor fünf Minuten eingetroffen, Ihr seid also nicht sehr verspätet. Und ich freue mich, dass unsere Runde nun komplett ist."

Während sie sprach, führte sie die beiden Frauen durch einen schönen Salon und durch eine Reihe offener französischer Türen auf eine Veranda. Emma konnte es sich nicht verkneifen. Sie hielt plötzlich inne, als sie die wunderschöne Aussicht genoss.

Die Veranda war lang und breit, und mit Gittern ausgestattet, die mit blühenden Reben übersät waren. Von diesem Aussichtspunkt aus konnte man den weitläufigen Garten hinter dem Herrenhaus sehen, komplett mit einem Rosenlabyrinth und einem riesigen Pavillon in der Ferne. In der Mitte befand sich ein Brunnen, in dem eine steinerne Lady in fließenden griechischen Gewändern einen Krug mit Wasser ausgoss, während weiße Engel ihre Hände hoben, um die Flüssigkeit aufzufangen.

„Ist das nicht atemberaubend?", sagte Meg mit einem breiten Lächeln. „Es ist einer meiner Lieblingsorte."

Emma nickte, fast sprachlos. Dann fand sie sich in einer Vorwärtsbewegung wieder, als Meg sie in die Mitte der Veranda zog. Ein Dutzend Tische waren dort aufgestellt worden, mit weißer Tischwäsche und schönen Blumenarrangements in der Mitte eines jeden platziert. Sie waren nun besetzt von fein gekleideten Ladies, die sich unterhielten und lächelten. Emma sah, wie einige von ihnen überrascht zu ihr aufblickten. Natürlich sollten sie überrascht sein … sie wurde schließlich nie zu solchen Veranstaltungen eingeladen.

„Mrs. Liston, ich habe Euch hier platziert", erklärte Meg und blieb an einem Tisch stehen, an dem ein Platz frei war. „Ich bin sicher, Ihr kennt diese Ladies bereits."

Emma beobachtete, wie sich die Augen ihrer Mutter fast überschlugen. Der Tisch war mit einigen der wichtigsten älteren Damen der Gesellschaft besetzt. Von der Countess of Hastingcross, die fast im Alleingang die Tagesmode diktierte, bis zur Viscountess Breckinridge, deren jährlicher Maskenball die begehrteste Einladung der Gesellschaft war.

„Willkommen, Mrs. Liston", sagte Lady Hastingcross und tätschelte den leeren Stuhl neben sich. „Ihr Hut ist göttlich."

Mrs. Liston sagte nichts weiter zu Emma und Meg, sondern schwebte auf ihren Platz und begann sofort eine angeregte Unterhaltung mit den anderen Damen. Emmas Herz schwoll vor Freude über diese Gelegenheit an, die Meg irgendwie für ihre Mutter geschaffen hatte.

Aber sie konnte sehen, dass es keinen Platz für sie am Tisch gab. Meg zog sie bereits zu einem anderen Tisch, der näher am Rand der Veranda stand.

„Und Ihr solltet neben mir sitzen", sagte Meg und ließ Emma los, während sie die Ladies anlächelte, die sich zu ihnen gesellen würden. „Kennt Ihr alle Damen?"

Sie fuhr fort, den Kreis der sechs anderen Ladies vorzustellen. Emma kannte ein paar, aber nicht alle, denn genau wie am Tisch ihrer Mutter waren es Frauen, die in der Gesellschaft weit über ihr standen. Und wie bei ihrer Mutter, war jede Frau freundlich und wohlwollend, und Meg trug mit lebhaften Erzählungen zu den Gesprächen bei. Durch die Art, wie sie Emma in jede Diskussion einbezog, war es offensichtlich, dass sie sie als Freundin beanspruchte, und das schien den anderen Anwesenden zu genügen, um sie in ihrem Kreis willkommen zu heißen.

Die Zeit verging wie im Fluge, während Tee und Leckereien serviert wurden und man sich gut unterhielt. Emma begann gerade, sich wohlzufühlen, als eine der Ladies sagte: „Margaret, meine Liebe, wo ist deine Mutter?"

„Oh", sagte eine andere. „Ich weiß, dass sie den Rockford-Ball früher verlassen hat … geht es ihr gut?"

Emma schluckte und warf Meg einen kurzen Blick zu. Ihre Freundin war eine Nuance blasser geworden und ihr Lächeln wirkte jetzt eher gezwungen als natürlich. „Ich fürchte, Mutter ist in dieser Nacht ein wenig krank geworden und sie hat sich noch nicht ganz erholt."

„Oh, wie schade", seufzte eine andere Frau. „Wisst Ihr, ich könnte Euch meinen Arzt empfehlen. Er wirkt Wunder, wie Ihr wisst."

Megs Wange zuckte ein wenig und Emma erkannte die Wahrheit. Sie wollte so gerne Megs Hand drücken und sie trösten, aber sie widerstand dem Drang.

„Danke, ich werde Euch später um seinen Namen bitten", sagte Meg.

Falls es noch weitere Fragen über die abwesende Dowager-Duchess gab, wurden sie abgeschnitten, als sich die Verandatür öffnete. Emma wandte sich um und hielt den Atem an, als der Duke of Abernathe aus dem Haus und auf die Terrasse trat.

Sein Erscheinen schickte eine Welle der Anspannung durch die Menge, und alles Geschwätz nahm kurz zu und hörte dann schlagartig auf, als alle ihn anstarrten. Er grinste, als würde er die ganze weibliche Aufmerksamkeit in sich aufsaugen, und trat vor.

„Guten Tag, Myladies", hauchte er förmlich.

Grüße wurden von der großen Gruppe ausgerufen, aber Emma blieb stumm. Sie ertappte sich sogar dabei, wie sie in ihrem Stuhl ein wenig nach unten rutschte und betete, dass er sie nicht ansehen würde. Obwohl ihr völlig unklar war, was passieren würde, wenn er es tat. Würde sie plötzlich rot aufleuchten? Würde ein Leuchtfeuer über ihrem Kopf erscheinen und verkünden, dass sie eine Närrin war?

Der Mann erinnerte sich wahrscheinlich nicht einmal daran, sie getroffen oder mit ihr getanzt zu haben. Es war nicht so, dass sie in irgendeiner Weise wichtig war.

Er ließ seinen Blick über die Veranda schweifen, gerade als ihr diese Gedanken durch den Kopf gingen, und plötzlich durchbohrte sein dunkler Blick sie. Er verharrte einen langen Moment auf ihr, wobei sich seine Lippenwinkel nach oben zogen. Dann wanderte sein Blick weiter.

Und doch machte ihr Herz in diesem Moment einen Sprung. Ihr dummes, törichtes Herz machte einen Sprung, obwohl er sie nur eines Blickes gewürdigt hatte. Warum in aller Welt hatte sie das zugelassen? Er war doch nur ein Mann. Ein gutaussehender Mann, ja, aber so völlig außerhalb ihrer Liga, dass sie dumm war, ihn überhaupt anzusehen, geschweige denn ihren Körper mit Anziehung reagieren zu lassen.

„Ich wollte *hallo* sagen", sagte er. „Denn wie könnte ich einer solchen Ansammlung von Schönheit widerstehen?"

Die Gruppe lachte und einige Ladies erröteten oder kicherten in ihre Fächer. Emma beobachtete, wie er die ganze Gruppe anlächelte, und zog den Kopf ein. Natürlich war keiner seiner Blicke wirklich auf sie gerichtet gewesen. Es war eine Illusion des Geistes, nichts weiter … es ergab keinen Sinn, etwas zu sehen, wo nichts war. Der Mann hatte nur aus einem Gefühl der Verpflichtung heraus mit ihr getanzt.

Sie lehnte sich zurück, als er noch ein paar Worte sprach und dann ins Haus zurückkehrte. Kaum war er weg, explodierte die Party förmlich, als die Frauen über ihn sprachen. Sogar die Ladies an ihrem eigenen Tisch schienen sich von der Anwesenheit der Schwester des Dukes nicht abschrecken zu lassen, als sie darüber schwärmten, wie gutaussehend Abernathe war, und über die Möglichkeiten nachdachten, ob er in dieser Saison wohl eine Braut finden würde.

Emma ignorierte alles und beobachtete das grüne Gras und die Blumen im Garten, die hinter der Veranda lagen. In diesem

Moment wusste sie, dass sie ruhig bleiben musste. Vernünftig. Sie musste sich davor hüten, sich von der allgemeinen Besessenheit vom Duke of Abernathe mitreißen zu lassen. Für irgendeine glückliche Lady würde er eines Tages ein guter Ehemann sein.

Aber nicht für Emma.

KAPITEL 4

Als sich die Gruppe langsam auflöste, wurde Emma unruhig. Seit Abernathe herausgekommen war, um die Gäste zu begrüßen, hatte sie sich nicht mehr richtig wohlgefühlt. Nun wollte sie nur noch nach Hause gehen und vergessen, dass sie ihn gesehen hatte.

Aber ihre Mutter war in ein tiefes Gespräch mit Lady Breckinridge vertieft, und es schien keine Chance zu geben, sie loszureißen, bevor Mrs. Liston der neuen Freundschaft jeden Vorteil abgerungen hatte.

Emma drehte sich um und sah, wie Meg zurück auf die Veranda kam, nachdem sie einige ihrer Gäste hinausbegleitet hatte. Meg lächelte, als sie auf Emma zuging.

„Habt Ihr Euch gut amüsiert?", fragte ihre Gastgeberin.

„Ja", log Emma. „Vielen Dank, dass Ihr uns eingeladen habt."

Meg hakte sich bei ihr ein und führte sie von der Menge fort. Als sie außer Hörweite der wenigen Verbliebenen waren, sagte sie: „Ich habe mich gefragt, ob du vielleicht noch ein bisschen bleiben möchtest, nachdem die anderen gegangen sind."

Emma blinzelte. „Ich soll bleiben?"

Meg nickte. „Ja. Ich wollte so gerne mehr mit dir reden, aber mit allen Gästen hier und meinen Pflichten als Gastgeberin war es fast unmöglich."

Emma öffnete den Mund, kam aber nicht dazu, zu antworten, als ihre Mutter sich den beiden näherte. „Worüber plaudert ihr jungen Ladies so konspirativ?"

„Ich versuche, Eure Tochter zu überreden, noch ein bisschen zu bleiben, nachdem die anderen gegangen sind", erklärte Meg. „Ich möchte eine lange Runde im Garten drehen und würde mich über ihre Gesellschaft freuen."

Emma sah, wie Mrs. Listons Augen aufleuchteten bei der Vorstellung, noch ein wenig länger im Haus der Abernathes bleiben zu können. „Eine gute Idee", sagte sie und stupste Emma nicht allzu zu sanft an.

„Ich würde natürlich dafür sorgen, dass sie sicher nach Hause kommt", fügte Meg hinzu.

Mrs. Liston zögerte einen Moment, als sie merkte, dass Megs Einladung sich eigentlich nicht auf sie selbst bezog. Aber dann erholte sie sich und nickte. „Nun, natürlich wird Emma bleiben."

Sie warf Emma einen spitzen und vielsagenden Blick zu … und diese musste einen Seufzer unterdrücken. „Natürlich werde ich bleiben, Mylady. Ich danke Euch."

Meg klatschte in die Hände. „Ausgezeichnet. Lasst mich die letzten Gäste hinausbegleiten und dann werde ich in Kürze zurückkehren."

Emma nickte und ihre Mutter beugte sich vor, um ihre Wange zu streicheln. „Nutze es", flüsterte sie scharf in Emmas Ohr.

„Auf Wiedersehen, Mutter", gab Emma durch zusammengebissene Zähne zurück.

Meg führte Mrs. Liston und die anderen hinaus, und Emma ging zur Steinmauer der Veranda und stützte ihre Hände auf die Balustrade, um noch einmal über den Garten zu blicken. Für einen Moment verlor sie sich in dem kühlen Grün der Blumen, doch die Realität kehrte bald darauf zurück.

Worüber könnte Meg mit ihr sprechen wollen? Hatte es etwas mit Lady Abernathes unpassendem Verhalten zwei Tage zuvor zu tun? Oder wollte sie Emma vor dem Duke warnen? War ihr Tanz mit ihm von seiner Schwester wahrgenommen worden?

„Ist es nicht schön?", rief Meg, als sie auf die Veranda zurückkehrte. „Ich kann es kaum erwarten, dass du den Garten genauer in Augenschein nimmst."

Emma drehte sich um und starrte die andere Frau an, als diese sich näherte. Sie hatte ihr ganzes Leben damit verbracht, Menschen von Megs Status und Beliebtheit zu beobachten. Ein Leben lang hatte sie versucht, ihre Aufmerksamkeit zu vermeiden, weil sie selten positiv war. Diamanten und Mauerblümchen waren einfach keine Freunde, zumindest nicht ihrer Erfahrung nach.

„Darf ich dich etwas fragen?", fragte Emma, als sie ihren Mut fand.

Meg nickte. „Natürlich."

Emma räusperte sich. Normalerweise war sie nicht mutig, aber in diesem Fall verspürte sie den starken Wunsch, es zu sein. Einfach die Karten auf den Tisch zu legen und zu sehen, was Megs wahre Beweggründe waren.

„Ich bin ein Mauerblümchen. Und ein Blaustrumpf", sagte sie. „Und du bist es *nicht*. Wa … warum solltest du Zeit mit mir verbringen wollen?"

Meg wich zurück. „Nun, weil ich Dich mag, du Dummerchen. Ich denke, trotz dieser Etiketten könnten wir tatsächlich eine Menge gemeinsam haben."

„Und was?", fragte Emma verständnislos, da sie Megs Anspielung überhaupt nicht verstanden hatte. „Es tut mir leid, wenn ich unhöflich klinge, das will ich nicht sein. Es ist nur so, dass ich verwirrt bin."

Megs Lächeln wurde ein wenig schwächer. „Glaubst du, dass mein Intellekt dem deinen nicht ebenbürtig ist?"

Emma schüttelte den Kopf, denn aus einigen ihrer Unterhaltungen heute ging eindeutig hervor, dass Meg alles andere als eine hohlköpfige Frau war. „Nein. Nein, natürlich nicht."

Meg trat vor und legte einen Arm um Emmas Schulter. Die halbe Umarmung war warm und Megs Lächeln war aufrichtig, als sie sagte: „Emma Liston, du warst in einem dunklen Moment freundlich zu mir. Du hättest diesen Moment gegen mich verwenden können, und es scheint nicht so, als würdest du das tun wollen. Ich weiß das sehr zu schätzen. Und ich möchte mit dir befreundet sein, denn von deiner Sorte gibt es nicht genug Menschen auf dieser Welt. Ist das Grund genug für mich, noch zu bleiben?"

Emma grübelte einen Moment lang nach. Es schien, dass Meg sich keineswegs über sie lustig machte. Und sie mochte diese hübsche, kluge Frau wirklich. „Ja", sagte sie leise.

„Ausgezeichnet", freute sich Meg, als sie Emmas Arm losließ. „Jetzt gehe ich mir schnell einen Schal holen, dann können wir uns gemeinsam im Garten umsehen. Möchtest du solange hier bleiben?"

Emma nickte. „Ja. Ich genieße die Aussicht sehr."

„Warte nur, es wird noch besser", erklärte Meg lachend, während sie zurück zum Haus rannte.

Emma seufzte, als sie ihre Aufmerksamkeit wieder auf die grüne Weite vor sich richtete. Sie begann gerade, es sich gemütlich zu machen, als sie hörte, wie sich die Verandatür hinter ihr schloss. Als sie sich umdrehte, war es jedoch nicht Meg, die die Terrasse betrat.

Es war Abernathe.

James hielt kurz inne, als er über die Veranda blickte und Emma Liston ein paar Meter entfernt an der Balustrade lehnend entdeckte. Und sie starrte ihn mit diesen betörenden Augen an. Sie streckte leicht die Zunge heraus, um ihre Lippen zu befeuchten, bevor sie „Euer Gnaden" in einem heiseren Ton flüsterte, der ihn direkt in den Bauch traf.

Er schüttelte leicht den Kopf. *Verdammte Meg.* Sie hatte ihn in den Garten geschickt, ohne ihm zu sagen, dass Emma noch hier war.

„Miss Liston", gelang es ihm hervorzubringen, als er auf sie zuging. „Ich wusste nicht, dass Ihr geblieben seid."

Es gab eine Pause, in der sie nach Worten zu suchen schien, dann sagte sie: „Eure Schwester bat mich zu bleiben. Sie wollte mit mir zusammen eine Runde durch den Garten spazieren."

Sie lächelte leicht und James legte die Stirn in Falten. Es war das erste Mal, dass er sie lächeln sah, und obwohl es nicht breit war, war es ein schönes Lächeln. Es veränderte die Form ihres Gesichts und lenkte seine Augen auf ihre vollen Lippen.

„Und dann hat sie Euch im Stich gelassen", erkannte James.

Emma machte einen langen Schritt auf ihn zu, die Hand ausgestreckt. „Oh, nein!", keuchte sie. „Ganz und gar nicht."

Ihre aufrichtige Verärgerung über die Vorstellung, dass sie Meg in Schwierigkeiten gebracht haben könnte, wärmte ihn, und er lächelte, als er seinen Kopf ein wenig schief legte. „Ich habe nur gescherzt."

„Oh", stieß sie hervor und ließ ihre Hand wieder an ihre Seite fallen. James fand, dass er ein wenig enttäuscht darüber war. Er wünschte, sie hätte ihn berührt. James verdrängte diesen Wunsch.

„Sicherlich werden Eure Brüder ebenfalls ihre Scherze mit Euch treiben", sagte er. „Es ist unser Vorrecht, wisst Ihr."

Sie schüttelte langsam den Kopf. „Ich habe keine Brüder, Euer Gnaden."

„Ah, ich verstehe", meinte er grinsend. „Dann Schwestern also. Armes Mädchen."

Ihr kleines Lächeln wurde zu einem größeren. James konnte bei dessen Anblick kaum atmen. Guter Gott, dieses breite Grinsen verwandelte sie in etwas ganz Liebenswertes.

„Ich bin Einzelkind, fürchte ich."

Er trat noch einen Schritt näher und sie standen sich gegenüber „Möchten Ihr mit mir ein Stück gehen?"

In dem Moment, als er die Frage stellte, wich er wieder ein Stück zurück. Warum hatte er das getan?

Emma zögerte und ihr Blick glitt zu den Türen des Hauses. James wunderte sich über diesen Anflug von Widerwillen. Bei den meisten Frauen wäre das nicht der Fall. Er wusste, dass eine Partie mit ihm als äußerst wertvoll angesehen wurde. Besonders für eine Frau in Emmas Position.

„Ihr … Ihr braucht Euch nicht zu bemühen", sagte sie schließlich.

Er legte den Kopf erneut schief. „Das ist kein Problem, Miss Liston. Es wäre mir ein Vergnügen." Er streckte seinen Arm aus. „Bitte."

„Und was ist mit Eurer Schwester? Sie kommt jeden Moment zurück und sie erwartet, dass ich hier bin."

Er lächelte. „Meg wird bestimmt nicht in Wut ausbrechen, das versichere ich Euch. Und sie wird uns von der Terrasse aus sehen können. Ich bin sicher, sie wird uns einfach einholen, und ihr beide könnt dann den Spaziergang fortsetzen."

Sie zögerte erneut, und er war fasziniert von der Tatsache, dass ihr Zögern ihn dazu brachte, ihre Akzeptanz umso mehr zu wollen. Schließlich nickte sie, und es war, als hätte er einen Preis gewonnen, als sie seinen Arm nahm und sich von ihm zur Treppe führen ließ, die hinunter in den Garten führte.

Sie war still, als sie sich auf den Weg durch den Garten begaben. „Es ist selten, dass eine Familie so klein ist. Keine Brüder und Schwestern", wunderte er sich.

Er glaubte, einen kurzen Schatten über ihr Gesicht huschen zu sehen, aber dann sagte sie: „Nun, meine Eltern waren nicht mit mehr als einem Kind gesegnet. Bei Eurer Familie ist aber kaum anders, nicht wahr? Es sind doch nur Ihr und Meg."

Er nickte. „Ja, ich nehme an, das stimmt. Ich vergesse es manchmal."

Sie lachte, als sie zu ihm hochblickte. „Ihr vergesst manchmal, dass Ihr keine anderen Geschwister habt? Das ist eine reife Leistung, Mylord."

Er lächelte über ihre Neckerei. Wieder einmal fiel ihm auf, wie unwahrscheinlich es war, dass eine andere Lady aus seinem Bekanntenkreis das Gleiche tun würde. Sie waren so oft darauf aus, einen guten Eindruck zu machen, eine Übereinstimmung zu erzielen.

Emma war anders. Und er fand in ihr eine inspirierende Offenheit, die er bei einer anderen Person vielleicht nicht bemerkt hätte.

„Ich nehme an, ich vergesse es, weil ich einen so engen Freundeskreis habe", erklärte er. „Der 1797 Club."

Sie blinzelte. „Der 1797 Club? Er ist mir nicht bekannt."

„Es ist unglaublich exklusiv", erklärte er und winkte sie zu einer Bank mit Blick auf den Springbrunnen in der Mitte des Gartens. Sie nahm Platz und er setzte sich neben sie, wobei ihm plötzlich bewusstwurde, wie nahe ihre Knie sich waren, während er sprach.

„So exklusiv, dass es sich wie eine Familie anfühlt?", fragte sie.

„Sie sind meine Brüder. Wir haben diese kleine Gruppe gegründet, als wir noch Jungs waren."

„Im Jahr 1797", erkannte sie. „Im reifen Alter von ... wie alt wart Ihr damals? Zwölf?"

„Vierzehn", korrigierte er mit einem Nicken. „Seht, ich brauchte Hilfe, um mich auf das Erbe des Titels Duke vorzubereiten. Und wir bildeten eine Gruppe von Jungen, die denselben Titel anstrebten, damit wir uns gegenseitig unterstützen konnten."

„Und wie viele Mitglieder gibt es in diesem Club?", fragte sie.

„Zehn, mich eingeschlossen", antwortete er.

Sie lächelte noch einmal, diesmal sanft und verständnisvoll. „Dann habt Ihr also doch eine sehr große Familie. Und das ist eine glückliche und seltene Sache."

„Ja, das ist richtig."

„Ist der Duke of Northfield einer von denjenigen in Eurer Gruppe?", fragte sie.

„Er und der Duke of Crestwood waren als junge Burschen meine engsten Freunde. Gemeinsam kamen wir auf die Idee des Clubs, der in den darauffolgenden Jahren immer weiterwuchs."

„Und jetzt wird Northfield Meg heiraten", sagte sie. „Und somit wirklich Euer Bruder werden."

„Ja. Ich gebe zu, das war ein Teil des Reizes, sie zusammenzubringen", gestand er.

„Aber alle sagen, *Ihr* werdet nie heiraten. Wahrscheinlich werde ich es auch nicht. Aber aus unterschiedlichen Gründen. Ihr habt eine Wahl, ich hingegen ..."

Mit einem Keuchen hörte sie auf zu sprechen. Ihre Augen weiteten sich und sie schlug eine Hand vor den Mund, ihr Blick huschte zu ihm hinüber und wurde weit und wild.

Emma wünschte sich nichts sehnlicher, als unter der Bank, auf der sie saßen, zu versinken und für den Rest ihres Lebens zu verschwinden. Sie hatte keine Ahnung, warum sie die Kontrolle über ihre Zunge verloren hatte. Sie und Abernathe hatten nebeneinander gesessen und ein nettes Gespräch geführt. Angenehm, abgesehen von der Tatsache, dass sie nicht aufhören konnte, darüber nachzudenken, wie unglaublich gut er aussah.

Und dann hatte sie etwas Unangemessenes über seinen mangelnden Wunsch zu heiraten herausposaunt. Über ihren eigenen Mangel an Möglichkeiten zu heiraten. Sie war eine absolute Idiotin.

„Es tut mir leid, Euer Gnaden", sagte sie, als sie genug Atem zum Sprechen gefunden hatte. „Das war völlig unpassend."

Er war einen Moment lang still, dann sagte er: „Emma, wir haben ein ehrliches Gespräch geführt. Es macht mir nichts aus, ein solches mit Euch zu führen. Aber Ihr könnt doch nicht wirklich glauben, dass Ihr niemals heiraten werdet."

Sie erhob sich und ging auf den Brunnen zu, die Hände an den Seiten geballt. „Das geht Euch wirklich nichts an. Ich habe mich für einen Moment vergessen. Es gibt dazu nichts weiter zu sagen."

Er folgte ihr zum Brunnen. „Emma."

Sie versteifte sich. Das war das dritte Mal, dass er sie bei ihrem Vornamen nannte. Sie sollte es nicht so sehr mögen. Sie sollte ihn korrigieren.

Emma öffnete den Mund, um genau dies zu tun, als er sie mit einem harten Blick durchbohrte und fragte: „Warum glaubt Ihr, dass Ihr niemals heiraten werdet?"

Sie schnappte erneut nach Luft, rang nach Worten, und er streckte die Hand aus. Plötzlich hielt er ihre Hand in seiner. Sie trug keine Handschuhe, denn sie hatte sie zum Mittagessen ausgezogen. Und er auch nicht. Seine Haut lag rau auf ihrer, seine Hand eine Nuance dunkler, als sie die ihre verschlang.

„Nicht jeder ist der Goldjunge der Gesellschaft", flüsterte sie, ihre Stimme klang gar nicht nach ihrer eigenen. Ihre Worte platzen heraus, ohne dass sie sie kontrollieren konnte. „Ich bin eine alte Jungfer, mit wenig, dass mich einem Gentleman empfiehlt, dank ..." Sie brach ab.

„Dank ...", ermutigte er sie, seine dunklen Augen immer noch fest auf sie gerichtet. Als ob ihn die Antwort tatsächlich interessierte.

Und einen Moment lang dachte sie darüber nach, es ihm zu sagen. Sie dachte darüber nach, ihm jede schmerzhafte Tatsache ihrer Vergangenheit und ihrer eigenen zerrütteten Familie zu erzählen. Aber sie fing sich, bevor sie es tun konnte. Unter welchem Zauber sie auch immer stand, sie hatte nicht vor, mit ihm über ihren Vater zu sprechen und ihm einen Grund zu geben, sie auszulachen.

„Ich bin eine alte Jungfer und ein Mauerblümchen", erklärte sie, zog endlich ihre Hand aus seiner und wünschte, sie könnte seine Wärme nicht mehr spüren. „Es gibt keinen anderen Grund als den, der viele Frauen wie mich vom Heiraten abhält. Meine Mutter besteht natürlich darauf, dass ich heiraten muss, um unsere Umstände zu verbessern. Sie treibt mich ständig dazu an. Aber es ist leider nicht so einfach, nur einmal mit der Hand zu winken, damit mir die Männer zu Füßen fallen."

James schüttelte langsam den Kopf. „Es ist eine komische Sache.

Ich versuche, eine Heiratsfalle zu vermeiden, und Ihr wollt in einer landen."

„Ja", sagte sie und bedeckte dann ihr Gesicht. „Herr im Himmel, ich fühle mich wie eine Närrin."

„Warum?", fragte er lachend.

Sie ließ ihre Hände sinken und blickte ihn an. „Das fragt Ihr mich? Wirklich?"

Seine Jovialität verblasste bei ihrer spitzen Frage. „Es tut mir leid, wenn ich ungehobelt war", sagte er mit echtem Ärger im Gesicht. „Ihr habt meiner Schwester geholfen ... Ihr habt *mir* geholfen. Gibt es eine Möglichkeit, wie ich Euch helfen kann?"

„Vorgeben, mir den Hof zu machen, um mich für einen anderen Mann attraktiv zu machen?", fragte sie und schüttelte dann lachend den Kopf. „Nein, Mylord. Es gibt nichts, was Ihr tun könntet, obwohl ich Euch für Eure Sorge danke."

Er runzelte die Stirn, und einen Moment lang dachte sie, er würde etwas erwidern. Aber da drang Megs Stimme durch den Garten. „James, ich wollte Emma den Springbrunnen zeigen!"

James trat einen langen Schritt von ihr zurück, und Emma fand, dass es nun ein wenig kälter war, da er wieder etwas Abstand zwischen sie gebracht hatte. Die Ernsthaftigkeit in seinem Gesicht verblasste, und er wandte sich mit einem breiten Grinsen an seine Schwester. „Nun, ich war schneller als du."

Meg schlug ihm spielerisch auf den Arm. „Du gönnst mir nie etwas."

„Es tut mir leid, Meg", sagte er. „Ich werde dich nun deiner Freundin überlassen." Mit einem Nicken wandte er sich wieder Emma zu. „Miss Liston, es war mir ein großes Vergnügen."

Es lag Aufrichtigkeit in seinem Ton und in seinem Gesichtsausdruck, als er ihr zunickte. Emma schluckte schwer und sagte: „Ich danke Euch für Eure Gesellschaft, Euer Gnaden. Einen schönen Tag noch."

„Guten Tag", erwiderte er, dann ging er in Richtung des Hauses davon und ließ Emma mit Meg zurück.

Sein Abgang hinterließ ein Gefühl des Unbehagens Emmas Innerem und wirbelte eine Menge Fragen auf.

<h1 style="text-align:center">KAPITEL 5</h1>

James starrte auf seinen Teller, aber er war vollkommen abgelenkt. Seit er Emma Liston vor ein paar Tagen zum letzten Mal begegnet war, hatte er ihr Gespräch im Garten wieder und wieder durchlebt. Nicht nur, dass er so viel über sich selbst preisgegeben hatte, denn er sprach selten mit jemandem über seinen engen Freundeskreis, geschweige denn mit einer Fremden. Nein, er hatte sich von ihr hingerissen gefühlt.

Sie war nicht wie irgendjemand, den er jemals zuvor getroffen hatte. Während sich die meisten Ladies in seinem Umfeld darauf konzentrierten, wie sie sich am besten präsentieren konnten, hatte Emma eine erfrischende Ehrlichkeit an den Tag gelegt, die ihn lockte.

Er schüttelte den Kopf und schob die Gedanken an sie beiseite, während er seine Begleiter ansah. Er teilte sich das Abendessen mit Meg und Graham, aber keiner der beiden redete. Meg schob ihr Essen mit den Zinken ihrer Gabel auf ihrem Teller hin und her und Graham schwieg.

James räusperte sich. „Wir sind heute eine aufregende Truppe, nicht wahr?"

Graham grinste ihn an und Meg richtete sich auf. „Wir haben

alle etwas auf dem Herzen, wie es scheint", sagte sie und warf einen kurzen Blick zu Graham. Er erwiderte ihn nicht.

„Ich weiß, woran ihr beide denkt", sagte James. „Wir haben eine Hochzeit zu planen."

Zu seiner Überraschung versteifte sich Meg ein wenig bei der Erwähnung ihrer bevorstehenden Hochzeit. Er runzelte die Stirn. James war sich nicht sicher, was mit seiner Schwester los war. Sie war in letzter Zeit immer verschlossener geworden. Die meisten Frauen wären überglücklich gewesen, eine große Hochzeit der feinen Gesellschaft mit einem reichen, mächtigen Duke zu planen. Doch Meg schien völlig desinteressiert zu sein.

Er konnte nur hoffen, dass sie sich ein wenig beruhigen würde, sobald sie und Graham verheiratet waren. Ihre Probleme würden verblassen, wenn sie erst einmal sesshaft war.

„Ich habe eigentlich mehr an die Country-Party nächste Woche gedacht", sagte Meg. „Mir ist klar, dass es bereits eine große Veranstaltung ist, aber ich habe überlegt, Emma Liston und ihre Mutter einzuladen, um die Gruppe etwas aufzumischen."

„Emma?", wiederholte er, und alle Gedanken, die er zu unterdrücken versucht hatte, kehrten zurück.

Sie nickte. „Wir hatten eine wunderbare Zeit vor ein paar Tagen. Ich mag sie wirklich, James. Und ich denke, wir könnten ihr auch helfen."

Ihre Worte lenkten seine Gedanken zurück zu ihrem Gespräch im Garten ein paar Tage zuvor. Emma hatte so viel Anspannung im Gesicht gehabt, als sie davon gesprochen hatte, dass sie heiraten musste ... und von den Komplikationen, die diese Angelegenheit mit sich bringt.

„James?", fragte Meg und drängte sich in seine Gedanken.

„Nun gut", meinte er mit einem Kopfschütteln. „Ich sehe keinen Grund, warum nicht. Wir haben den nötigen Platz."

Sie lächelte und erhob sich, was Graham und ihn zwang, dasselbe zu tun. „Ausgezeichnet. Während du und Graham euren Portwein trinkt, werde ich ihr eine Einladung schreiben. Und dann werde ich mich wahrscheinlich früh zurückziehen." Sie drehte sich teilweise zu ihrem Verlobten um. „Gute Nacht, Graham."

Graham trat auf sie zu, nahm aber nicht ihre Hand. Er vollbrachte lediglich eine steife Verbeugung. „Margaret."

Meg holte kurz Luft, drehte sich dann um, schlich aus dem Raum und ließ die beiden Männer allein.

James schlang einen Arm um Grahams Schulter. „Portwein?"

Während es den Anschein gehabt hatte, dass es Graham langweilig gewesen war, als Meg in der Nähe war, so grinste er nun, und der Mann, den James fast sein ganzes Leben lang gekannt hatte, kehrte zurück. „Ich würde Scotch vorziehen, um ehrlich zu sein."

„Dann eben Scotch." James lachte, als sie sich auf den Weg durch den Flur zum Billardraum machten. Dort angekommen, ging James zum Sideboard, um die Drinks zuzubereiten.

„Da wir Margaret heute Abend wohl nicht wiedersehen, hättest du Lust auf ein Spiel?", fragte Graham.

James nickte, ohne ihn anzuschauen. „Wir haben schon ewig nicht mehr gespielt."

Er hörte, wie Graham die Kugeln in Position brachte und drehte sich um, um ihm eines der Gläser zu überreichen, während Graham es gegen einen des Queues eintauschte. Sie nahmen beide einen Drink und stellten ihn dann beiseite, bevor James sprach. „Du zuerst, mein Freund."

Graham brachte sich in Position und führte seinen Stoß aus. „Was hast du auf dem Herzen?", fragte er dabei.

James wölbte eine Augenbraue. „Auf meinem Herzen?"

Graham richtete sich auf. „Du hast diesen Blick. Ich kenne diesen Blick."

James rollte mit den Augen. „Du und Meg seid noch nicht verheiratet. Du kannst noch nicht die besorgte ältere Bruder-Nummer abziehen."

„Warum nicht? Ich mache das schon seit über zehn Jahren."

James grinste leicht, als er seinen eigenen Stoß durchführte und seine Kugel sowohl Grahams Queue als auch die rote Kugel traf. „Kanone", sagte er leise.

„Ich habe es gesehen", antwortete Graham mit leichtem Ärger in seinem Tonfall. Er war schon immer ein ambitionierter Konkurrent gewesen. Das war der Grund, warum Simon nicht mehr mit ihm spielte. „Also, was ist das Problem?"

James lehnte seinen Queue gegen die Tischkante und seufzte. „Hat Meg viel mit dir über diese Emma Liston gesprochen, über die wir beim Abendessen geredet haben?"

Graham erstarrte und beugte sich über den Tisch, um seinen Stoß anzusetzen. „In Wahrheit sprechen Meg und ich über so gut wie nichts."

Für einen Moment verblasste James' Fokus auf Emma und er starrte seinen Freund an. „Stimmt etwas nicht zwischen euch beiden?"

Graham führte den Stoß aus, aber er traf die Kugel zu stark, sodass sie an der Tischkante abprallte und beide Ziele verfehlte. Er stieß einen leisen Fluch aus, bevor er sich aufrichtete und James anstarrte.

„Natürlich nicht", schnauzte er. „Alles ist in Ordnung."

„Gut", wiederholte James langsam.

Graham nickte. „Natürlich, wir planen eine Hochzeit, nicht wahr? Und wir sind schon seit Jahren befreundet. Es ist eine gute Partie, das wissen wir beide."

James runzelte die Stirn. Weder Meg noch Graham schienen sehr erfreut über ihre Lage zu sein, was nicht das war, was er jemals beabsichtigt hatte, als er die Verlobung vor so langer Zeit vorgeschlagen hatte.

„Graham ...", begann er.

„Du hast dich nach Miss Liston erkundigt", unterbrach Graham und drehte sich um, damit klar wurde, dass das andere Thema abgeschlossen war. „Warum bist du so interessiert an ihr?"

James presste seine Lippen fest aufeinander. Für den Moment würde er das Thema der Verlobung ruhen lassen, aber er machte sich eine gedankliche Notiz, mit Meg darüber zu sprechen, denn sie war vielleicht offener. „Sie hat Meg und mir bei einer ... Situation mit Mutter auf dem Rockford-Ball letzte Woche geholfen.“

Graham drehte sich um und seine Augen waren nun voller Sorge. „Eine Situation. War sie ...“

James nickte. „Sehr. Sie hat es in letzter Zeit nicht leicht gehabt. Vor ein paar Tagen auf Megs Party und heute Abend erneut ... weshalb sie sich nicht zu uns gesellt hat.“

Graham schüttelte langsam den Kopf. Es gab nur wenige Menschen, die das ganze Ausmaß von Lady Abernathes Problemen mit dem Alkohol kannten. Graham war einer von ihnen, Simon ein anderer ... und jetzt Emma Liston.

Komisch, dass Emma in dieser intimen Liste seiner engsten Freunde nicht fehl am Platz wirkte. Auch wenn er das Mädchen kaum kannte.

„Emma Liston ist ein Mauerblümchen“, meinte Graham, seine Stimme war nun schärfer, geschäftsmäßiger. „Ihr Großvater ist ein Viscount. Er und mein Vater waren Kumpane, was nichts Gutes für den Mann bedeutet, wie du weißt. *Ihr* Vater hat sich von seiner Familie entfremdet. Ein faules Ei, wie man so schön sagt.“

„Ich habe dich nicht nach ihr gefragt, um eine Auflistung über jeden Fehltritt ihrer Familie zu bekommen“, entgegnete James leise.

Graham zuckte mit den Schultern. „Das ist es, was ich tue ... mich an Dinge erinnern. Ich kann nicht anders, also kannst du mein Wissen genauso gut nutzen. Emma Liston ist kompromittiert.“

„Kompromittiert?“, wiederholte James zu laut, denn Wut kochte unerwartet in ihm hoch bei dem Gedanken, dass ein anderer Mann Emma berührt hatte.

Graham starrte ihn an. „Nicht *körperlich* kompromittiert. Ich meine nur, dass sie in einer schlechten Position ist. Ihre Mitgift ist gering, die wichtigen Mitglieder ihrer Familie erkennen sie nicht an, und ihr Vater tut nichts, um ihren Ruf zu fördern.“

James' Herzschlag normalisierte sich langsam wieder. „Nun, das alles bedeutet mir nicht viel.“

„Das sollte es aber. Das Mädchen könnte davon profitieren, wenn sie alles, was sie über deine Mutter weiß, gegen dich verwendet."

James schüttelte den Kopf, denn ein Anflug von abwehrender Wut durchströmte ihn, obwohl er in der Nacht des Rockford-Balls genau die gleiche Sorge gehabt hatte. „Das glaube ich nicht", sagte er. „Sie hat keinen Hehl aus ihrer Position gemacht, und sie hat auch keinen Versuch unternommen, das, was sie über meine Mutter weiß, in eine Verbesserung ihrer Position umzumünzen."

„Außer, dass sie jetzt zu deiner Landparty eingeladen ist. Eine der begehrtesten Einladungen, die es je gab. Die Leute sind immer darauf aus, dass ich ihnen eine besorge", erklärte Graham mit einer gewölbten Augenbraue.

„Nein, das glaube ich nicht", beharrte James. „Sie ist eingeladen, weil Meg sich Hals über Kopf in die Freundschaft mit ihr gestürzt hat. Und Emma ist nicht unehrlich gewesen, was ihre Position angeht."

„Was meinst du damit?", fragte Graham. „Sie hat dir von ihrem launischen Vater erzählt?"

„Nein", gab James zu und war überrascht, wie sehr sein Interesse durch diese neue Information geweckt wurde. „Aber sie hat deutlich gemacht, dass ihre Position prekär ist. Sie hat sogar einen Witz darüber gemacht, dass ich so tue, als würde ich ihr den Hof machen, um diese Position zu verbessern."

„Und du glaubst *nicht*, dass sie auf eine Heirat aus ist?"

„Nein", sagte James durch plötzlich zusammengebissene Zähne. „Sie hat mich nur geneckt, um Himmels willen. Ich dachte nie, dass sie es ernst meint."

Graham starrte ihn an ... er starrte einfach nur ... was ihm wie eine Ewigkeit vorkam. „Du willst es tun", erkannte er schließlich.

James wich zurück. „Was tun?"

„Ihr den Hof machen!", sagte Graham und warf seine freie Hand verärgert in die Luft.

„Ich habe kein Interesse, ihr den Hof zu machen", bellte James zurück. „Ich habe kein Interesse daran, irgendjemandem den Hof zu machen, und das weißt du auch."

Grahams Gesicht wurde weicher. „James ..."

James hob eine Hand. „Ich diskutiere nicht darüber", sagte er entschieden. „Der Punkt ist, ja, ich *habe* über Emmas Aussage nachgedacht. Das habe ich. Nicht, weil ich ihr tatsächlich den Hof machen will, sondern weil das, was sie vorschlug, wenn auch nur halbherzig, uns beiden sehr wohl helfen könnte."

„Ich kann sehen, wie es ihr helfen würde. Du bist der begehrteste Junggeselle in ganz London. Wenn man sieht, dass du ihr besondere Aufmerksamkeit schenkst, werden die Männer ihr zu Füßen liegen. Sie wird plötzlich in Mode sein, genau wie die Art, wie du dein Halstuch bindest."

„Ich bin mir nicht sicher, ob es fair ist, Miss Liston mit einem Knoten in einem Krawattenkragen zu vergleichen", murmelte James.

„Für manche wird es kaum einen Unterschied machen", erwiderte Graham leise. „Aber mich interessiert mehr, was du glaubst, wie diese alberne Idee für *dich* von Vorteil sein könnte."

„Du hast gesehen, wie es auf dem Rockford-Ball war", sagte James. „Es ist die erste Veranstaltung der Saison und sie haben mich förmlich überrannt. Es war anstrengend. Und es wird nur noch schlimmer werden, weißt du. Ich habe gehört, dass es dieses Jahr eine große Gruppe von Debütantinnen gibt. Doppelt so viele wie letztes Jahr. Sie werden alle hinter mir her sein."

„Und?"

„Und wenn man sieht, dass ich mich für Miss Liston interessiere, wählen sie vielleicht ein anderes Ziel", erklärte James.

„Und wenn sie sich von dir trennt, um theoretisch ein Dutzend echter Heiratsanträge in Betracht zu ziehen?", fragte Graham.

James lächelte. „Ich glaube, mein gebrochenes Herz könnte mich dieses Jahr davon abhalten zu tanzen. Selbst die nächste Saison könnte fraglich sein."

Graham stieß einen Seufzer aus. „Ich bin beunruhigt über deine

Haltung, mein Freund. Aber ich weiß sehr wohl, dass man dich nicht mehr von einem Plan abbringen kann, wenn du ihn einmal geschmiedet hast."

„In der Tat, es ist unmöglich", bestätigte James.

Graham zuckte mit den Schultern, und eine jungenhafte Schalkhaftigkeit, die er nur noch selten zeigte, blitzte über sein Gesicht. „Und es könnte auch ein lukratives Geschäft für mich sein."

„Wie das?"

„Nun, du hast Simon und einige der anderen zu dieser Party eingeladen, ja?"

James nickte. „Ja. Simon, Sheffield, Brighthollow und Roseford sind dabei. Die anderen sind beschäftigt, und Willowby haben wir seit Jahren nicht mehr gesehen."

„Nun, dann werden wir alle da sein, um über deine Fortschritte mit Miss Liston zu hören. Und Wetten abzuschließen", sagte Graham lachend, während er seine Aufmerksamkeit wieder auf ihr fast vergessenes Spiel richtete.

„Wetten auf was?", fragte James, als er sich für seinen eigenen Stoß bereit machte.

„Natürlich darauf, ob du dich in sie verlieben wirst und wie schnell", schlug Graham vor, als James seinen Stoß durchführte.

Diese Aussage ließ James' Hand abrutschen und seine Kugel hüpfte über die Tischkante und rollte über den Boden. Er blickte finster drein, als er sich in Bewegung setzte, um sie einzufangen.

„Wenn ich mich dazu entschließe, den Plan umzusetzen, wird sich niemand in irgendjemanden verlieben", versprach er mit einem Lachen. „Das kann ich dir versichern."

E mma saß im vorderen Salon auf der Fensterbank, ein Bein unter sich geklemmt, das andere baumelte vom Rand herab. Sie beobachtete die Kutschen, die auf der Straße vorbeifuhren. Das tat sie, seit sie sehr jung war. Sie hatte sich immer gefragt, wer darin saß, wohin sie fuhren, was sie fühlten, wenn sie in ihren kleinen Kokons steckten.

Heute dachte sie nicht an diese Dinge. Ihre Gedanken brachten sie immer wieder zu Abernathe. Zu jenem Moment im Garten, als er so unerwartet freundlich gewesen war. Und sie so dumm und offen.

Der Mann wollte nichts von ihren Problemen wissen. Und er wollte sicher nicht hören, dass sie ihn bat, ihr den Hof zu machen, nicht einmal im Scherz. Er musste sie für eine völlige Närrin halten.

Sie hielt sich in jedem Fall für eine Närrin.

„Da bist du ja." Sie schaute zur Tür des Salons und sah ihre Mutter hereinstürmen, ein Schreiben in der Hand. „Du hast eine Nachricht!"

Emma drehte sich um und stand langsam auf. Ihre Mutter musste sich auf den armen Boten gestürzt haben, sobald er die Auffahrt heraufkam, denn sie hatte die Klingel gar nicht gehört.

Natürlich war sie auch nicht gerade aufmerksam gewesen.

Sie drehte den Brief um und erkannte das Siegel. Es war dasselbe, das auf ihrer Einladung zu Megs Gartenparty ein paar Tage zuvor gewesen war. Es fühlte sich jetzt wie eine Ewigkeit an.

Ihre Hände zitterten, als sie es zerbrach, und darin einen kurzen Brief von ihrer neuen Freundin vorfand.

„Lies ihn laut vor!", beharrte ihre Mutter, deren Augen vor Möglichkeit und fast manischer Hoffnung leuchteten.

„Nun gut", sagte Emma leise.

„Liebe Emma, ich wollte dir noch einmal für deine nette Begleitung nach meiner Party vor ein paar Tagen danken. Ich schätze unsere Gespräche sehr. Mein Bruder und ich veranstalten ein ländliches Treffen auf unserem Anwesen, Falcons Landing. Wir würden uns freuen, wenn deine Mutter und du uns für die zwei Wochen, die wir dort verbringen, Gesellschaft leisten würden. Ich hoffe, deine Zusage bald zu erhalten. In Freundschaft, Meg."

Während Emma die Worte las, hatte Mrs. Liston begonnen, in

die Hände zu klatschen, und vor Freude zu hüpfen. Emma ihrerseits war weniger erfreut. Vierzehn Tage in Falcons Landing in der Grafschaft Abernathe bedeuteten vierzehn Tage mit dem Duke selbst. Einem Mann, der sie, wie sie bereits beschlossen hatte, für eine Idiotin hielt.

Ein Mann, der sie nervös machte, und doch ertappte sie sich dabei, wie sie wie eine Närrin plapperte, sobald er in ihre Richtung schaute.

„Oh, Emma, du hast eine gute Freundin gefunden", verkündete ihre Mutter, packte sie am Arm und riss sie fast körperlich aus ihren Gedanken. „Lady Margaret! Sie hat so gute Verbindungen. Du musst diese Verbindungen nutzen."

„Mama", sagte Emma, riss sich los und schritt durch den Raum, um erneut aus dem Fenster zu schauen. „Das ist eine merkwürdige Art, eine Freundschaft zu betrachten."

„Nun, wir müssen wohl Aufsteiger sein, nicht wahr?", fragte Mrs. Liston, ihr Tonfall so scharf, dass Emma sich umdrehte und sie ansah. Die Hände ihrer Mutter waren verschränkt und zitterten. „Du tust so, als ob uns nicht der Ruin bevorsteht."

„Das ist ein bisschen dramatisch", entgegnete Emma leise. „Wir versuchen ja nicht, dem drohenden Tod zu entkommen."

„Nein, es ist *nicht* dramatisch. Wir reden hier über die Möglichkeit eines gesellschaftlichen Todes, und du bist alt genug, um dich nicht wie ein Kind zu benehmen." Mrs. Liston verschränkte die Arme. „Sag mir, Emma, wie oft ist dein Vater zu uns zurückgekehrt und hat einen Skandal in unser Leben geschleppt? Wie oft hat er deine Möglichkeiten eingeschränkt und mich mit seinen Schürzenjägereien, Glücksspielen und Duellen gedemütigt? Wie oft?"

Emma tippte mit dem Fuß. „Du wirfst mir deinen Ärger und deine Angst vor Vater jedes Mal ins Gesicht, wenn ich nicht tue, was du verlangst, aber wir wissen beide, was passieren würde, wenn er morgen durch diese Tür käme. Du würdest ihm die Arme öffnen, alles wäre es vergeben und für ein paar Wochen oder Monate würdest du dich weigern, irgendeine negative Meinung über ihn zu hören, egal was er tut."

Die Stirn ihrer Mutter legte sich bei Emmas direkter Aussage in Falten und ihre Schultern sackten herab. „Du hältst mich für schwach."

Emma hielt den Atem an, denn es gab keine Möglichkeit, zu lügen und den Vorwurf ihrer Mutter zu leugnen. Wenn es um Harold Liston ging, war Mrs. Liston immer hin- und hergerissen zwischen blankem Entsetzen und blinder Ergebenheit.

„Es ist kompliziert", gab Emma schließlich zu.

„Ja, das ist es", flüsterte Mrs. Liston, und ihre Tränen waren diesmal echt und nicht nur aus Manipulation geboren.

Emma seufzte. Sie ging auf ihre Mutter zu und ergriff sanft ihre Hände. „Ich bestreite nicht, dass du Grund zur Sorge hast. Vater taucht *immer* zu den unpassendsten Zeitpunkten auf, und sein Verhalten verursacht gewöhnlich nichts als Ärger."

„Und es kann sehr gut sein, dass er noch einmal auftaucht, weißt du", sagte Mrs. Liston mit einem Schniefen. „Es ist fast ein Jahr her, seit wir ihn das letzte Mal gesehen haben, und ich warte jetzt fast jede Nacht darauf, seine Schritte zu hören. Dass er die Treppe hinauf stapft und Unglück hinter sich herzieht."

Emma legte den Kopf schief. „Ich nehme an, das ist möglich."

„Und dieses Mal werde ich mich seinen Reizen nicht beugen, das verspreche ich."

Emma presste die Lippen zusammen, denn sie wusste, dass das nicht stimmte.

„Du weißt, dass ich nur deshalb solch eine Aufsteigerin bin, weil ich Angst habe, dass er dieses oder das nächste oder das übernächste Mal etwas über uns bringt, das uns für immer zerstört", flüsterte Mrs. Liston. „Und die einzige Möglichkeit, diesem Schicksal zu entgehen ist, wenn du verheiratet oder zumindest verlobt bist. Dann kann er rasen und toben, aber sein Skandal wird uns nicht so zerstören, wie er es jetzt könnte."

Emma griff in ihre Pelissetasche nach einem Taschentuch. Als sie es ihrer Mutter überreichte, sagte sie: „Es tut mir leid, dass ich dich bisher enttäuscht habe, Mama."

Mrs. Liston zuckte mit den Schultern, leugnete aber nicht Emmas Versagen. „Du hast hier eine Chance, meine Liebe. Und wir werden sie ergreifen. Wir werden zu dieser Party gehen."

Emma kannte diesen Ton. Es war der, der keinen Widerspruch duldete. Sie würde ihre Mutter nicht von etwas anderem überzeugen können, egal was sie sagte.

„Nun gut, Mama", sagte sie leise. „Obwohl ich nicht garantieren kann, dass ich diese Party mit mehr Erfolg verlassen werde, als ich irgendeine andere verlassen habe."

Die Verärgerung ihrer Mutter von zuvor schien verschwunden und wurde durch grimmige Entschlossenheit zu Emmas Gunsten ersetzt. „Du wirst reichlich Gelegenheit haben, erfolgreich zu sein. Sicherlich wird es Dutzende von geeigneten Männern geben, die dir nachlaufen, einschließlich des Dukes of Abernathe selbst."

Emmas Herz begann zu klopfen, und sie gab sich große Mühe, nicht an diese dunklen Augen und die Traurigkeit darin zu denken. An die großen Hände und die breiten Schultern. An *ihn*.

Sie schüttelte den Kopf. „Abernathe ist an mir so interessiert wie an einer Mücke, Mama", erklärte sie, aber ihre Stimme klang atemlos und zitterte leicht.

Mrs. Liston schien es nicht zu bemerken. „Dann solltest du dir mehr Mühe geben. Du bist keine große Schönheit, nein, aber du bist auch nicht unattraktiv. Wenn du deine Intelligenz nicht so oft zeigen würdest, hättest du vielleicht mehr Glück."

Emma biss sich fest auf die Zunge. Das sagte ihre Mutter schon seit Jahren. Es mochte stimmen, dass ihr Verstand ihr keine Freier bescherte, aber Emma wollte keinen Mann, der eine dumme Frau bevorzugte. Sie wollte nicht verbergen, wer sie war.

Es war nur so, dass niemand zu wollen schien, wer sie war.

„Ich kann die Aufmerksamkeit eines Mannes nicht erzwingen", flüsterte sie.

„Du willst es also nicht einmal versuchen? Für mich?", fragte

Mrs. Liston, bevor sie heftig zu weinen begann.

Emma ballte die Hände an ihren Seiten. *Das* war Manipulation und sie wusste es, aber sie konnte sich nicht abhalten. Sie trat vor und umarmte ihre Mutter.

„Natürlich werde ich ... ich werde es versuchen. Wir werden hingehen, wie du es wünschst. Und ich *werde* es versuchen.“

Ihre Mutter gab einen triumphierenden Schrei von sich und umarmte Emma, bevor sie aus dem Salon stürmte, nach ihrem Dienstmädchen rief und über Kleider und Hüte schimpfte, als wäre der Ausbruch zuvor überhaupt nicht passiert.

Nachdem sie verschwunden war, sank Emma auf den nächstgelegenen Stuhl und bedeckte ihr Gesicht mit den Händen. Es zu versuchen war eine Sache, Erfolg zu haben eine andere. Und in diesem Moment schien es überhaupt keine Chance auf Erfolg zu geben.

KAPITEL 6

Eine Woche später stand James auf der Treppe in Falcons Landing und sah zu, wie eine Kutsche nach der anderen in die Einfahrt strömte. An seiner Seite war seine Mutter, die es zum ersten Mal seit Wochen geschafft hatte, nüchtern zu bleiben. Meg stand an seiner anderen Seite, lächelte und spielte die wahre Gastgeberin dieser Soiree.

Normalerweise hätte er sich nicht an dieser Pflicht gestört. Viele der Eingeladenen waren seine engsten Freunde. Sowohl Graham als auch Simon waren drei Tage zuvor mit ihnen zum Anwesen geritten, und die Dukes of Brighthollow, Roseford und Sheffield waren bereits eingetroffen. Ihr Club war noch nicht komplett, aber er war trotzdem von Freunden umgeben.

Doch James' Gedanken waren ganz woanders, als er Hände schüttelte und Handrücken küsste und Freunde und Bekannte anlächelte, als sie die Treppe heraufkamen und in sein Haus strömten.

Die Dowager-Duchess stieß endlich einen langen, aufgesetzten Seufzer aus und sagte: „Sind das alle?"

Meg begann zu sprechen, aber James unterbrach sie, als eine letzte Kutsche in die Einfahrt einbog. „Nein", sagte er leise. „Es gibt noch einen Nachzügler."

Die Kutsche hielt an, und er machte einen Schritt nach vorn, als einer seiner Bediensteten herbeieilte, um die Tür für die Insassen zu öffnen. Mrs. Liston stieg zuerst aus, und ihr Gesicht errötete. James ignorierte sie und beugte sich leicht vor, um Emma hinter ihr zu erkennen.

Sie verließ die Kutsche mit einem kurzen Dank an James' Diener und streckte dann ihren Rücken durch. Sie trug ein blaues Kleid. Es war nichts Ausgefallenes, sie war nicht wie einige der Frauen, die in etwas Feinem hier angekommen waren, um seine Aufmerksamkeit zu erregen. Aber das Blau ließ Emmas Augen eher pflaumenblau erscheinen. Der grüne Farbton in ihren Tiefen verblasste leicht.

„James", sagte Meg und stieß ihn mit dem Ellenbogen in die Seite.

Er blinzelte und entdeckte Mrs. Liston, die am oberen Ende der Treppe stand und ihm die Hand hinhielt.

„Mrs. Liston", würgte er hervor. „Schön, Euch zu sehen, willkommen in unserem Haus. Ihr kennt Margaret bereits, nehme ich an."

Meg funkelte ihn wegen seiner schnellen und abweisenden Begrüßung der Lady an, und er hörte, wie sie es mit ihren eigenen Worten warmherzig wieder gutmachte, als sie Mrs. Liston ihrer Mutter vorstellte. James kümmerte das nicht. Er trat näher, als Emma die letzten Stufen erklomm, und hielt ihr die Hand hin.

„Miss Liston", sagte er.

Sie zögerte, bevor sie seine Hand nahm und sich von ihm zum oberen Ende der Treppe helfen ließ. Dieses Zögern faszinierte ihn immer noch, denn er hatte noch nie eine andere Lady kennengelernt, die ihm gegenüber so zurückhaltend war. Aber es war nichts Heimtückisches oder Falsches an Emma.

Sie jagte ihm nicht nach, um eine gute Partie zu machen.

„Euer Gnaden", hauchte sie, dann sah sie zum Haus hinauf. „Es ist wunderschön."

Er ertappte sich dabei, wie er ihr Gesicht zu lange beobachtete, bevor er sich umdrehte und das Haus betrachtete. „Das ist es. Dieser

Ort war schon immer mein Zufluchtsort. Vielleicht kann ich Euch später auf eine Besichtigung des Hauses einladen."

Ihr Blick ruckte zurück zu seinem Gesicht und es lag Unsicherheit in ihrem Ausdruck. Sie kam jedoch nicht dazu, zu antworten, denn Meg ergriff ihren Arm und zog sie in eine Umarmung. Emmas Aufmerksamkeit wurde vollkommen in Anspruch genommen, als die beiden jungen Frauen zu reden und zu lachen begannen, bevor Meg Emma ihre Mutter vorstellte.

„Erinnerst du dich an Miss Liston, Mutter?", fragte Meg, als die Formalitäten erledigt waren.

James beobachtete den Austausch aufmerksam. Ihre Mutter hatte keine Erinnerung an ihren peinlichen Auftritt auf dem Rockford-Ball zwei Wochen zuvor. Und sie schien Emma nicht wiederzuerkennen, denn sie starrte sie ausdruckslos an.

„Ich treffe so viele Leute", sagte sie. „Liston, nicht wahr?"

Emma nickte, aber es gab kein Aufblitzen eines Urteils in ihrem Gesicht, keine Reaktion, die über die hinausging, die jeder Mensch zeigte, wenn er jemanden zum ersten Mal traf. Sie lächelte und streckte eine Hand aus. „Es ist mir ein Vergnügen, Euch kennenzulernen, Euer Gnaden."

Ihr Butler, Grimble, erschien aus dem Foyer und Meg drückte Emma kurz die Schulter. „Geh nur hinein und mache es dir bequem. Ich komme später hoch, dann können wir uns richtig unterhalten."

Emma nickte, dann wanderte ihr Blick zu James. Sie nickte ihm leicht zu, bevor sie ihre Augen abwandte und sie und ihre Mutter sein Haus betraten. James ertappte sich dabei, wie er den Atem anhielt, als sie im Inneren verschwand.

Meg wandte sich ihm zu. „Was ist das für ein Gesichtsausdruck?"

Er blinzelte zu ihr hinab. „Gesichtsausdruck?"

Meg legte den Kopf schief. „Ach, komm schon, ich kenne dich zu gut. Du siehst ganz ... verkniffen aus. Magst du Emma nicht?"

Er schluckte. „Ich mag sie gut genug für diesen Anlass. Aber ich kenne sie nicht wirklich."

„Nun, ich mag sie", beharrte seine Schwester. „Also wirst *du* sie auch mögen müssen. Ich glaube, wir könnten ihr helfen."

James kniff die Lippen zusammen. *Ihr helfen?* Ja, er hatte seine eigenen Vorstellungen zu diesem Thema. Solche, die Meg vielleicht nicht unbedingt gutheißen würde. Aber er hatte sich in dieser Hinsicht noch nicht ganz entschieden, also nickte er nur. „Wenn sie deine Freundin ist, ist sie auch meine Freundin, das versichere ich dir."

„Sind das dann endlich alle? Oder erwarten wir noch mehr Teilnehmer?", fragte die Dowager-Duchess, und in ihrem Ton lag tiefe Verärgerung.

Meg warf James einen bedeutungsvollen Blick zu, bevor sie sich wieder umdrehte. „Ja, Mutter. Emma und ihre Mutter waren unsere letzten Gäste. Wir können jetzt wieder hineingehen."

„Endlich", murmelte ihre Mutter, als sie von ihren Kindern fort und die Treppe hinaufstapfte.

Normalerweise hätte sich James mehr auf seine Mutter und ihr Verhalten konzentriert, aber heute wandte sich sein Geist anderen Gedanken zu. Gedanken an Emma Liston. Und diese waren weitaus angenehmer als alle Sorgen über die Dowager-Duchess und darüber, ob sie in den nächsten zwei Wochen eine Szene machen würde oder nicht.

Emma lächelte Sally an, als das Dienstmädchen den letzten Gegenstand in die Schublade legte, sich aufrichtete und sagte: „Kann ich noch etwas für Euch tun, Miss?"

Emma schüttelte den Kopf. „Nein, danke. Ich denke, ich werde mich ein wenig ausruhen. Grimble sagte, das Abendessen würde um acht Uhr serviert, und ich könnte einen Moment für mich gebrauchen."

Sally warf ihr einen verständnisvollen Blick zu. Obwohl Emma natürlich nie über ihre Frustrationen mit ihrer Mutter sprach, sah und hörte Sally sicherlich die ein oder andere Diskussion. Und volle zwei Tage zusammen in einer Kutsche eingepfercht, machten Emmas Schwierigkeiten wahrscheinlich noch deutlicher als sonst.

„Ich komme um sieben zurück, um Euch beim Umziehen zu helfen, Mylady. Natürlich könnt Ihr auch früher nach mir klingeln, wenn Ihr meine Hilfe benötigt“, sagte Sally pflichtbewusst und ging zur Tür.

Sie öffnete sie und stieß ein Keuchen aus, das Emmas Aufmerksamkeit auf den Ausgang lenkte. Dort stand Meg und hob lachend eine Hand zu ihrer Brust.

„Ich bitte um Verzeihung, Mylady“, sagte Sally und neigte ihren Kopf.

Meg streckte die Hand aus und tätschelte ihren Arm. „Meine Güte, hast du mich erschreckt. Es scheint, ich komme genau zum richtigen Zeitpunkt ... wolltest du Miss Liston einfach sich selbst überlassen, Sally?“

„Ja, Mylady.“

„Das überlässt sie dann ganz mir“, meinte Meg und trat ein, als Sally einen Schritt zur Seite machte.

Sally warf Emma einen letzten fragenden Blick zu, und Emma nickte und entschuldigte sie damit. Sally schloss die Tür hinter sich und ließ Emma und Meg allein.

„Ich bin so froh, dass du zugestimmt hast, zu kommen“, meinte Meg, als sie auf Emma zuging und sie in eine warme Umarmung zog.

Emma zögerte einen Moment, erwiderte dann aber die freundliche Geste. „Ich bin so dankbar, dass Ihr mich eingeladen habt, Mylady.“

Meg zog sich zurück und warf ihr einen strengen Blick zu. „Meg“, erinnerte sie mit einer gewölbten Augenbraue. „Bitte, nenn mich einfach Meg.“

„Natürlich, Meg“, sagte Emma. „Ich brauche nur ein Dutzend Mal, bis ich mich daran erinnere.“

Meg lächelte und sah sich im Raum um. „Ist die Kammer zufriedenstellend?"

„Oh, in der Tat. Ich habe einen schönen Blick auf die Wälder. Ich war allerdings ... überrascht, dass ich mir kein Gemach mit meiner Mutter teilen muss."

Meg grinste. „Wir haben ein volles Haus und einige der Ladies teilen sich das Gemach mit Schwestern und Müttern, aber ich habe dafür gesorgt, dass du dein eigenes hast. Wie sollen wir sonst bis spät in die Nacht aufbleiben und uns unterhalten?"

Emma lachte. „Guter Plan."

„James hat sich gefreut, dich wiederzusehen", erklärte Meg, während sie zum Fenster ging und die Vorhänge etwas zurechtrückte.

Emma spannte sich bei dieser unerwarteten Bemerkung an. „Ich bin mir sicher, dass er sich freut, dass *alle* hierher zu Besuch gekommen sind."

„Nein, er freut sich sicher nicht über jeden Gast", antwortete Meg mit einem Kopfschütteln. „Er denkt, ich höre es nicht, wenn er diese kleinen Stöhngeräusche von sich gibt, aber ich tue es. Er war praktisch der Aufmerksamkeit aller Ladies überdrüssig, außer deiner."

Emma spürte, wie ihre Wangen aufflammten. „Er war glücklich, weil ich als Letzte ankam und er zurück zu seinen Freunden gehen konnte."

Meg zuckte mit den Schultern. „Vielleicht."

„Ihr steht euch sehr nahe", erkannte Emma und bemühte sich, das Gespräch in andere Bahnen zu lenken, da dieses spezielle Thema ihr doch unangenehm war.

Jetzt wurde Megs Lächeln weicher und ihr Gesicht erhellte sich. „Oh, das ist richtig. Er ist drei Jahre älter als ich, hat mich aber stets mit einbezogen."

Emma spürte bei diesen Worten einen Anflug von Eifersucht. Sie war allein aufgewachsen, mit einem launischen Vater und einer drängenden Mutter. Sie hatte sich oft nach einem

Geschwisterchen gesehnt, das ihre Sorgen und ihren Spaß teilte.

„Es ist schwer, sich Abernathe als Kind vorzustellen", gab sie zu. „Er ist so ein ... ein Mann."

In dem Moment, als sie die Worte sagte, schlug sie eine Hand vor den Mund und starrte Meg an. Aber Meg schien durch ihre Übertreibung nicht beleidigt zu sein. In der Tat lachte sie sogar.

„Dann ist er ein guter Heuchler", meinte sie, als sie sich wieder gefangen hatte. „Denn manchmal sehe ich ihn an, und alles, was ich sehe, ist derselbe kleine Junge, der früher Seiltänzer war und auf der Koppel mit den Stieren Matador spielte."

Emmas Augen wurden bei diesem Gedanken groß. „Er war also schon immer ein Draufgänger?"

Meg nickte. „Es gab nie eine Wette, die er nicht angenommen hat. Und irgendwie kommt er immer ungeschoren davon."

„Manche Menschen sind unverwundbar", sagte Emma mit einem Achselzucken. „Sie leiden nie."

Megs Lachen verblasste und ihr Gesicht wurde ernster. „Nun, das würde ich nicht sagen", entgegnete sie leise.

Ihr Tonfall hatte etwas an sich, das Emma interessiert den Kopf neigen ließ. Der große Duke of Abernathe hatte also auch gelitten? Der Mann, der anscheinend nichts falsch machen konnte und eine Schar von anderen Dukes anführte? Eine Schar schien ihr die beste Klassifizierung für ihre kleine Gruppe zu sein.

Es schien unwahrscheinlich. Aber dann war da wieder dieser Hauch von Traurigkeit in seinen Augen. Die, von der sie wusste, dass sie sie nicht sehen sollte.

„Dein Bruder war sehr nett zu mir", gab Emma zu.

„Gut", erwiderte Meg mit einem verschmitzten Lächeln. „Dann wirst du dich sicherlich freuen, heute Abend beim Essen neben ihm zu sitzen."

Emmas Augen weiteten sich. „Was? Oh, Meg! Das hättest du nicht tun sollen!"

Meg wich zurück. „Warum nicht?"

„Weil Abernathe der Gastgeber und er furchtbar wichtig ist. Beim Abendessen den Platz neben ihm zu haben, ist eine Prestige-position. Jeder wird tuscheln, wenn eine Person wie *ich* diesen Ehrenplatz einnimmt."

Meg rollte mit den Augen. „Du machst dir zu viele Sorgen. Und wenn die Leute schauen und reden, ist das nicht eine gute Sache? Du *willst* Interesse, nicht wahr?"

Emma erstarrte bei dieser Aussage, die so nahe an den Worten lag, die sie vor einer Woche in seinem Garten in London zu Aber-nathe gesagt hatte. „Hat ... hat Abernathe etwas zu dir gesagt?"

„Worüber?", fragte Meg und blinzelte in scheinbar echter Verwirrung über die Frage und die Schärfe, mit der sie gestellt wurde.

„Über mich. Meine Position", hauchte Emma. Sie hatte ihm an diesem Tag so viele Dinge offenbart. Und dann hatte sie ihren lächerlichen Witz darüber gemacht, dass er ihr den Hof machte. Ihre Wangen flammten erneut auf, als sie nur daran dachte.

„Er hat nichts zu mir gesagt", sagte Meg sanft.

Emma stieß einen Seufzer der Erleichterung aus. Wenigstens war ihre Demütigung nicht ganz öffentlich. „Trotzdem hättest du so etwas nicht arrangieren dürfen, Meg. Wahrhaftig."

„Dein Widerspruch wird ordnungsgemäß zur Kenntnis genom-men. Jetzt sollte ich gehen. Ich muss noch nach meiner Mutter sehen und ein paar anderen Freunden ein längeres *Hallo* zugeste-hen." Meg bewegte sich zur Tür und hielt lächelnd inne. „Oh, und du solltest wissen, dass ich die Sitzordnung nicht gemacht habe. Das war *er*."

Emma starrte sie in stummem Schock an, als Meg mit einem strahlenden Abschiedsgruß ging. Dann ließ sie sich auf den nächst-gelegenen Stuhl sinken. Abernathe hatte darauf bestanden, dass sie neben ihm saß? Das war in der Tat eine unerwartete Neuigkeit. Genauso wie die Erregung, die sie bei dieser Vorstellung durchfuhr.

Eine, die sie noch vor dem Abendessen ganz unterdrücken müsste.

James lehnte sich in seinem Stuhl zurück und ignorierte die Reste des Abendessens auf seinem Teller. Er schaute zu seiner Linken ... zu Emma. Sie blickte stur auf ihr Essen, aber sie aß nicht viel, sondern schob es nur hin und her, damit es aussah, als hätte sie gegessen. Aber sie war so sehr auf diesen Akt konzentriert, dass er Zeit hatte, sie zu beobachten.

In der Woche, seit sie ihren intriganten kleinen Witz über das Umwerben gemacht hatte, um Aufmerksamkeit zu erregen, hatte er ein wenig über sie und ihre Familie recherchiert. Was Graham ihm während ihres Billardspiels erzählt hatte, war nur der Anfang. Er war beeindruckt, wie wenig Emma das, was sie durchgemacht hatte, in ihren Worten oder Taten widerspiegelte.

Aber jetzt kannte er die Wahrheit und das ließ ihn sie genauer unter die Lupe nehmen. Sie trug feine Kleider, nicht die feinsten, aber definitiv nicht billig. Und das mussten einen beträchtlichen Teil der Mittel verschlingen, die sie und ihre Mutter besaßen, denn er wusste, dass sie wenig Geld hatten. Während er Emma beobachtete und wusste, wie sie über die Gesellschaft dachte, konnte er nicht glauben, dass das ihre Wahl gewesen war.

Was bedeutete, dass sie in ein Leben gezerrte wurde, das ihre Mutter gewählt hatte. Etwas, das er sehr gut verstand, wenn er ihre Mutter durch seinen Vater ersetzte.

Emma war auch als eine Art Blaustrumpf bekannt. Als das Thema zur Sprache kam, hatte ein Gentleman so etwas gesagt wie *zu klug für ihr eigenes Wohl oder das von anderen.* James nahm an, das sollte ihn abschrecken, aber in Wahrheit steigerte es sein Interesse. Es gab nichts, was er mehr hasste, als Zeit mit einem hohlköpfigen Trottel zu verbringen. Einer, der nur seine eigene Meinung wiederholte, in einem lächerlichen Versuch, ihm näherzukommen.

Das Einzige, worüber niemand sprach, als er neben ihr saß, war, wie hübsch sie war. Oh, sie war nicht protzig. Sie versuchte nicht, ein Diamant zu sein, nicht in Wort, Tat oder Aussehen. Aber sie hatte etwas an sich, das unbestreitbar attraktiv war. Und es waren nicht nur ihre umwerfenden Augen und diese vollen Lippen. Sie war einfach nur … hübsch.

Er beugte sich vor und senkte seine Stimme, sodass nur sie ihn hören konnte. „Wisst Ihr, dieses arme Rind, von dem das Stück Fleisch auf Eurem Teller kommt, ist bereits tot, Emma."

Sie blickte ruckartig zu ihm, die Augen plötzlich weit aufgerissen, als sie stammelte: „I … Ich bitte um Verzeihung, Euer Gnaden. Wovon sprecht ihr?"

„Ich sagte, die arme Kuh wurde schon einmal getötet, und Ihr tötet sie noch einmal, indem Ihr sie mit der Gabel auf Eurem Teller herumschleift."

Sie schaute hinab auf die Spuren, die sie in ihrem Essen hinterlassen hatte, und dann wieder hoch zu ihm. Und zu seiner großen Überraschung und seinem völligen Triumph lächelte sie. Es war ein breiter, ganz und gar ehrlicher Ausdruck, und für einen Moment konnte er kaum atmen. Ihr ganzes Gesicht leuchtete auf, und er sah den Diamanten, den sie sich nie erlaubte zu sein.

„Es tut mir leid", flüsterte sie, ohne auf seine Gedanken zu achten. „Das Essen ist wunderbar, ich bin nur..."

Sie brach ab und er legte den Kopf schief. „Nur?"

Sie neigte ihr Kinn. „Nervös", gab sie so leise zu, dass er sie kaum hörte.

„Warum?", drängte er sanft.

Sie hob ihren Blick und begegnete seinem, hielt ihm für einen Wimpernschlag stand. Dann noch einen zweiten. Bis es zu lang wurde, bis etwas Heißes tief in seinem Bauch aufloderte.

„Meinetwegen?", fragte er, seine Stimme klang nun rau.

Sie schluckte, und er beobachtete, wie ihre zarte Kehle bei dieser Aktion arbeitete. „Ja", murmelte sie, ihr eigener Ton viel tiefer und heiserer.

„Abernathe?"

Er zuckte zusammen, als er seinen Namen hörte, der laut vom anderen Ende des Tisches, wo Meg Hof hielt, ausgesprochen wurde.

Er riss seinen Blick zu ihr herum und stellte fest, dass praktisch alle Augen am Tisch auf ihn gerichtet waren. Auf Emma.

Emma schien es in diesem Moment auch zu erkennen und sie errötete, als sie ihren Kopf ein zweites Mal duckte.

„Ja?", sagte er.

„Ich sagte, dass es vielleicht an der Zeit ist, das Abendessen zu beenden, damit sich alle für den Ball fertig machen können." Meg hob beide Augenbrauen, als sie erst ihn, dann Emma anstarrte.

„Ausgezeichnete Idee", sagte er und drängte sich auf die Beine. „Ladies und Gentlemen, bitte gesellt Euch in einer Stunde zu uns in den Ballsaal."

Die anderen begannen sich zu erheben, ihre Gespräche füllten den Raum, als sie begannen, in Paaren oder kleinen Gruppen nach draußen zu wandern. Emma brauchte einen langen Moment, um aufzustehen, und ihre Hände zitterten, als sie ihre Serviette auf den Tisch legte. James sah, wie ihre Mutter wartete, ihre Aufmerksamkeit viel zu sehr auf die beiden gerichtet war. Sie hatten nur einen Moment Zeit, bevor sie sich näherte.

„Emma", sagte er und widerstand kaum dem Drang, ihre Hand zu nehmen.

Sie blickte zu ihm auf. „Ja?"

„Möchtet Ihr mit mir in den Garten gehen?"

Sie blinzelte, als ob sie die Frage nicht verstanden hätte. „Mit Euch gehen? Jetzt?"

Er nickte. „Es ist noch eine Stunde bis zum Ball, und ich möchte, dass Ihr rechtzeitig zurück seid, um Euch fertig zu machen. Bitte, kommt mit mir."

Ihre Lippen teilten sich und sie flüsterte. „Warum ..."

Doch bevor sie ihre Frage stellen konnte, eilte ihre Mutter auf sie zu, ihre Augen leuchteten vor rasender Freude. „Ja! Natürlich wird sie mit Euch gehen, Euer Gnaden."

James schürzte die Lippen, denn er wollte nicht Mrs. Listons Einverständnis. Er wollte Emmas. Auch wenn das, was er mit ihr zu besprechen wünschte, kaum mehr als eine geschäftliche Vereinbarung war, wollte er doch ihre ... *Zustimmung*.

Eine Erkenntnis, die ihn ein wenig aus dem Gleichgewicht brachte.

„Ist das ein *Ja* von *Euch*, Emma?", fragte er.

Sie warf ihrer Mutter einen Blick zu und ihre Wangen wurden feuerrot, als sie nickte. „Natürlich, Euer Gnaden. Das würde mir sehr gefallen."

Er war sich nicht sicher, ob sie mit dieser Aussage ehrlich zu ihm war oder nur versuchte, ihre Mutter zu besänftigen, die jetzt neben ihnen stand und praktisch auf der Stelle hüpfte. Meg stand ebenfalls in der Nähe des Ausgangs und beobachtete sie mit hellem Interesse in ihren dunklen Augen.

In diesem Moment war es ihm egal. Er würde seinen Willen bekommen. Und als er ihren Arm nahm und sie aus dem Esszimmer führte, spürte er einen Kitzel der Erregung, den er schon lange nicht mehr erlebt hatte.

KAPITEL 7

Emma hielt ihre freie Hand an der Seite und versuchte, die Tatsache zu ignorieren, dass ihre andere Hand um den Bizeps des Duke of Abernathe geschlungen war. Seinen sehr muskulösen Bizeps. Und er roch auch gut, verdammt. Nach Nelken und Leder. Es war völlig unfair.

Er führte sie die Treppe hinunter, in den Garten und entlang des gewundenen Weges. Sie hatten nicht mehr miteinander gesprochen, seit sie vor wenigen Augenblicken den Speisesaal verlassen hatten, und Emma löste sich schließlich von ihm und drehte sich zu ihm um.

Sein Gesicht wurde sowohl vom Mond als auch von ein paar Laternen beleuchtet, die ihnen den Weg wiesen. In diesem weichen Halbdunkel hielt sie den Atem an. Sein Gesicht war so markant. Pure Männlichkeit, und sie fühlte sich klein und weich, als sie neben ihm stand.

Aber sie wollte sich nicht klein und weich fühlen, denn das bedeutete verletzlich und töricht zu sein. *Das* fühlte sie schon zur Genüge in diesem Leben, über das sie so wenig Kontrolle hatte.

Sie holte tief Luft und versuchte zu vergessen, dass er ihr nahe war und sie mit diesen intensiven Augen beobachtete. Emma ließ seinen Arm los und stemmte forsch die Hände in die Hüfte. „Warum habt Ihr das getan?"

Er wich bei ihrem Tonfall überrascht zurück und starrte sie verständnislos an. „Was habe ich getan?"

Sie stieß einen frustrierten Atemzug aus. „Ihr habt mich beim Abendessen neben Euch platziert. Ihr lehnt Euch zu mir und redet mit mir, als würden wir etwas Intimes besprechen. Dann soll ich mit Euch im Garten spazieren gehen. Alle starrten uns an ... *mich*, Abernathe."

Er presste die Lippen zusammen. „James."

Sie hatte noch mehr zu sagen, aber seine sanfte Ermahnung brachte sie zum Innehalten. „Verzeihung, wie bitte? Habt Ihr mir gerade gesagt, dass ich Euch *James* nennen soll?"

Er nickte. „Ich würde es vorziehen. Ich habe meinen Titel nie gemocht. Für mich ist er ein notwendiges Übel."

Sie zögerte, denn diese Aussage machte sie stutzig. Die meisten Dukes trugen ihren Titel wie ein Ehrenabzeichen, obwohl keiner von ihnen etwas getan hatte, um ihn zu verdienen, außer der erste Sohn des ersten Sohnes eines anderen zu sein. Abernathe sah wirklich unbehaglich aus, als er vor ihr stand.

Und nichts davon hatte etwas mit ihr zu tun, und doch war sie hier und dachte darüber nach. Sie sah ihn finster an. „Ich kann den Duke of Abernathe doch nicht mit seinem Vornamen anreden. Das wäre äußerst unpassend."

„Ich nenne Euch Emma", sagte er mit einem leichten Lächeln.

„Ja, das habe ich bemerkt", antwortete sie und erzitterte bei der Art, wie seine Lippen ihren Namen formten. „Und es ist ebenso unpassend, denn ich bin eine unverheiratete junge Frau ohne jegliche Verbindung zu Euch oder Eurer Familie. Alles, was es bewirkt, ist ein falsches Gefühl von ..."

„Ihr *habt* eine Verbindung zu meiner Familie", unterbrach er sie, verschränkte die Arme und zog sein Jackett über seine lächerlich breite Brust zurück. Die, die sie nicht aufhören konnte anzustarren, selbst als sie versuchte, ihn zu ermahnen, weil er zu vertraut mit ihr umging.

„Welche Verbindung?", fragte sie und kämpfte wild um Konzentration.

Er wölbte eine Braue. „Meine Schwester verehrt Euch. Ihr seid ihre Freundin."

Emma starrte ihn an und ein Teil des Feuers verließ bei dieser Aussage ihren Körper. „Nun, ja. Meg und ich sind wohl Freundinnen geworden."

„Was ist dann schlimm daran, wenn ich eine der engsten Freundinnen meiner Schwester mit ihrem Vornamen anspreche und sie mich ebenfalls? Vor allem, wenn wir uns in der Privatsphäre eines Gartens befinden, wo niemand sonst in der Nähe ist. Es ist ja nicht so, dass ich von Euch verlange, mich an anderen Orten James zu nennen."

„Euch zu Duzen und James zu nennen, ist also nur eine gartenspezifische Bitte?", fragte sie und schüttelte dann den Kopf. Was tat sie da? Flirtete sie etwa mit diesem Mann? Diesem Gott? Diesem Goldkind, das nicht die geringste Ahnung davon hatte, was es bedeutete, ein Außenstehender zu sein?

Genau die Art von Mann, die sie ihr ganzes Erwachsenenleben lang gemieden hatte?

Er lachte, und der Klang traf sie direkt in den Bauch. Tiefer, um genau zu sein. Deutlich und unangemessen tiefer. Jetzt fühlte sie sich ganz … heiß … und … und … prickelnd.

„Im *privaten,* ja", korrigierte er. „Wenn wir unter vier Augen sind, möchte ich, dass Ihr mich James nennt und duzt. Ich werde das Gleiche tun."

Sie erschauderte bei der Vorstellung, so töricht sie auch war. *„James,* glaubst du wirklich, dass wir jemals wieder unter vier Augen miteinander sein werden?"

Er sah sie genau an und etwas in seinem Blick veränderte sich. Seine Lider verengten sich und seine Pupillen weiteten sich, als er sie anstarrte. Dieses heiße und prickelnde Gefühl nahm zu und sie bewegte sich, aber das Aneinanderreiben ihrer Beine machte es nur noch schlimmer.

„Warum nicht?", fragte er leise.

Es gab einen Moment, in dem sie glauben wollte, dass ein Mann wie er überhaupt Interesse an ihr haben könnte. Dass er anders war und über die Probleme hinwegsehen konnte, die mit dem Werben um sie einhergingen. Dass er über ihre Intelligenz hinwegsehen konnte, die für so viele Männern ein Hindernis darstellte. Dass er über ihren Mangel an Geldmitteln hinwegsehen konnte, dass er über *alles* hinwegsehen konnte, was sie nicht begehrenswert machte.

Aber dann kehrte die Realität zurück und sie blickte ihn an.

„Was hast du vor?", fragte sie. „*Warum* tust du so, als könntest du irgendein Interesse an mir haben? Was bringt es dir?"

„Du bist sehr direkt", sagte er mit einem Kopfschütteln. „Noch eine Sache, die ich an dir schätze."

Nun war sie auf der Hut und trat von ihm zurück. „Aber du bist es nicht. Deshalb frage ich mich, was für ein Spiel du treibst. Willst du dir mit mir einen Spaß erlauben?"

Jeglicher Humor und alle Neckerei aus seinem Blick, seiner Stimme, seiner Haltung verschwanden. „Nein", sagte er, fast entsetzt. „Nein, natürlich nicht. Warum meinst du das?"

Sie zuckte zusammen, denn ein Nerv wurde durch seine Frage freigelegt, und er begann tief in ihr zu pochen. Sie wandte sich von ihm ab. „Du wärst nicht der Erste, Euer Gnaden. Aber das spielt keine Rolle."

Sie erwartete, dass er etwas Oberflächliches antworten würde. Um einen Weg zu finden, dem Unbehagen dieses Austausches zu entkommen. Stattdessen hörte sie, wie er sich bewegte und sie spürte seine Anwesenheit direkt in ihrem Rücken. Ihr Atem stockte, als sich seine Hand sanft um ihren Oberarm schloss. Er drehte sie um, und sie starrte zu ihm auf, so nah, dass sie, wenn sie such nur einen Zentimeter nach vorne lehnte, in seinen Armen liegen würde.

Seine Finger glitten ihren Arm hinauf, über ihre Schulter, und dann streiften sie ihre Wange. Sie konnte kaum atmen, als er den letzten Zentimeter des Abstandes zwischen ihnen schloss. Ihre Brust und ihre Oberschenkel berührten seine und sie begann zu zittern.

„Es ist wichtig, Emma", flüsterte er. Er war so nah, dass sein Atem ihre Lippen berührte.

Sie ertappte sich dabei, wie sie ihr Kinn anhob, wie sie ihre Augen schloss, als ob ein uralter Instinkt sie dazu trieb. Und dann strich sein Mund über ihren und jeder Gedanke, jedes Zögern, alles andere auf der Welt, verschwand aus ihrem Kopf.

Seine Arme schlangen sich um sie und Emma keuchte. Er nutzte es aus, dass sich ihre Lippen teilten und fuhr mit seiner Zunge in ihren Mund. Sie erstarrte. Sie war noch nie geküsst worden ... sie hatte keine Ahnung, was sie tun sollte. Aber er gab nicht nach, er neigte nur seinen Kopf, um besser an sie heranzukommen.

Und sie gab alles, wonach er verlangte. Ihr Körper reagierte, während ihr Verstand nicht wusste, wie, und sie öffnete sich ihm, streckte ihre eigene Zunge heraus, um seine mit Zögern zu berühren. Aber das Zögern wich bald anderen Dingen. Sie verlor sich im Gefühl seiner Arme um sie, seines Mundes auf ihrem, seiner Zunge, die über ihre strich. Das alles ließ sie lebendig werden. Es machte ihr jedes Flattern und Kribbeln in ihrem Körper völlig bewusst ... und in diesem Moment gab es viele davon. Es schien, als hätte er Nervenenden gefunden, von denen sie nicht wusste, dass es sie gab, und alle pochten im Takt seines Kusses.

Sie umklammerte seine Arme und drängte sich ihm entgegen, spürte, wie ihre Hüften gegen seine stießen. Er stieß einen erstickten Laut aus, als sie das tat, und dann zog er sich zurück. Sie stand benommen da und starrte ihn an, und er starrte direkt zurück, sein Atem stockend und seine Augen geweitet.

Schließlich schaffte sie es, ihre Stimme zu finden und flüsterte, „Warum ... warum hast du das getan?"

Er blinzelte. „Das hatte ich nicht vor", sagte er, genauso leise wie sie es getan hatte.

Sie runzelte die Stirn. Der Kuss hatte ihr etwas bedeutet und die

Vorstellung, dass es nur ein Fehler seinerseits gewesen war, war gelinde gesagt entmutigend.

„Oh", stieß sie hervor.

„Aber ich bin froh, dass ich es getan habe", fuhr er fort und sah ihr in die Augen. „Bereust du es?"

Sie wollte es verzweifelt bereuen. Um in der Lage zu sein, zu sagen, dass es ihr nicht gefallen hatte und wegzugehen. Um so tun zu können, als würde dieser Mann ihr nichts bedeuten. Aber sie konnte es nicht.

„Nein, ich mochte es", gab sie zu. Hitze füllte ihre Wangen und sie wandte sich von ihm ab. „Oh, ich sollte jetzt hineingehen. Ich sollte mich fertig machen."

„Warte, Emma!", rief er, als sie ein paar Schritte wegging.

Sie erstarrte und drehte sich langsam um. Herr im Himmel, er war teuflisch gutaussehend. Gerade jetzt sah er so ernst aus, so entschlossen.

„Ja?"

„Ich habe eine Idee", sagte er. „Einen Plan. Er könnte uns beiden helfen. Deshalb wollte ich heute Abend hier mit dir sprechen."

Enttäuschung, die sie nicht fühlen wollte, erfüllte ihre Brust. Ein kleiner Teil von ihr hatte gehofft, dass er sie aus einem persönlicheren Grund zurückgerufen hatte. Nicht wegen eines Plans. Aber was für ein Plan das sein könnte, war ihr völlig unbekannt.

„Ein Plan? Das verstehe ich nicht."

„Du hast letzte Woche etwas zu mir gesagt, bevor sich unsere Wege nach Megs Gartenparty getrennt haben. Das hat mich seitdem nicht mehr losgelassen", begann er.

Sie machte einen Schritt auf ihn zu, als ihre Gedanken zu ihrer letzten gemeinsamen Zeit zurückkehrten ... in einem anderen Garten. Sie wusste genau, welche törichten Dinge sie damals zu ihm gesagt hatte. Wie sie ihm ihre Seele geöffnet hatte, so wie sie ihm einen Moment zuvor ihren Körper geöffnet hatte. Irgendwie hatte dieser Mann das inspiriert, so töricht es auch war.

„Was habe ich gesagt?", fragte sie und täuschte Unschuld vor.

Er wölbte eine Augenbraue. Sein Ausdruck forderte sie auf, ihre fehlerhafte Erinnerung zu revidieren, auch wenn er kein Wort darüber sagte. „Als ich gefragt habe, ob ich helfen kann, hast du gesagt, ich könnte dir den Hof machen, damit andere auf dich aufmerksam werden."

Sie ballte die Fäuste und unterbrach ihren intensiven Blick. „Oh, bitte erinnere mich nicht an diese albernen Dinge. Ich habe nur geredet und nicht nachgedacht, bevor ich sprach. Ich habe es nicht so gemeint, und es gibt keinen Grund ..."

„Es ist eine gute Idee", unterbrach er sie. „Je mehr ich darüber nachdenke, desto besser finde ich den Gedanken. Für uns beide. Wenn ich dir den Hof machen würde, würde das die Augen aller raffgierigen Mütter von mir ablenken. Und es würde die Augen aller Gentlemen auf dich lenken, genau wie du gesagt hast."

Sie blinzelte. „Du willst mir also ... den Hof machen?"

Er schluckte. „Nein. Naja, nicht wirklich. Ich möchte so tun als ob. Dir genug Aufmerksamkeit schenken, um Interesse zu wecken, ohne unwiderrufliche Versprechungen zu machen. Ein schmaler Grat, ja, aber einer, den wir gehen können, wenn wir offen und vorsichtig sind."

Emma war schockiert über den sich ausbreitenden Schmerz in ihrer Brust, der sie traf, als er sich erklärte. Es war nicht so, dass sie von diesem Mann umworben werden *wollte*, Kuss oder nicht. Er war eine Nummer zu groß für sie. Bei weitem.

„Du willst also lügen", sagte sie.

Er nickte. „Eine stumpfe Art, mein Vorhaben auszudrücken, aber ja."

„Und wie würde das genau funktionieren?"

„Wie ein normales Liebeswerben, nur dass wir wissen, dass es das nicht ist. Wir würden zusammen tanzen, wir würden flirten. Ich würde schöne Dinge über dich sagen, wenn jemand fragt, und du würdest hübsch erröten, wenn ich erwähnt werde." Er grinste. „Ja, genau wie du es jetzt gerade tust."

Sie legte die Hände auf ihre heißen Wangen. „Oh, James ..."

„Wenn wir uns verschwören, musst du mich wirklich James nennen", sagte er mit einer gewölbten Augenbraue.

„Aber ich schmiede keine Komplotte, sondern *du*", sagte sie. „Ich habe dich nur geneckt, als ich das letzte Woche zu dir sagte."

„Hast du das?", fragte er, plötzlich wieder ernst. „Sei ehrlich zu dir selbst. Hast du mich wirklich nur geneckt? Ich weiß ein wenig über deine Umstände, Emma."

Angst ergriff ihr Herz, genau wie die Traurigkeit einen Moment zuvor. „Was weißt du über mich?"

Er seufzte, als ob es ihm widerstrebte, das zu sagen, was er nun sagen würde. „Ich weiß, dass du seit vier Jahren in die Gesellschaft eingeführt bist. Ich weiß, dass du auf Partys an der Wand stehst und jeden Moment davon hasst. Ich weiß, dass deine Mutter dir im Nacken sitzt und verlangt, dass du sie rettest."

„Ich soll sie retten?" Emma wiederholte seine Worte und hasste es, wie ihre Unterlippe zitterte. Sie hasste es, dass er recht hatte und alles sehen konnte, was sie quälte.

„Du sollst sie retten, denn das Geld wird ihr ausgehen, vor allem bei der Geschwindigkeit, mit der sie es ausgibt. Und sie setzt all ihre Hoffnungen in dich. Das ist eine schwere Bürde, Emma, ich sehe es." Seine Stimme senkte sich und er machte einen kleinen Schritt auf sie zu. „Ich *weiß* es. Ich biete dir an, dir dabei zu helfen, diese Bürde zu tragen. Um dir eine neue Chance zu geben, die du nicht mehr hattest, seit du in die Gesellschaft eingeführt wurdest."

Sie schüttelte den Kopf. „Und das würdest du alles tun, nur um ein paar aufdringliche Mütter von dir fernzuhalten?"

Er hielt ihrem Blick für einen gefühlt endlosen Moment stand. Sie spürte, wie er sie las, analysierte, und entschied, was er als Nächstes tun sollte. Es schien, als hätte er eine Entscheidung getroffen, als er sagte: „Es ist mehr als das. Ich nehme an, da ich dich auffordere, meine Partnerin in dieser Sache zu sein, muss ich ehrlich zu dir sein. Emma, ich will nicht heiraten."

„Niemals?", fragte sie.

Langsam nickte er mit dem Kopf und hielt ihrem Blick stand. „Niemals."

Sie blinzelte. Natürlich hatte sie Gerüchte darüber gehört, dass James sich vor seiner Pflicht drückte. Meg hatte es angedeutet, er hatte ein paar Dinge darüber gesagt, Klatsch und Tratsch, man hatte darüber gemunkelt ... aber sie hatte angenommen, dass es darum ging, das Unvermeidliche um ein oder zwei Jahre aufzuschieben.

Das war jedoch etwas anderes.

„Warum?", fragte sie.

Er erstarrte, und Unbehagen zog über sein hübsches Gesicht. Er starrte in den Himmel, während er über die Probleme nachdachte, die ihm auf der Seele lagen. Und es gab Probleme. Sie konnte sehen, wie sie über sein Gesicht zogen. Schlimmer noch, sie wollte vortreten und ihn trösten, auch wenn es nicht ihre Aufgabe war.

„Es ist kompliziert", sagte er schließlich, wobei sich sein Gesicht in einen Schatten verwandelte, sodass sie es nicht mehr lesen konnte. „Es muss genügen zu sagen, dass ich meine Gründe habe. Wirst du mir also helfen? Und dir dabei selbst helfen lassen?"

Sie antwortete nicht sofort. In diesem aufgeladenen Moment wollte sie so viel mehr wissen. Wissen, warum diese Traurigkeit wieder in seinen Augen lag. Wissen, warum er sich vor seiner Pflicht drückte, wo er doch im Herzen ein Ehrenmann zu sein schien.

Aber er wollte ihr diese Dinge nicht zeigen und sie hatte kein Recht, danach zu fragen.

„Das ist Wahnsinn", sagte sie schließlich, denn anders konnte sie es nicht beschreiben.

Zu ihrer Überraschung lächelte er. „Du bist hier, Emma. Wir sind schon in dieser Situation, nicht wahr? Warum helfen wir uns also nicht gegenseitig?"

Sie atmete tief durch. Die Welt geriet gerade vollkommen außer Kontrolle, und sie brauchte einen Moment, bevor sie etwas so Wildem wie seinem Plan zustimmte.

„Lass mich darüber nachdenken", bat sie.

Seine Augen weiteten sich, und für einen Moment war es, als hätte noch nie eine Frau eine Bitte von ihm abgelehnt. Vielleicht traf dies auch zu. Er war ein Mann, dem man schwer etwas abschlagen konnte.

Schließlich nickte er. „Nun gut, wenn es das ist, was du wünschst. Denke so lange darüber nach, wie du möchtest."

„Ich muss zurück zum Haus gehen. Ich muss ... mich fertig machen, einfach ... fertig werden."

„Ich kann dich begleiten", schlug er vor.

Sie sah ihn an. Ihre Lippen pochten noch an der Stelle, wo er sie geküsst hatte, ihre Knie zitterten und sie schüttelte den Kopf. „Nein, ich denke, du solltest besser hierbleiben. Ich ... oh, ich werde einfach gehen."

Emma sagte nichts weiter und ignorierte, dass er ihren Namen rief, als sie aus dem Garten und zurück zum Haus eilte. Aber von ihm getrennt zu sein, half nicht so sehr, wie sie es gehofft hatte. Selbst als sie von seiner Seite floh, spürte sie noch seinen Blick auf sich. Seine Hände auf ihr. Seinen Mund auf ihrem.

Und sie hörte immer noch die Worte seines Plans in ihren Ohren klingen, als sie sich für das, was unvermeidlich eine sehr lange Nacht zu werden versprach, fertig machen wollte.

KAPITEL 8

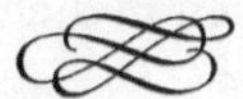

James starrte über die Tanzenden im Ballsaal und erblickte Emma augenblicklich. Sie stand an der Wand, so wie sie es bei fast jedem Ball oder jeder Party tat, die sie besuchte ... aber heute Abend war sie nicht allein. Heute Abend standen ein paar Gentlemen an ihrer Seite, die sich mit ihr und Meg unterhielten.

Und obwohl er sich darüber hätte freuen sollen, schließlich bewies es seine Vermutung, dass seine Aufmerksamkeit Augen und Interesse auf sie lenkte, brachte es stattdessen sein Blut zum Kochen. Zwei der Männer waren Idioten und konnten Emmas Intellekt in keiner Weise das Wasser reichen. Der andere, Sir Archibald, war zwanzig Jahre älter als sie, hatte zwei verstorbene Ehefrauen hinter sich und acht wahrhaft verdorbene Kinder.

„Warum schmollst du?", fragte Simon und stieß ihn mit dem Ellenbogen in die Seite.

James blinzelte und wandte seinen Blick ab, um sich wieder auf Simon, Graham und einen anderen Mann aus ihrem Club, Robert, den Duke of Roseford, zu konzentrieren. Sie alle starrten ihn an, erwartungsvoll und ziemlich selbstgefällig, wenn er ihre Mienen richtig las.

„Es ist nichts", stöhnte er und wandte seine Aufmerksamkeit von ihnen ab.

Graham lachte. „Oder ist es Miss Emma Liston, mit der wir dich beim Abendessen ganz aufmerksam haben reden sehen?"

„Ja, und dann geht dieser Idiot mit ihr allein im Garten spazieren", sagte Roseford und klimperte mit den Wimpern. „Vorsicht, sonst verliebt sich das Mädchen in dich, und dann steckst du in der Klemme."

James presste bei der Neckerei die Lippen zusammen und ignorierte das Aufblitzen der Freude über die Vorstellung, dass Emma ihn wollte. „Darüber mache ich mir keine Sorgen. Ich bin nur schockiert, dass sie auf mein Angebot nicht reagiert hat."

Graham stürzte einen Schritt nach vorne. „Dein Angebot? Mein Gott, James, erzähl mir nicht, dass du diese lächerliche Idee, von der du mir in London erzählt hast, weiterverfolgt hast."

„Welche Idee?", fragte Simon und sah zwischen den beiden hin und her. „Wovon redet er?"

James bewegte sich unbehaglich auf der Stelle hin und her. Er wollte den Rat seiner Freunde, aber nicht ihren Spott, wenn die Wahrheit herauskam. „Ich dachte, Northfield hätte euch das schon alles erzählt", sagte er. „Er hat sich auf meine Kosten so darüber amüsiert."

„Nun, ich dachte, du machst einen Scherz", erklärte Graham. „Also habe ich zu niemandem etwas gesagt."

„Worüber reden sie?", fragte Roseford und sah Simon an.

„Über etwas, in das ich nicht eingeweiht wurde. Möchte es einer von euch erklären?"

Graham wandte sich an seine Freunde. „Bevor wir London verließen, kam James zu mir mit dieser lächerlichen Idee, dass er vorgeben würde, Emma Liston den Hof zu machen, um ihr zu helfen, auf dem Heiratsmarkt Aufmerksamkeit zu erlangen ... und um die Aufmerksamkeit der Londoner Ladies von sich selbst fernzuhalten." Er starrte James an. „Hast du sie *wirklich* wegen diesem lächerlichen Plan angesprochen?"

James verschränkte die Arme. „*So* lächerlich ist es nicht. Ich habe ihr heute Abend nur die geringste Aufmerksamkeit geschenkt, und sieh nur, sie hat Männer, die ihr in Scharen zu Füßen liegen." Er runzelte die Stirn, als Emma über etwas lächelte, das Sir Archibald gesagt hatte. „Auch wenn ich die Qualität der Gentlemen nicht gutheiße."

Roseford beugte sich vor und seine dunklen Augen blitzten voller Emotion. „Hast du deinen verdammten Verstand verloren? Das ist genau die Art und Weise, wie Männer in die Ehe mit Frauen hineingezogen werden."

Simons Ausdruck war weniger hart als Roberts, ebenso wie sein Tonfall. „Du hast also tatsächlich mit ihr darüber gesprochen?"

„Im Garten, vor dem Ball", gab James zu, und sein verräterischer Verstand zog ihn zurück zu ihrem Kuss, bevor er den Gedanken wegschob. „Sie sagte, sie müsse darüber nachdenken. Was gibt es da zu überlegen? Ich biete ihr etwas an, das für beide Seiten von Vorteil ist. Warum sollte sie widerstehen?"

Graham neigte den Kopf zurück und begann zu lachen. „Großer Gott, es geht darum, dass sie dich ablehnt. Du hast noch *nie* eine Frau gekannt, die die Frechheit hatte, *Nein* zu dir zu sagen."

James öffnete den Mund, um diese Anschuldigung zu widerlegen, aber er merkte, dass er es nicht konnte. Schon immer waren ihm die Ladies zu Füßen gelegen. Sie hatten immer mit ihm getanzt, ihn angehimmelt, und wenn sie von einem bestimmten Typ waren, sind sie auch mit ihm ins Bett gestiegen.

Emma war anders. In mehr als einer Hinsicht. Sie hatte ihn im Garten geküsst, ja. Aber danach gab es kein Geplänkel, keine Spielchen und Flirtereien. Sie hatte nicht einmal zugegeben, dass es passiert war. Und nun stand er hier, schmeckte sie immer noch auf seinen Lippen und fühlte sie in seinen Armen.

Es war Wahnsinn.

„Korrigiere mich, wenn ich falsch liege, aber hast du nicht schon mehrfach erklärt, dass Heiraten nichts ist, woran du überhaupt auch nur ansatzweise interessiert bist?", fragte Roseford drängend.

James wich seinem Blick aus. „Ja. Und diese List könnte mir sehr wohl helfen, dieses Ziel zu erreichen. Wenn ich in den Augen der Mütter nicht mehr verfügbar bin, werden sie ihre Aufmerksamkeit und die ihrer Töchter wieder auf andere richten. Und wenn Emma einen anderen findet, habe ich eine perfekte Ausrede, warum ich in dieser oder der nächsten oder sogar der übernächsten Saison nicht heiraten werde."

Graham starrte ihn viel zu lange an, und die Besorgnis im Gesicht seines Freundes war deutlich zu erkennen. „Wenn du nicht heiraten willst, könntest du doch einfach nicht heiraten. Dieser verworrene Plan ist nicht der beste Weg, um das sicherzustellen."

Simon nickte und sein Gesicht war angespannt vor Sorge. „Und wenn du dir wirklich Sorgen um Miss Liston machst, gibt es auch einfachere Möglichkeiten, ihr zu helfen. Allein in unserer Gruppe gibt es einige, die durchaus offen für die Idee von Bräuten und Heiraten sind."

„Meinst du, ich sollte sie mit jemandem aus unserer Gruppe zusammenbringen?", fragte James, dessen Körper bei dem Gedanken kalt und starr wurde.

Roseford nickte. „Idlewood kommt mir in den Sinn. Christopher hat sein Herzogtum noch nicht geerbt, aber er ist als Earl finanziell stabil, sodass ihre Position für ihn keine Schwierigkeiten darstellen dürfte."

Eine große Welle der Irritation schwappte durch James, als er Emma ansah und sie sich mit seinem gutaussehenden Freund vorstellte. Mit *irgendeinem seiner* geeigneten Freunde.

„Nein", sagte er. „Der Plan ist gut."

Roseford gluckste und sagte: „Nun, wenn du darauf bestehst. Ich sehe gerade meine Mutter dort drüben, also werde ich lieber gehen."

Graham stieß einen langen Seufzer aus. „Ich werde mit dir gehen. Ich sollte mit Margaret tanzen."

James spürte, wie Simon sich an seiner Seite versteifte, und warf seinem Freund einen Blick zu, aber dessen Gesicht blieb ungerührt. Sie verabschiedeten sich von ihren Freunden und wurden alleingelassen. James blickte weiterhin über die Menge hinweg zu Emma.

Als ob sie seinen Blick auf sich spürte, drehte sie sich um. Ihr Gesicht verlor etwas von seiner Farbe, dann flüsterte sie ihren Begleitern etwas zu, holte tief Luft und begann, sich auf ihn zuzubewegen. Sein Herz stotterte, als er beobachtete, wie sie sich durch das Meer von Menschen bewegte.

Simon drehte sich zu ihm um. „Sieht aus, als käme deine Antwort doch noch, James." Er sah Emma an und schüttelte langsam den Kopf. „Ich bin nicht wie Graham und Roseford. Ich weiß nicht, ob das, was du vorhast, richtig oder falsch oder einfach nur verrückt ist. Aber ich weiß aus bitterer Erfahrung, dass Bedauern ein schlechter Bettgefährte ist, wenn man seine Chancen nicht nutzt. Also mach, was du für richtig hältst."

James blickte ihn an, beunruhigt von Simons tiefem Stirnrunzeln. Aber sein Freund erlaubte ihm nicht, das Thema weiterzuverfolgen. Er legte lediglich eine Hand auf James' Schulter und schritt davon, kurz bevor Emma ihn erreichte. Dann verschwanden alle anderen Gedanken aus James' Kopf und nur sie blieb übrig.

Emma konnte kaum atmen, als sie den gefühlt sehr langen Weg durch den Raum antrat. James starrte sie den ganzen Weg über an, was nicht hilfreich war, denn es lag ein sehr intensiver Ausdruck auf seinem schönen, markanten Gesicht. Einer, der sie an ihre Zeit im Garten und seinen unerwarteten und höchst vergnüglichen Kuss denken ließ.

Sie blieb vor ihm stehen und schob ihre zitternden Hände hinter ihren Rücken. „Euer … Euer Gnaden", sagte sie leise.

Er neigte den Kopf und musterte sie genau, bevor er sprach. „Möchtest du tanzen, Emma?"

Sie zuckte bei dieser Andeutung von Intimität zusammen. Irgendwie hatte sie nicht damit gerechnet. Aber es war nicht zu vermeiden, also nickte sie. Er hielt ihr die Hand hin, und sie nahm sie, wobei ein Stromschlag ihren Arm hinauffuhr, den sie zu ignorieren versuchte. Sie spürte, wie sich alle Augen im Ballsaal auf sie richteten, als er sie auf die Tanzfläche führte. Und als dann die Musik einsetzte, unterdrückte sie ein Stöhnen.

Ein Walzer. Natürlich musste es ein Walzer sein. Alles, um sie zu zwingen, in seinen Armen zu bleiben, als gehöre sie dorthin, obwohl sie das ganz sicher nicht tat.

Er legte eine Hand auf ihre Hüfte und drehte sie zu den ersten Schritten. Sie ertappte sich dabei, wie sie in sein Gesicht starrte, während sie von ihm perfekt geführt wurde. Er war alles, was ein Mann sein sollte, wenn er tanzte. Er war leichtfüßig und anmutig, aber er führte mit fester Hand und drehte sie genau dorthin, wo er sie haben wollte.

James lächelte zu ihr herab. „Es würde wahrscheinlich helfen, wenn du etwas weniger verängstigt aussehen würdest, Emma. Die Leute werden noch denken, dass ich dich als Geisel halte."

Sie konnte nicht anders, als über seinen scherzhaften Ton zu lachen. Es nahm etwas von der Spannung aus ihrem Körper und machte ihre Schritte leichter. Emma holte tief Luft. „Wenn ich nervös aussehe, liegt das daran, dass ich darüber nachgedacht habe, was du im Garten vorgeschlagen hast."

Seine Finger gruben sich in ihren Rücken und zogen sie nur ein kleines Stückchen näher. „Hast du das? Und wie lautet deine Antwort auf meinen Plan?"

„Es ist Wahnsinn, sich an einer solchen Täuschung zu beteiligen", begann sie und sah, wie ein Aufblitzen von Emotionen über sein Gesicht huschte, bevor er wieder ruhig und unleserlich wurde. „Aber ..."

„Aber?", drängte er.

„Ich habe bei dieser List fast nichts zu verlieren", gab sie zu. „Wenn dein Angebot also noch gilt, werde ich den Bedingungen zustimmen."

Er lächelte, ein Ausdruck, der sein Gesicht erhellte und sie in ihren Schritten stolpern ließ. Großer Gott, er war wunderschön. Wahrhaftig schön ... wie eine Art teuflischer Engel.

Er fing sie auf und sagte: „Meine Liebe, wir haben uns noch nicht geeinigt."

Sie runzelte die Stirn. „Nicht? Ich stimme deiner List doch zu."

Er drehte sie geschickt. „Aber es gibt ein paar Details. Und Details sind unglaublich wichtig, besonders bei einem Arrangement wie diesem. Doch hier auf der Tanzfläche, wo die ganze Welt uns zusieht, ist nicht der richtige Ort, um sie zu besprechen."

Emma blickte sich schnell um und atmete scharf ein. In der Tat schien die Welt zuzuschauen. Frauen starrten sie über ihre Fächer hinweg an, Gentlemen unterhielten sich und musterten sie. Sie drehte sich unbehaglich, denn sie hatte noch nie im Mittelpunkt einer solchen Aufmerksamkeit gestanden.

„Wo dann?", fragte sie, wobei ihre Stimme zitterte.

Er dachte einen Moment über die Frage nach. „Meine Schwester sagt, sie hat dir ein Gemach für dich allein zur Verfügung gestellt?"

Ihr Mund öffnete sich. „Du kannst doch nicht andeuten, dass du unbeaufsichtigt in mein Gemach kommen willst, Euer Gnaden."

Es lag ein dunkles Aufflackern von Hitze in seinen Augen, aber dann schüttelte er den Kopf. „Nein. Ich denke, das wäre keine kluge Idee, wenn man bedenkt ..."

„Wenn man was bedenkt?", fragte sie mit einem Keuchen.

James zuckte mit den Schultern, aber wieder einmal glitten seine Finger mit einer Intimität an ihrer Wirbelsäule entlang, die sie erschauern ließ. „Ich überlege nur. Ich habe es nur erwähnt, weil es dir leichter fallen wird, dich hinauszuschleichen. Kommst du in ein paar Stunden zu mir in die Bibliothek?"

Sie dachte einen Moment über die Frage nach. Sich mitten in der Nacht aus ihrer Kammer zu schleichen, um ein Rendezvous mit einem skandalösen, begehrten und unglaublich attraktiven Mann zu haben, schien nicht das Angemessenste zu sein. Aber andererseits hatte sie sich ihr ganzes Leben lang korrekt verhalten, und was hatte es ihr eingebracht?

Es sah so aus, als hätte sein Vorschlag einige Vorteile.

Sie nickte. „Das werde ich."

Er lächelte sie wieder an, als die Musik endete. „Ich freue mich darauf, Miss Liston", sagte er mit einer förmlichen Verbeugung.

Sie vollführte einen Knicks. „Danke, Euer Gnaden."

Er nahm ihre Hand und führte sie von der Tanzfläche. Doch bevor er sie losließ, beugte er sich vor und drückte ihr einen Kuss auf die behandschuhte Hand. Die Wärme seines Atems durchdrang den dünnen Stoff und wirbelte über ihre Haut, bis sich ihre Oberschenkel zusammenkrampften.

Er nickte und ließ sie los, verschwand in der Menge, als ob er sich um nichts auf der Welt kümmern würde. Und vielleicht tat er das auch nicht. Schließlich bedeutete ihm diese kleine List wahrscheinlich nichts, genauso wie ihm ihr Kuss vorhin nichts bedeutete.

Und sie musste sicherstellen, dass sie genauso abgeklärt damit umging, sonst würde sie sich selbst in eine Welt voller Schwierigkeiten bringen.

Emma kam Stunden später die lange Treppe herunter und spähte in die nun schattigen Flure, aus Angst erwischt zu werden. Während sie auf den richtigen Zeitpunkt wartete, um die Treppe hinabzugehen, hatte sie eine ausgeklügelte Erklärung ausgeheckt. Eine, die eine Unfähigkeit zu schlafen, eine Liebe zu Bibliotheken und ein Bedürfnis nach einem langweiligen Buch beinhaltete.

Sie konnte nur hoffen, dass sie nie gebeten werden würde, sie auszusprechen, denn sie war nicht sehr gut im Lügen.

Emma stieß einen tiefen Atemzug aus, als sie sich selbst zumurmelte: „Genau deshalb lässt du dich auf eine List des Werbens mit einem ... einem ..."

Sie stieß die Tür zur Bibliothek auf und holte Luft. James war schon da und stand am Feuer. Er hatte sein Jackett und seine Krawatte abgelegt, und zwei Knöpfe seines Hemds stand offen und enthüllten die glatte Haut seiner Brust, die sie erröten ließ. Als sie in den Raum stolperte, sah er zu ihr auf und Hitze wirbelte in seinen dunklen Augen, als er sie von oben bis unten musterte.

„… Schurken", beendete sie laut ihren Gedanken.

Er blinzelte. „Entschuldige?"

Sie schüttelte den Kopf. „Oh … ich … nichts. Ich war nur … nein, nichts."

„Schließ die Tür, ja?", fragte er.

Sie schaute auf den Türknauf in ihrer Hand hinunter. Ihre einzige verbleibende Bastion gegen alles, was passieren könnte, wenn sie erst einmal allein waren. Sie drehte sich um und stellte fest, dass er einen Schritt auf sie zugekommen war.

„Es wäre am besten, wenn wir ein privates Gespräch führen würden", erklärte er, sein Tonfall war beruhigend. Fast hypnotisch. Sie ertappte sich dabei, wie sie tat, worum er sie gebeten hatte.

Als die Tür hinter ihr einrastete, lehnte sie sich dagegen. „Es tut mir leid, dass ich zu spät bin", sagte sie und suchte nach etwas Normalität. Nach Ruhe. „Ich musste mich neu einkleiden und es hat länger gedauert, als ich dachte."

Er rückte näher, und plötzlich spürte sie seine Wärme. In der schummrigen Bibliothek, in der Stille, im Privaten, wo niemand wusste, dass sie zusammen waren, fühlte sich alles innig und intim an. Sie schluckte hart, als sie in sein Gesicht sah.

„Ich bin froh, dass du gekommen bist", sagte er, seine Stimme rau.

Sie fühlte sich unwohl so nahe bei ihm zu stehen, also trat sie um ihn herum in den Raum und sah sich um. „Oh, es ist wunderschön", hauchte sie, als sie zu den hohen Bücherregalen hinaufblickte, die mit Büchern vollgestellt waren, deren Rücken in allen Farben leuchteten. Sie schienen sich eine Ewigkeit in die Höhe zu erstrecken.

„Ich stimme zu", sagte er, wieder direkt in ihrem Rücken. „Ich habe diesen Raum immer geliebt."

„Hast du etwa alle Bücher gelesen?", neckte sie, während sie ihn über die Schulter ansah.

Sie erwartete, dass er abwinken würde, doch stattdessen sah er zu den Regalen auf. „Fast", sagte er. „Es gibt noch einige Wälzer über Anbautechniken, die in der Tat schlecht zu lesen sind."

Sie drehte sich um und sah ihn an. „Du machst wohl Witze. Du hast wirklich all diese Bücher gelesen? Du?"

Er wölbte eine Braue. „Hast du geglaubt, ich könnte nicht lesen? Meine Professoren wären sehr erzürnt."

Sie schüttelte den Kopf. „Natürlich wusste ich, dass du lesen kannst. Ich hätte mir nur nie vorstellen können, dass ein Mann wie du über eine Tageszeitung und vielleicht ein Pamphlet über Pferderennen hinauskommt."

„Ein Mann wie ich", wiederholte er. „Was für Vorstellungen hast du von mir, Emma Liston?"

Sie presste die Lippen zusammen. Jetzt, wo sie eine solche Dummheit laut herausgestammelt hatte, wollte sie nicht mehr sagen. Nicht, wenn er so nahe bei ihr stand.

„Ich weiß es nicht", stotterte sie.

„Doch, du weißt es. Los, sag es mir." Er verschränkte die Arme, zog die Augenbrauen hoch und wartete.

Emma stieß einen tiefen Atemzug aus. „Ich schätze, ich habe dich immer als ein … Goldkind gesehen. Du kannst nichts falsch machen, jeder liebt dich, du musstest nie für etwas arbeiten. Offensichtlich bist du ein anständiger Mensch, sonst hättest du nicht so viel Spielraum, aber ich gebe zu, dass du mir nie wie ein … fleißiger Mensch vorgekommen bist."

„Ein Goldkind, das nie für etwas arbeiten musste …", wiederholte er. „Du hättest mich kaum falscher einschätzen können." Er lächelte, aber es war nicht wie Gesichtsausdruck auf dem Ball. Dieser Ausdruck hier war angespannt und humorlos. Schmerzerfüllt.

„Es … tut mir leid", entschuldigte sie sich leise. „Ich mag es nicht, von anderen verurteilt zu werden, und ich sehe, dass ich dir genau das angetan habe. Das war nicht fair."

Sein Gesichtsausdruck wurde ein wenig weicher, und er streckte seine Hand aus, um die ihre zu ergreifen. Keiner von ihnen trug Handschuhe, also berührte seine Haut die ihre, genau wie im Garten, und sie konnte einen erschaudernden Seufzer der Freude über dieses Gefühl kaum zurückhalten.

„Entschuldigung angenommen", sagte er sanft. „Und ich hoffe, du wirst feststellen, dass ich voller Überraschungen bin, je länger wir uns kennen."

Er lehnte sich jetzt näher und ihr Herz begann zu pochen. Sie fühlte sich heiß und kalt auf einmal. Ihre Zusammenkünfte waren außer Kontrolle geraten.

Sie trat hastig einen Schritt zurück und stammelte, „Be ... Bedingungen. Wir sollten die Bedingungen unserer Vereinbarung besprechen. Wie lauteten sie?"

Er beobachtete sie einen Moment lang und nickte dann. „Ganz recht. Direkt zur Sache." Er winkte zu zwei Sesseln, die in der Nähe des Feuers standen. Sie setzte sich in einen und strich reflexartig ihre Röcke glatt, während sie ihm dabei zusah, wie er seinen eigenen einnahm.

„Was hast du dir vorgestellt?", fragte sie.

Er blickte sie direkt an. „Wir müssen natürlich vorsichtig sein. Unser Werben darf nicht zu ernst erscheinen, sonst ist keinem von uns gedient. Aber wir werden uns vor anderen unterhalten, intensives Flirten ist an der Tagesordnung."

Sie wich seinem Blick aus. „Ich fürchte, ich bin nicht sehr bewandert im Flirten."

Er lehnte sich vor. „Nein? Warum nicht?"

„Ich ... ich hatte nie das Bedürfnis danach, nehme ich an. Niemand hat mich jemals ... gewollt."

„Das bezweifle doch ich sehr", sagte er mit einem rauen Ton in der Stimme. „Aber Flirten ist nicht schwer. Du lächelst, lachst, machst vielleicht einen Versuch, mich zu berühren."

„Dich zu berühren?", wiederholte sie, und ihre wirren Gedanken flogen zurück zu ihrem früheren Kuss.

„Nicht intim", beruhigte er sie schnell. „Ich meinte eine Berührung am Arm. An der Hand. Während wir uns unterhalten."

Sie zitterte. „Ich kann ... es versuchen."

„Mich zu berühren, macht dich nervös?", fragte er.

Sie spürte, wie ihr das Blut in die Wangen schoss, und griff nach oben, um sie mit ihren kühlen Händen zu bedecken. „Ja", gab sie zu, als es klar war, dass er eine Antwort erwartete. „Ja, es macht mich nervös."

„Warum?", fragte er.

Sie neigte den Kopf. So viele unpassende Antworten schwirrten ihr durch den Kopf. Keine davon war etwas, das sie laut aussprechen konnte. Nicht zu ihm. Herrgott, nein, zu niemandem.

Er rutschte auf seinem Sessel nach vorne, streckte die Hand aus, berührte ihr Kinn und zwang sie, ihn anzuschauen. „Bist du nervös, weil wir uns geküsst haben?"

Sie nickte. „Das hat noch nie jemand ... gemacht. Und ich ... ich habe einfach ..."

Seine Lippen pressten sich zusammen und er sah missmutig aus. Ihr Herz machte einen Sprung. Wahrscheinlich hatte sie die Sache völlig vermasselt. Er würde sie nun für eine Idiotin halten und weggehen. Das war wahrscheinlich das Beste, auch wenn er glaubte, ihr helfen zu können. Aber ob es nun das Beste war oder nicht, sie wollte nicht, dass er sie zurückwies.

„Du bist so unschuldig", sagte er sanft. „So behütet."

Sie blinzelte, als er langsam auf die Knie auf dem schicken Teppich vor dem Feuer sank und sich zu ihr hinüberbewegte. Er war so groß, dass er selbst auf den Knien auf gleicher Höhe mit ihrem Gesicht war, während sie in dem Sessel saß. Er bewegte sich weiter zu ihr, legte eine Hand auf je eine Armlehne und zog sie zu sich.

Ihre Lippen waren nur eine Haaresbreite voneinander entfernt und sie begann zu zittern. „Was machst du da?"

„Vielleicht brauchst du Hilfe, um mehr als nur Aufmerksamkeit zu erregen", flüsterte er. „Furcht ist ein Stimmungskiller, Emma. Sie wird das, was du willst, schneller zerstören als alles andere. Ich will nicht, dass du Angst vor mir hast. Vor dem Unbekannten. Vor ... dem hier ..."

Er stemmte sich hoch, und seine Lippen berührten ihre zum zweiten Mal innerhalb weniger Stunden. Aber es war nun weniger überraschend für sie. Sie schlang ihre Arme um seinen Hals und öffnete ihren Mund für ihn. James beugte sich vor, und sie kam ihm auf halbem Weg entgegen, ihre Zungen verfielen in einen zärtlichen Tanz, als er sie zurück in den Sessel drückte und sie küsste, als wäre er ein verhungernder Mann und sie das beste Essen der Welt.

„Du bist ein Naturtalent", stöhnte er gegen ihren Mund. „Wie für das körperliche Vergnügen gemacht."

Sie verstand nicht wirklich, was er meinte, aber sie erschauderte trotzdem bei seinen Worten. Vergnügen ... oh, es lag so viel davon in ihrem Kuss. Sie sehnte sich nach mehr, an den intimsten Stellen. An ihren harten Brustwarzen, tief in ihrem Bauch, zwischen ihren Beinen.

Er wich zurück und begegnete ihrem Blick. Seiner war weit und ein bisschen wild. Als ob er mit einer Bestie in sich selbst kämpfte. Einer, die etwas wollte, was er nicht wirklich verstand, aber Emma neigte sich ihm zu. Ihm entgegen.

Sie griff ihm in den Nacken und zog ihn zu sich, wobei sie ihre Lippen auf seine presste. Er gab einen rauen Laut aus seiner Kehle von sich, dann verschlang er sie und drückte sie in den Sessel, während er sie hart gegen sich drückte und sie erneut in die Kapitulation trieb.

KAPITEL 9

James drückte sich hart gegen Emmas Weichheit und ihr leises Stöhnen der Lust schürte ein Feuer in ihm, das er seit ... nun, seit sehr langer Zeit nicht mehr verspürt hatte. Er war kein Mönch ... er nahm sich sein Vergnügen und hatte über die Jahre hinweg Mätressen gehabt. Aber keine hatte je eine solche Lust in ihm geweckt, wie die, die jetzt in ihm brannte. Und er hatte keine Ahnung, warum.

War es, weil Emma so unschuldig war? Weil sie so anders war als die Frauen, die er normalerweise umwarb? Er hatte keine Ahnung, aber er brannte darauf, sie zu berühren, sie zu brandmarken, sie zu nehmen.

Aber das durfte er nicht tun. Vorgetäuschtes Werben und gestohlene Küsse waren eine Sache. Sobald er in sie eindrang, würde es kein Zurück mehr geben. Natürlich bedeutete das nicht, dass sie kein Vergnügen finden konnten.

James lehnte sich zurück und schaute in ihr Gesicht. Ihre Augen waren geschlossen, ihre Lippen glänzend und voll, ihr Atem stockend, als sie unter ihm keuchte. Oh, wie sehr wollte er sie zum Zerbersten bringen. Sie in eine Welt schicken, von der er bezweifelte, dass sie sie sich überhaupt vorstellen konnte.

„Ich möchte dich berühren, Emma", flüsterte er.

Ihre Augen flogen auf, und das Blaugrün war so weich und schön, als sie durch die Dunkelheit zu ihm hinauf starrte. „Mich berühren? Berührst du mich nicht schon?"

Er unterdrückte ein Stöhnen. Gottverdammt, aber diese Süße, diese Unschuld, war wie eine Droge für ihn. Sein Bedürfnis, sie kommen zu lassen, vervielfachte sich.

„Nicht so, wie ich es will", erklärte er, seine Stimme rau in der Stille. „Ich möchte dich berühren ... hier."

Als er die Worte sagte, ließ er seine Hand an ihrem Körper hinabgleiten und drückte zwischen ihre Beine, wobei sich der Stoff ihres Kleides dort zusammenzog. Sie stieß einen Laut der Überraschung aus und hob ihm ihre Hüften entgegen.

„Ich habe nicht ... ich habe noch nie ... ich will..."

„Was willst du?", fragte er.

Sie schüttelte den Kopf. „Ich weiß es nicht." Ihr Blick blieb an seinem hängen, weit und wild. „Ich weiß es nicht, James. Ich fühle mich einfach ... voll. Als würde ich gleich platzen."

„Ich kann dir Erleichterung verschaffen", versicherte er ihr, während er den Saum ihres Rocks ergriff und ihn hochschob. Er hielt ihren Blick fest, während er es tat, und beobachtete sie. Er würde aufhören, wenn er es müsste. Falls sie es wollte. Egal, wie unmöglich ihm das auch erschien.

Aber sie bat ihn nicht darum. Sie starrte nur auf seine immer höher gleitende Hand, die ihren Rock Zentimeter für Zentimeter anhob. Er schob seine Finger unter den Saum, als er ihn bis zu ihren Knien geschoben hatte, und berührte ihre nackten Beine.

„James!", rief sie, und hob ihre Hände, um seine unter ihrem Rock zu bedecken.

„Ich kann dir Erleichterung verschaffen", wiederholte er, während er sich zu ihr beugte und sie erneut küsste.

Sie sank zurück, ihre Hände zogen ihn an sich und ihre Zunge spielte mit seiner. Er ließ seine Hand über ihr Knie hinaufgleiten, zu ihren nackten Schenkeln, und schließlich fand er ihre Untergewänder. Sie waren seidig und weich, aber er wollte etwas Besseres zum Anfassen. Etwas Süßeres.

Er fand den schmalen Schlitz im Stoff, teilte ihn und schob seine Hand hinein, wo sie herrlich heiß und bereits feucht war. Er konnte diese Nässe auf ihren Schenkeln spüren.

James löste sich aus dem Kuss und starrte auf sie herab, während er mit seinen Fingern über ihren Eingang strich. Sie erschauerte bei der Berührung und starrte mit wilden Augen zu ihm auf.

„Das wird dich nicht kompromittieren", versprach er, obwohl er in seinem Herzen genau *das* tun wollte. Er wollte ihre Beine weit spreizen und in sie hineingleiten, er wollte sie beanspruchen, bis sie unter ihm bebte, bis er sich an ihr satt gesehen hatte.

Aber das war nicht richtig. Genauso wenig wie das, was er im Moment tat, aber zumindest würde es sie nicht kompromittieren.

Er streichelte ihre äußeren Falten und seine Finger glitten an ihrer feuchten Pforte entlang. Sie stöhnte und stieß einen leisen Laut der Lust aus, als sich ihre Hüften gegen ihn wölbten und er seine Finger erneut über sie gleiten ließ.

„Was ist das?", flüsterte sie, und ihre Wangen flammten.

„Vergnügen", schaffte er es, zwischen zusammengebissenen Zähnen hindurch zu sagen. „Das ist Vergnügen, Emma."

Immer wieder strich er mit den Fingern an ihrer geheimen Mitte entlang, dann drückte er leicht auf ihren Kitzler. Sie grub ihre Fingernägel in die Stuhllehnen und ihre Augen weiteten sich, als sie seinen Namen ausstieß.

Ihr Vergnügen zu hören, war fast genug, um ihn über den Rand der Euphorie zu stoßen. Er beugte sich vor und küsste sie erneut, saugte an ihrer Zunge, während er sie bearbeitete, sie dazu brachte, sich gegen ihn zu stemmen, um die Erlösung zu finden, die er in ihr beben spürte.

Und endlich fand sie sie. Er spürte, wie sich ihr Körper unter ihm anspannte, als sie leise aufschrie. Ihre Hüften hoben sich, ihr Körper pochte und sie erlag ihrem Orgasmus in schnellen, konzentrierten Wellen.

Als sie die Krise überwunden hatte, zog er seine Hand von ihr zurück und ließ ihre Röcke ordentlich heruntergleiten, während er widerwillig aufstand und von ihr wegschritt.

Emma stand sofort auf, ihr Gesicht war blass und ihre Augen weit, als sie ihn anstarrte. Ihre Lippen öffneten und schlossen sich, und er konnte sehen, wie sie mit etwas kämpfte, das sie sagen wollte. Aber bevor sie es tun konnte, schwang die Tür zur Bibliothek auf.

Sie drehten sich beide um und beobachteten, wie der Duke of Sheffield den Raum betrat. Als Baldwin sie zusammen in der Bibliothek stehen sah, mitten in der Nacht, blieb er abrupt stehen.

„Ich bitte um Verzeihung", sagte er und sein Blick glitt fragend zu James. „Ich wusste nicht, dass um diese Zeit noch jemand wach ist."

Emma sagte nichts ... sie warf James nur einen entsetzten Blick zu und floh aus dem Raum, ihre Wangen flammten und ihre Schritte waren unsicher, als sie an Sheffield vorbeiflog, ohne auch nur einen Seitenblick auf ihn zu werfen. James sah ihr hinterher und wollte ihr so gerne die Hand reichen, um ihr zu sagen, dass alles in Ordnung war, dass sie nichts falsch gemacht hatte. Aber er konnte nicht.

Er blickte Sheffield an, während er leise die Tür hinter sich schloss. „Ein guter Zeitpunkt."

Sheffield warf seine Hände hoch. „Ich entschuldige mich. Obwohl ich mir nicht sicher bin, woher ich wissen sollte, dass du in der Bibliothek bist, mit ..." Er warf einen Blick über seine Schulter. „Mit Emma Liston."

James rieb sich mit einer Hand über das Gesicht. „So wie du ihren Namen sagst, nehme ich an, dass Roseford, Simon und Graham dir alles über meine Pläne erzählt haben."

„Solcher Klatsch verbreitet sich in unserer Gruppe schnell, besonders wenn wir alle unter einem Dach sind. Brighthollow und ich haben uns heute Morgen lange mit Roseford darüber unterhalten."

„Herr im Himmel", murmelte James und neigte den Kopf zurück. „Und wie ist die allgemeine Meinung dazu?"

„Dass du ein Idiot bist, dir so einen Plan auszudenken", lachte Sheffield. „Aber du weißt, dass Brighthollow und Roseford beide unglaublich gegen die Ehe sind. Wahrscheinlich mehr als du selbst. Sie sind also nicht die besten Richter in diesem Fall."

James sah sich Sheffield an. Er hatte Baldwin immer gemocht. Innerhalb ihrer Gruppe war er der Ruhigste, derjenige, der seine Probleme stillschweigend im Alleingang löste. Simon und Graham standen James so nahe, und Baldwin hatte recht, dass Roseford und Brighthollow ihm am wenigsten gute Ratschläge geben würden, außer schreiend vor Emma wegzulaufen, damit er nicht in eine Falle tappte.

Aber in diesem Moment brauchte er einen Rat. Einen guten Rat von jemandem, der weniger involviert und unvoreingenommen war. Denn was wenige Augenblicke zuvor mit Emma passiert war, war völlig außer Kontrolle geraten. Es hatte nicht das Geringste mit seinem Plan zu tun oder damit, ihr oder sich selbst zu helfen. Er hatte sie einfach nur berühren wollen, und er hatte es getan, ohne einen Gedanken an die Konsequenzen oder die Regeln oder irgendetwas anderes zu verschwenden ... außer, dass er ihr Gesicht sehen wollte, wenn sie zu Höhepunkt kam.

Sie hatte ihn nicht enttäuscht. Ihre Erlösung war kraftvoll und erotisch und unendlich süß gewesen. Aber es trübte seinen ihm zuvor so brillant erschienenen Plan.

„Ich weiß nicht, was ich von ihr will", gab er leise zu.

Sheffield zögerte einen Moment, dann bewegte er sich nach vorne, um ihn zum Sitzen zu bewegen. Als sie beide saßen, lehnte er sich vor und legte die Unterarme auf die Knie, sein Gesicht war besorgt und konzentriert. „Ich dachte, dieses falsche Werben, das du vorgeschlagen hast, sei nur eine List, um euch beiden zu helfen. Allerdings hatte ich das Gefühl, dass zwischen euch mehr vor sich ging, als ich die Bibliothek betrat."

James schüttelte den Kopf. „Ich ... sie ist nicht die Art von Frau, die mir normalerweise ins Auge fällt, und doch hat sie etwas an sich, das mich anzieht. Heute Abend ... bin ich vielleicht ein bisschen zu weit gegangen."

„Wie weit?", fragte Sheffield leise.

„Nicht so weit, um sie zu ruinieren, aber zu weit als es sich für einen Gentleman geziemt", gab er langsam zu. „Ich weiß, dass ich dir das beichten kann, ohne dass du etwas darüber weitersagen wirst."

„Ich werde niemandem ein Wort sagen", versicherte Sheffield ihm. „Obwohl ich zugeben muss, dass ich überrascht bin. Du hast noch nie einen Zug gemacht, der nicht kalkuliert schien."

„Ich bin mir nicht sicher, ob das ein Kompliment ist", sagte James. „Aber ich bin mir auch nicht sicher, ob es falsch ist. Obwohl ich weiß, dass mein Ruf ein bisschen wild sein kann, denke ich die meisten meiner Handlungen tatsächlich vorher durch. Vor allem die, die andere beeinflussen werden. Heute Abend habe ich nicht nachgedacht. Und vielleicht bedeutet das, dass ich mich von Emma verabschieden sollte. Um unser beider willen."

James sagte diese Worte, aber seine Brust schmerzte bei dem Gedanken. Er stieß sich auf die Füße und ging von seinem Freund weg zum Fenster, wo er blind in die Dunkelheit hinausstarrte.

„Was hat sich verändert, seit du auf die Idee gekommen bist, ihr zu helfen?", fragte Sheffield, nachdem ein paar Sekunden des Schweigens vergangen waren.

James drehte sich um. „Was meinst du?"

„Ich meine, hat sich Miss Listons Position in irgendeiner Weise verbessert?"

James zuckte mit den Schultern. „Das bisschen zusätzliche Aufmerksamkeit, das ich ihr bisher geschenkt habe, scheint ihr ein wenig zu helfen, aber nein. Sie befindet sich immer noch in der gleichen Lage."

„Und ist ihre Familie zu mehr Geld gekommen oder zu anderen Dingen, die ihr in den Augen einiger mehr Wert verleihen könnten?", fragte Sheffield.

„Nein, natürlich nicht", erwiderte James. „Worauf willst du hinaus?"

„Wir wissen beide, dass dein Plan Miss Liston mehr nützt als dir." Sheffield verschränkte die Arme vor der Brust. „Du magst so tun, als wäre es dir egal, aber ich erkenne, dass du ihr helfen willst. Und das ist nicht der schlechteste Impuls. Vielen Menschen passieren ...", er zögerte, „... Dinge, die nicht unter ihrer Kontrolle liegen. Dinge, die ihnen schaden. Und gute Menschen *sollten* helfen. Wenn du mich also fragst, was ich denke, was du tun solltest, dann sage ich, dass es immer noch das Richtige ist, dieser jungen Frau zu helfen."

James starrte Sheffield an. Niemand hatte mit ihm in dieser Weise über seinen Plan gesprochen. Wenn er Emma jetzt im Stich ließ, nur weil er sich mit dem Verlangen, das sie in ihm weckte, unwohl fühlte, war das ihr gegenüber fair? Immerhin hatte er sie in diese Idee hineingezogen. Ohne sein Drängen hätte sie nie darum gebeten, in diese Lage zu kommen.

„Ich erkenne, dass du recht hast", gab er schließlich zu.

Sheffield lächelte, und es lag eine gewisse Erleichterung in seinem Ausdruck. Als ob er wirklich von der Idee angetan war, dass James Emma helfen würde. James sah sich seinen Freund genauer an.

„Warum bist du so spät noch wach?", fragte er.

Sheffield bewegte sich unbehaglich. „Ich konnte nicht schlafen", sagte er. „Und ich dachte, ein Buch könnte helfen."

James runzelte die Stirn. „Du warst mir heute Abend eine große Hilfe. Kann ich dir auf irgendeine Weise behilflich sein?"

Sheffield hielt seinem Blick einen Moment lang stand, dann schüttelte er den Kopf. „Nein, mein Freund, ich glaube nicht. Aber danke für das Angebot. Ich weiß es zu schätzen." Er stieß sich auf die Füße. „Ich werde jetzt ins Bett gehen. Du solltest das Gleiche tun. Es scheint, als hättest du morgen mit Miss Liston einigen Schaden zu bereinigen. Ich hoffe, du wirst ihr versichern, dass ich nicht die Absicht habe, mit jemandem über die Geschehnisse heute Abend in der Bibliothek zu sprechen."

„Das werde ich", sagte James und streckte Sheffield die Hand entgegen. Er schüttelte sie. „Danke."

Sheffield zuckte mit den Schultern. „Gern geschehen. Gute Nacht."

Dann verließ er den Raum und ließ James zurück, der in die Flammen starrte, die im Feuer tanzten. Heute Abend war er mit Emma zu weit gegangen, und es hätte ihm leidtun sollen. Das tat er aber nicht. Tatsächlich fühlte er nur ein stärkeres Verlangen, es wieder zu tun. *Mehr* zu tun.

Und alles, was er tun konnte, war zu versuchen, den Teil von ihm zu kontrollieren, der sie nehmen und beanspruchen wollte. Sich auf die wirklichen Dinge zu konzentrieren und sich nicht von Emma Listons unerwarteten Reizen von seinem Kurs abbringen zu lassen.

KAPITEL 10

Emma hatte gehofft, dass eine gute Nachtruhe helfen würde, aber das war nicht der Fall. Erstens, weil der Schlaf überhaupt nicht eingetreten war, zweitens, weil nichts das ändern konnte, was sie mit James in der Bibliothek getan hatte.

Jetzt saß sie am Frühstückstisch, starrte auf ihren Teller und durchlebte jeden heißen, leidenschaftlichen Moment zwischen ihnen erneut. Konnten die anderen es in ihrem Gesicht sehen? Würde der Duke of Sheffield jemandem von ihrer Begegnung erzählen?

Sie wusste es nicht, aber sie erzitterte bei diesem Gedanken und dem Wissen darüber, was dies für ihre Zukunft bedeuten könnte. Und in Wahrheit erzitterte sie auch ob ihrer Erinnerungen. Falsch oder nicht, was James mit ihr gemacht hatte, als er sie berührt hatte, war einfach großartig gewesen. Sie hatte noch nie ein solches Vergnügen empfunden. Selbst jetzt noch kräuselten sich ihre Zehen, wenn sie daran dachte.

Es war alles sehr verwirrend.

Als hätte das Universum ihre Verwirrung gespürt, trat James in diesem Moment durch die Tür des Frühstücksraums. Sie gab einen leisen, erstickten Laut von sich, als er innehielt und seinen dunklen

Blick durch den Raum schweifen ließ, bis er sie fand. Ihre Blicke trafen sich, und in den Tiefen seiner Augen erkannte sie Leidenschaft und Hitze und Versprechen, die niemals erfüllt werden würden.

Sie drehte ihr Gesicht, um den Blickkontakt zu unterbrechen und konzentrierte sich darauf, ihre Atmung so gut es ging zu verlangsamen. Vergeblich.

„Guten Morgen", sagte James zu denjenigen, die bereits wach waren und ihr Frühstück zu sich nahmen. Es waren nicht alle, das war sicher. Nur etwa die Hälfte der Anwesenden war unten, aber die, die da waren, begrüßten den Duke.

James schritt durch den Raum und ließ sich auf dem Platz gegenüber von Emma nieder. Sie spürte, wie die Augen der Ladies zu ihr wanderten, und errötete, als sie ihn anschaute.

„Nicht", sagte sie mit zusammengebissenen Zähnen. „Nicht."

Sein Gesichtsausdruck wurde weicher, als er ihr in die Augen blickte, Sorgen waren in seinem hübschen Gesicht deutlich zu erkennen. „Emma", sagte er leise.

„Euer Gnaden", erwiderte sie und schickte ihm einen Blick, der ihn daran erinnerte, dass sie sich jetzt in der Öffentlichkeit befanden, nicht in einem privaten Garten oder auf der Tanzfläche oder in einer ... Bibliothek.

Er presste die Lippen fest aufeinander und blickte zu dem Diener auf, der ihm Kaffee und einen Teller mit Essen brachte. Als sie wieder allein waren, lehnte er sich näher zu ihr herüber. „Ich möchte mit dir reden."

Sie schüttelte leicht den Kopf. „Hier?"

„Nein", meinte er. „Zu viele Leute. Entschuldige dich und triff mich auf der Terrasse des Salons auf der anderen Seite des Korridors."

„Alle werden zusehen, wie wir zusammen weggehen."

„Ist das nicht der Plan?", fragte er.

Sie seufzte. *Der Plan.* Herr im Himmel, nach der letzten Nacht hatte sie seinen Plan fast vergessen. Seinen Plan, ihr einen anderen

Mann zum Heiraten zu suchen. Einen Mann, der nicht wissen würde, dass der Duke of Abernathe seine Hände unter ihren Rock gesteckt und ihre Welt in Regenbogenfarben und intensive Wellen unvorstellbarer Lust verwandelt hatte.

Verflucht sei er.

„Gut", antwortete sie knapp und schob ihren halbleeren Teller beiseite.

Emma erhob sich und verließ den Raum mit nur ein paar Worten hier und da an die Anwesenden. Gott sei Dank waren ihre Mutter und Meg beide noch nicht aufgestanden. Emma war sich ziemlich sicher, dass die beiden diese seltsame Interaktion zwischen ihr und James bemerkt hätten. Meg, weil sie zu schlau war, es nicht zu tun. Mrs. Liston, weil sie von jedem Schritt besessen war, den Emma machte, wenn es um die Aussicht auf einen Duke ging.

Sie schlenderte durch den Flur in den Salon und durch die Flügeltüren auf die Terrasse. Die späte Frühlingssonne traf ihr Gesicht und sie atmete tief die frische Landluft ein. Ihr Herzschlag verlangsamte sich, während sie das tat. Ihre Hände hörten auf zu zittern, und zum ersten Mal seit letzter Nacht beruhigte sich ihr wilder Verstand und ließ sie klar denken.

Aber alles, was sie tun konnte war, an James zu denken, der sie berührte. An ihren Körper, der Dinge empfand, die sie nie für möglich gehalten hatte. Dinge, die ihr gefallen hatten, wenn sie ehrlich zu sich selbst war.

Ihr ganzes Leben lang war sie in Situationen gezwungen worden, die ihr nicht gefallen hatten. Sie war gezwungen worden, Angst zu haben, dank der Eskapaden ihres Vaters. Gezwungen zu tanzen, obwohl sie es nicht wollte. Gezwungen, so zu tun, als würde Ablehnung nicht wehtun. Gezwungen, ihre Intelligenz zu verbergen.

Aber letzte Nacht war es, als wären die Ketten all dieser Dinge, all dieser Situationen, von ihr genommen worden und sie wäre unter seinen Händen geflogen. In den Himmel hinauf, bis sie fürchtete, unter den Strahlen der Sonne zu verbrennen. Und es hatte sich verdammt gut angefühlt.

„Emma?"

Sie zuckte zusammen, als James ihren Namen sagte, und drehte sich um, als er die Terrassentüren schloss. Er bewegte sich auf sie zu, zögernd, mit unsicherem Gesichtsausdruck. Ihr Herz setzte bei seinem Anblick einen Schlag aus. Er musste bereuen, was sie getan hatten, vor allem, da sein Freund sie zusammen in einer nach jeder Definition kompromittierenden Situation gesehen hatte.

„Guten Morgen", sagte sie mit einem Seufzer.

Er legte den Kopf schief. „Geht es dir ... gut?"

„Wenn du fragst, ob ich gut geschlafen habe, dann nicht", antwortete sie und wandte den Blick von ihm ab, damit er nicht sah, wie sie errötete.

„Ich gebe zu, ich auch nicht", sagte er, sein Tonfall fast erleichtert. „Ich ... ich konnte nicht aufhören, an das zu denken, was wir in der Bibliothek getan haben Emma."

Sie wagte es, ihn anzusehen und fand seinen Blick so konzentriert auf sie gerichtet, dass es sich anfühlte, als würde er sie mit seinen Augen gefangen halten. Ihre Lippen öffneten sich und sie machte einen halben Schritt auf ihn zu. „Ich habe seit gestern Abend auch sehr viel darüber nachgedacht."

„Was ich getan habe ... was ich getan habe, war falsch, Emma", gab er zu. „Und gefährlich."

„Dein Freund, der Duke of Sheffield ...", begann sie, aber er unterbrach sie.

„Baldwin wird kein Wort sagen, das schwöre ich dir. Er ist ein guter Mann, er hat nicht den Wunsch, einem von uns beiden wehzutun", erklärte James. „Unser Geheimnis ist bei ihm sicher."

Sie atmete kurz und erleichtert aus. „Und trotzdem bereust du immer noch, was du ... getan hast?", fragte sie und hasste es, eine bejahende Antwort zu hören, aber sie wusste, dass sie sie hören musste. Nur die Wahrheit würde sie aus diesem Traum erwecken, in dem sich alles darum drehte, dass dieser Mann sie irgendwie wirklich wollte.

Er schluckte schwer, bevor er sprach. „Das ist nicht das, was ich gesagt habe, Emma. Ich sagte, was ich getan habe, war falsch. Ich habe nicht gesagt, dass ich es bedauere."

Sie keuchte und schüttelte den Kopf. „Wie genau meinst du das?"

„Ich wollte dich", flüsterte er. „Und dieses Wollen hat meine Vernunft übermannt, was falsch war. Ich habe dich in eine Situation gebracht, in der du durch mein Handeln großen Schaden hättest erleiden können. Aber dich zu berühren, dich kommen zu lassen ... das war mein größtes Vergnügen."

„Es hat dir gefallen?", fragte sie schockiert.

Er nickte langsam. „Sehr sogar. Aber ich weiß, dass ich mich entschuldigen muss, weil ich viel erfahrener bin als du. Ich hätte dich nie dazu zwingen dürfen, mir solche Freiheiten zu gewähren, egal wie stark mein Verlangen nach dir war."

Sie bewegte sich wieder vorwärts, und nun waren sie sich gefährlich nahe. Es war nicht ganz unangemessen, aber nahe dran. Und es war ihr völlig egal.

„James", flüsterte sie, atemlos. „Was letzte Nacht passiert ist ... das war das erste Mal, dass ich mich lebendig gefühlt habe seit ... seit einer sehr langen Zeit. Ich wusste nicht einmal, dass es möglich ist, sich so zu fühlen."

Er hob eine Hand, und in diesem Moment geschah alles in Zeitlupe. Er wollte sie eindeutig berühren, und sie wollte so verzweifelt, dass er genau das tat. Doch dann glitt sein Blick zur Tür und er senkte seine Hand mit einem Stirnrunzeln.

„Ich bin froh, dass du es nicht bereust", sagte er leise.

Erleichterung durchströmte sie, ebenso wie das Verlangen, das sie zu verstehen begann. „Könnten wir ... es wieder tun?"

Sie konnte nicht glauben, wie mutig sie war, und an der Art und Weise, wie er seine Augen aufriss, erkannte sie, dass auch er von ihrer Kühnheit überrascht war. „Du willst es wiederholen?"

Sie nickte. „James, selbst wenn dein großer Plan so aufgeht, wie du hoffst, und ein Mann sich für mich interessiert und um meine Hand anhält, werde ich in meinem Herzen immer wissen, dass er mich nur wollte, weil er das Gefühl hatte, dir etwas wegzunehmen. Dank meiner Umstände habe ich kaum eine Wahl, wie meine Zukunft aussehen wird, aber wenn ich in diese Zukunft mit mehr Erinnerungen... daran... gehen könnte..." Sie zitterte. „Daran, was wir getan haben... ich würde es mögen."

Sein Stirnrunzeln vertiefte sich, und sie dachte einen Moment lang, dass er sie zurückweisen würde. Aber schließlich seufzte er. „Nun gut, wir können es zu einer Bedingung unserer Vereinbarung machen. Wir werden unser vorgetäuschtes Werben fortsetzen, so wie wir es gestern Abend beschlossen haben. Wenn wir die Möglichkeit haben, uns so zu vergnügen wie letzte Nacht, werden wir es tun." Er lehnte sich vor. „Und ich gelobe, dich nicht zu kompromittieren, Emma, egal wie schwer es sein mag, dieses Versprechen zu halten."

Sie streckte eine Hand aus. „Abgemacht, Euer Gnaden."

Er lächelte über ihre ausgestreckte Hand und nahm sie an, aber anstatt sie zu schütteln, hob er sie an seine Lippen und drückte einen Kuss auf ihren Handschuh. „Ein gutes Geschäft", sagte er. „Jetzt sollten wir uns wieder zu den anderen gesellen. Margaret hat einen turbulenten Tag geplant, glaube ich, einschließlich einer mitreißenden Partie *Pall Mall* auf dem westlichen Rasen und einem Picknick am Bach. All das wird uns reichlich Gelegenheit geben, den ersten Teil unseres Plans in die Tat umzusetzen, wenn nicht sogar den zweiten."

Sie lächelte, denn die Leichtigkeit war in seinen Ton und sein Gesicht zurückgekehrt, aber in ihrem Lächeln lag ein Hauch von Verlangen. Sie hatte gezögert, hierherzukommen, aber jetzt war ihr ganzes Leben durch James, seinen Plan und seine Berührungen auf den Kopf gestellt worden.

Sie konnte nur hoffen, dass sie die Kontrolle über sich selbst und ihre Gefühle behalten konnte, damit sie nicht anfing zu glauben, dass da mehr zwischen ihnen sein könnte als eine List und ein paar gestohlene Momente der Freude.

~

James konnte sich ein Grinsen nicht verkneifen, als er Emma und Margaret von der anderen Seite des weiten Rasens aus beobachtete. Inmitten des Pall Mall-Spiels lachten die beiden ausgelassen, als Emma versuchte, einen Schuss anzubringen und kläglich scheiterte. Sie beugte sich vor Lachen, ihr ganzer Körper zitterte vor Fröhlichkeit.

Und Emma war herrlich. Sie leuchtete förmlich, als ob tausend Kerzen in ihr schienen. Ihr Gesicht war leicht errötet, so wie sie in der Nacht zuvor unter seinen Händen gewesen war, entspannt und locker, als ob sie hierher gehörte. *Zu ihm.*

Wie jemand sie so sehen konnte, wie sie in diesem Moment war, und nicht in ihrer Nähe sein wollte, war jenseits seines Verständnisses. Am liebsten hätte er die Distanz zwischen ihnen überbrückt, sie umarmt und einen Kuss auf ihre vollen Lippen gedrückt, bis sie in seinen Armen weich wie Wachs wurde.

„Interessante kleine Kreatur, nicht wahr?"

James versteifte sich, als Sir Archibald sich näherte, einen Drink in der Hand und einen anzüglichen Blick auf seinem runden, verschwitzten Gesicht.

„Ich kann nicht behaupten, dass ich weiß, von wem Ihr sprecht, Sir Archibald", entgegnete James mit kühlem Tonfall.

Er hatte den Mann noch nie gemocht, aber er lebte in James' Grafschaft und hatte sich immer bei James' Vater und später auch bei ihm eingeschmeichelt. Aber James hielt ihn für einen aufgeblasenen Schwätzer, der zu viel aß und trank.

Die Tatsache, dass er sich am Vorabend auf der Party an Emma herangemacht hatte, ließ James' Verachtung für den Mann nur noch weiter anwachsen.

„Wirklich?", fragte Sir Archibald mit einem glucksen. „Ich

dachte, ich hätte Euch in der Nähe von Miss Liston herumschnüffeln sehen, oder habe ich mich geirrt?"

James stieß einen langen, tiefen Atemzug aus. „Sie ist eine gute Freundin von Margaret", erklärte er, aber dann dachte er an ihren Plan. Er hatte Emma versprochen, sein Interesse zu bekunden, um das der anderen Männer zu wecken. Er hatte nicht gerade an jemanden wie Sir Archibald gedacht, aber was sollte er tun? „Und ich mag sie."

Archibald lächelte breit über dieses Eingeständnis. „Sie ist nicht gerade eine große Schönheit, was? Aber sie hat etwas an sich. Sie trägt ein wenig Feuer in sich. Ich würde mich auch um sie bemühen. Es ist ja nicht so, als hätte sie viele Aussichten, nicht wahr?"

James spürte, wie sich seine Nasenflügel aufblähten. Sir Archibald hatte Emma nicht nur einmal, sondern zweimal innerhalb von fünf Sätzen beleidigt, und James wollte nun nichts Geringeres tun, als ihm eine Faust ins Gesicht zu rammen. Stattdessen umklammerte er seinen Drink fester und sagte: „Sie hat vielleicht mehr Chancen, als Ihr denkt. Und ist sie nicht ein bisschen zu jung für Euch?"

„Je jünger, desto besser", lachte Sir Archibald mit einem freundlichen Stupser gegen James' Schulter. „Aber Ihr könntet jede haben, Abernathe. Um Gottes willen, sinkt nicht auf das Niveau von Emma Liston. Euer Vater hätte gewollt, dass Ihr jemanden von Bedeutung heiratet, jemanden, der Euer Ansehen vermehrt."

James biss die Zähne zusammen. Ja, sein Vater hätte gewollt, dass er eine Menge Dinge tat. Genau deshalb hatte James auch nicht vor, sie zu tun. „Wenn Ihr Miss Liston so geringschätzt, warum solltet *Ihr* sie dann in Betracht ziehen?"

„Nun, wie Ihr schon sagtet, ich bin ein alter Mann", kicherte Sir Archibald. „Meine Erben sind schon älter als Ihr selbst, aber die, die es nicht sind, könnten eine Frau gebrauchen, die sich um sie kümmert. Ich habe es nicht nötig, meinen Stand durch eine Heirat zu erhöhen. Ich will nur ein junges Flittchen, um sie zu besteigen und ..."

„Genug“, sagte James harsch und drehte sich mit einem Blick zu ihm um, von dem er wusste, dass er angsteinflößend war. „Ihr werdet nicht auf diese Weise über Emma sprechen. Nicht hier, nicht zu mir und zu keinem anderen Gast.“

Sir Archibalds Gesicht verzog sich, und in seinen Augen blitzte Zorn auf, bevor er die Hände hob. „Ihr kommt dem Mädchen zu Hilfe, was? Nun, bevor Ihr Euch kopfüber in irgendeine Art von Arrangement mit ihr stürzt, solltet Ihr besser ein paar Nachforschungen über sie anstellen. Und über ihren Vater.“

James verschränkte die Arme. „Ich weiß alles über ihren Vater.“

Das war natürlich eine Halbwahrheit. Er wusste, dass der Mann sich von seiner Familie entfernt hatte, dass er in Emmas Leben derzeit nicht vorkam, aber sonst wenig.

„Ich habe ab und zu mit ihm gespielt“, fuhr Sir Archibald fort. „Ihr wisst, dass er Miss Liston mehr als einmal als Wetteinsatz benutzt hat, nehme ich an. Manchmal ihre Hand in der Ehe, manchmal ihre Jungfräulichkeit. Er hat nur noch nie verloren. Aber eines Tages wird er das, Abernathe. Eines Tages wird jemand sie ihm abspenstig machen. Dann wird sie niemandem mehr gehören. Ist es *das*, was Ihr Euch von einer Duchess wünscht?“

Sir Archibald verzog grausam den Mund und James warf seinen Drink beiseite. Er ergriff das Revers des Mannes mit beiden Händen und schüttelte ihn.

„Raus aus meinem Haus“, sagte er, leise und gefährlich. „Und lasst Euch hier nie wieder blicken, Ihr aufgeblasenes Arschloch. Oder es wird Euch sehr leidtun.“

Sir Archibald zappelte und James stieß ihn weg, sodass er über den Rasen taumelte. Erst da bemerkte er, dass die gesamte Gesellschaft ihre Aufmerksamkeit auf ihn gerichtet hatte, auf *sie*. Sir Archibald schaute sich ebenfalls um, das Gesicht rot, und richtete seine Kleidung.

„Ihr werdet feststellen, dass es Leute gibt, die es nicht wert sind, verteidigt zu werden, Abernathe“, spottete er. „Und Feinde, die Ihr bereuen werdet, Euch gemacht zu haben.“

James machte einen Schritt auf ihn zu, aber Sir Archibald zuckte zurück und eilte in Richtung des Hauses, so schnell wie er wahrscheinlich seit seiner Jugend nicht mehr gerannt war.

„Meine Damen und Herren, warum ziehen wir uns nicht alle ins Haus zurück, um uns auf unser Picknick vorzubereiten?", rief Margaret, aber es lag eine tiefe Anspannung in ihrer Stimme, während sie James anstarrte.

Schuldgefühle durchzuckten ihn. Meg hatte so viel Zeit damit verbracht, den Schaden, den ihre Mutter ihrem Ruf zugefügt hatte, zu mildern, und jetzt hatte James gerade eine körperliche Auseinandersetzung mit Sir Archibald gehabt, der in der feinen Gesellschaft sehr bekannt war. So wie die Leute jetzt starrten und tuschelten, war es klar, dass dieses Ereignis noch einige Zeit für Aufsehen sorgen würde.

Dann fing sein Blick den von Emma in der Menge ein. Sie beobachtete ihn genau, ihre Lippen leicht geöffnet. Und plötzlich war ihm alles andere völlig egal. Sie hatte einen Verteidiger gegen diesen Bastard gebraucht. Er bereute es nicht, dass er diese Rolle übernommen hatte.

Sie hatte etwas Besseres verdient als ein Leben in den Fesseln von Sir Archibald, als ein hübsches Spielzeug, das nur zu seinem Vergnügen diente. Das war nicht die Zukunft, die er sich für Emma wünschte.

Die Menge begann, sich auf das Haus zuzubewegen, und Meg kam auf ihn zu, ihren Blick immer noch fest auf ihn gerichtet. Er zwang sich, sich auf sie zu konzentrieren und ließ Emma in seinem peripheren Blickfeld verblassen, als ihre Mutter zu ihr trat und sie mit den anderen auf das Haus zugingen.

„Was um alles in der Welt war das, James?", fragte Meg leise.

Er schüttelte den Kopf. „Es tut mir leid, Meg. Ich hätte keine Szene machen und dich in Verlegenheit bringen sollen."

„Was könntest du gegen Sir Archibald haben, das dich dazu bringt, ihn so anzugehen?", fragte Meg drängend.

James versuchte stets ehrlich zu seiner Schwester zu sein. Das war er auch immer gewesen, denn in gewisser Weise waren es immer sie gegen die Welt gewesen. Aber im Moment sträubte er sich, ihr die Wahrheit zu sagen. „Er war ... *unhöflich* zu einem unserer Gäste", murmelte er.

Meg lehnte sich mit großen Augen vor. „Einer unserer Gäste? Wer?" Er schwieg zu lange und sie ergriff seine Hand. „Hat er etwas über Emma gesagt?"

James wandte sich von ihr ab. „Wie kommst du denn darauf?"

Meg stemmte die Hände in die Hüften. „Weil ich dich kenne. Du scherst dich um keine Frau auf dieser Party, außer um eine. Emma ist die einzige Frau, die ich je gesehen habe, der du mehr als zwei Minuten deiner Aufmerksamkeit schenkst. Ging es also um sie?"

Er nickte langsam. „Ja. Hätte ich sie nicht verteidigen sollen?"

„Vielleicht nicht so heftig", sagte Meg, und sie beobachtete ihn jetzt noch genauer. „Was geht zwischen euch vor?"

„Zwischen mir und wem?", fragte er, seine Stimme rau und leise.

„Dir und Emma, du großer Flegel", sagte Meg lachend. „Gott, es muss etwas Ernstes sein, wenn du so sehr versuchst, es zu verharmlosen. Ich meine, du hast darum gebeten, dass sie neben dir sitzt, du hast gestern Abend mit ihr getanzt, ich ertappe dich dabei, wie du sie die ganze Zeit beobachtest, und du hast einen Bekannten in ihrem Namen aus unserem Haus geworfen ... also was ist los?"

Er zögerte. Teilweise, weil er wusste, dass Meg seine List mit Emma nicht gutheißen würde. Aber auch, weil es viel komplizierter war als nur das. Er wusste es. Er wollte es nur nicht laut zugeben.

„Bist du daran interessiert, ihr den Hof zu machen?", fragte Meg langsam. Als er nicht sofort antwortete, klatschte seine Schwester die Hände zusammen. „Oh, Jamie! Das ist ja wunderbar! Ich mache mir schon lange Sorgen über deinen Drang, dich an Vater zu rächen, indem du deine eigene Zukunft zerstörst. Ein Leben allein bestraft dich mehr als ihn. Und ich bete Emma an, das tue ich wirklich. Ich bin so froh, dass du dir eine Frau ausgesucht hast, die intelligent ist und nicht so eine hirnlose Idiotin."

Sie sah so glücklich aus, dass James kaum atmen konnte.

Kaum sprechen konnte. Und doch musste er es, denn er wollte nicht zulassen, dass Meg mit dieser Freude im Herzen durch den Rest der Party schwebte, nur um sie dann wieder zu enttäuschen. Das war etwas, was ihr Vater getan hätte. Ihr Vater hätte großes Vergnügen daran gehabt, Meg zum Narren zu halten.

James wollte damit nichts zu tun haben.

„Meg", begann er, aber sie sprach immer noch über Emma. Er räusperte sich. „Margaret!"

Sie blieb stehen und starrte ihn an. Ihr Lächeln verblasste langsam. „Was?"

„Ich ... ich mache ihr nicht den Hof", sagte er leise. „Ich werde nur ... so tun, als ob ich ihr den Hof mache."

Meg legte ihre Stirn in Falten. „Was?"

Er holte tief Luft. Herrgott, das war schwierig. Er konnte bereits die Anfänge der Enttäuschung in ihrem Gesicht erkennen. Enttäuschung ... über ihn.

„Sie braucht Hilfe, um neue Aufmerksamkeit zu erlangen", erklärte er. „Du musst doch bemerkt haben, wie viel mehr Interessenten sie gewonnen hat, seit ich ihr meine Aufmerksamkeit zuteilwerden lasse."

„Du bist so aufgeblasen, James", sagte Meg.

„Stimmt, *Margaret*." Er zuckte mit den Schultern. „Und ich ... ich weiß, dass du meinen Wunsch, die Ehe zu vermeiden, nicht gutheißt, aber er existiert nun einmal. Auf dem ersten Ball der Londoner Saison wurde ich belagert. Ich will das nicht ... nichts von alledem. Wenn ich also Emma etwas mehr Aufmerksamkeit schenke, hilft mir das auch."

Meg schüttelte ungläubig den Kopf. Dann flüsterte sie: „Weiß sie, dass deine Aufmerksamkeiten nicht echt sind?"

„Natürlich!", platzte er heraus und machte sich daran, ihre Hände einzufangen. „Bitte sag mir, dass du mich nicht für so grausam hältst, dass ich das ohne ihr Wissen tun würde ... dass du weißt, dass ich sie nie absichtlich zum Narren halten würde. Bitte sag mir, dass du mich nicht für noch schlimmer hältst als Vater, Meg."

Sie starrte ihn einen Moment lang an, dann wurde ihr Ausdruck weicher. „Natürlich nicht. Du könntest nicht so grausam sein, das steckt nicht in dir. Ich schätze, ich bin nur ... schockiert, dass Emma so etwas Unehrliches mitmacht."

James richtete sich auf und ließ ihre Hände los. Wieder einmal erhoben sich seine Nackenhaare zur Verteidigung von Emmas Ruf. „Sie hat sich gewehrt", sagte er. „Aber du kannst nicht wirklich hart über sie urteilen. Schließlich ist ihr Leben ganz anders als das deine."

Megs Gesicht verzog sich ein wenig. „Ja, mein Schicksal und meine Zukunft wurden bereits vor langer Zeit besiegelt."

James runzelte die Stirn über ihren Tonfall, versuchte aber, sich auf die Verteidigung von Emma zu konzentrieren. „Ja. Du musstest dir nie Sorgen um deine Zukunft machen. Ich habe für dich gesorgt. Emma hat keinen solchen Schutzmechanismus. Und sie hat deshalb gelitten. Sie wäre eine Närrin, wenn sie sich nicht die Chance geben würde, jemanden zu heiraten, der ... nun ja ..."

Letzteres sagte er langsamer, denn irgendwie fiel es ihm schwer, die Worte zu formen. Und als er sich Emma in einer Ehe mit einem anderen Mann vorstellte, drehte sich ihm tatsächlich der Magen um, was er ignorierte, während Meg einen langen Seufzer ausstieß. „Ich nehme an, du hast recht."

„Das habe ich", versicherte er ihr leise. „Wenn du jemandem deswegen böse sein musst, dann lass es bitte mich sein. Emma ist eine wertvolle Freundin, und ich würde niemals eure Beziehung ruinieren wollen."

Meg neigte den Kopf. „Das hast du nicht, James. Ich bin einfach ... enttäuscht. Ich dachte, du würdest Emma wirklich zu mögen beginnen. Ich hatte gehofft ..." Sie brach ab. „Nun, ich nehme an, es spielt keine Rolle mehr, was ich gehofft habe. Ich weiß, dass du dich nicht von einem Weg abbringen lässt, wenn du dich erst einmal entschieden hast, ihn zu gehen. Aber ich billige ihn nicht."

„Das habe ich zur Kenntnis genommen", sagte er.

Meg drehte sich um und sah zum Haus hinauf. „Ich sollte hineingehen und sicherstellen, dass alle Vorbereitungen für das Picknick getroffen wurden."

James nickte, aber als sie wegging, rief er ihr nach. „Meg?"

Sie spähte über ihre Schulter zurück. „Ja?"

„Du wirst dich doch nicht ... in unseren Plan einmischen, oder?"

„Nein", sagte sie mit deutlichem Widerwillen. „Ich werde dir nicht im Wege stehen."

James entspannte sich ein wenig bei ihrem Versprechen. Er wusste, dass sie es nicht brechen würde. Das war nicht Megs Art. Sie hielt sich an ihre Versprechen und hatte es immer getan.

„Danke."

„Wir sehen uns gleich", flüsterte sie und ging weg.

Und obwohl sie zugestimmt hatte, sein Geheimnis zu bewahren, obwohl sie eingewilligt und versprochen hatte, ihre Haltung gegenüber Emma nicht zu ändern, fühlte er sich immer noch, als hätte er etwas sehr Falsches getan.

Etwas, von dem er sich fragte, ob er es je wieder gutmachen konnte.

KAPITEL 11

Emma trat aus ihrer Kammer und fand ihre Mutter bereits im Flur wartend vor. Und sie wartete ziemlich ungeduldig, wenn man ihrem klopfenden Fuß Aufmerksamkeit schenkte.

„Guten Tag, Mutter", sagte Emma mit einem so strahlenden Lächeln, wie es ihr angesichts des konzentrierten Ausdrucks ihrer Mutter möglich war. „Freust du dich auf das Picknick?"

Mrs. Listons Augen leuchteten in geldgieriger Freude auf. „Nicht so sehr, wie du es tun solltest, Emma, denn ich habe ein Gerücht gehört."

Emma zählte langsam bis fünf, bevor sie sagte: „Ein Gerücht, Mama?"

Ihre Mutter ergriff ihre Hände und lehnte sich vor. „Der sehr öffentliche und ziemlich körperliche Streit des Dukes of Abernathe mit Sir Archibald, der dazu führte, dass Archibald auf seinem Pferd davonstürzte ... und es ging um *dich*."

Emmas Lippen klafften ungläubig auseinander, als sie ihre Mutter anstarrte. Auf dem Weg zurück zum Haus hatten die Gäste viel darüber geredet, was zu einer so schockierenden und öffentlichen Konfrontation zwischen den Männern geführt hatte. Emma war natürlich neugierig gewesen, denn sie hatte nie erwartet, dass James sich so verhalten würde.

Aber wegen ihr?

„Nein", sagte sie langsam. „Das kann nicht sein."

Ihre Mutter hüpfte jetzt fast. „Oh, doch. Sie sagen, es ist so. Ihm gefiel die Aufmerksamkeit nicht, die Sir Archibald dir vorhin schenkte, und er hat ihn aus dem Haus gejagt."

Das Blut rauschte in Emmas Ohren und ihre Arme hatten angefangen zu kribbeln, aber sie kämpfte darum, einen gelassenen Gesichtsausdruck zu bewahren, während ihre Mutter weiter und weiter plapperte. War es möglich, dass es stimmte, dass James fast mit einem anderen Mann um *sie* gekämpft hatte? Das ging doch sehr weit, denn er hatte schließlich ihr gegenüber behauptet, er wolle Männer auf sie aufmerksam machen, nicht sie vergraulen.

„... eine Gelegenheit, die du nicht ausschlagen kannst, also musst du dich von deiner besten Seite zeigen und dir Abernathe um jeden Preis angeln", erklärte ihre Mutter gerade und packte Emmas Arm.

Emma schüttelte sie ab, als ihre Worte deutlich wurden. „Mir Abernathe angeln?", wiederholte sie.

„Ja. Als wir hierherkamen, hätte ich mich ehrlich gesagt mit jemandem wie Sir Archibald für dich zufriedengegeben", sagte Mrs. Liston.

Emma spannte ihren Kiefer an. „Er ist älter als Vater und hat eine Brut von schrecklichen, schrecklichen Kindern, von denen einige älter sind als ich!"

„Und welche anderen Möglichkeiten hattest du?", fragte Mrs. Liston schnaubend. „Aber jetzt sehe ich, dass wir viel, viel höher greifen müssen. Emma, du könntest einen Duke heiraten. Einen *Duke*!"

Emma konnte kaum atmen. Oh, das war genau das, was sie und James geplant hatten, aber ihr Verstand drehte sich trotzdem weiter.

„Ich werde mir Abernathe *nicht* angeln", flüsterte sie.

Ihre Mutter wölbte eine Augenbraue. „Nicht mit dieser Einstellung. Emma, du musst jetzt aggressiv sein. Und ... oh, wie soll ich es ausdrücken ... du musst schmutzig kämpfen, wenn sich die Gelegenheit ergibt."

„Schmutzig?", wiederholte Emma, jetzt nervös über den Tonfall ihrer Mutter.

„Es ist wahr, er mag widerstrebend einer Heirat zustimmen, trotz seiner heutigen Taten", sagte Mrs. Liston und rieb ihre Hände aneinander. „Aber das kann uns nicht aufhalten. Wenn es denn sein muss, dann würde ich vorschlagen, dass du ... dass du ..."

„Was?", platzte Emma heraus.

„Lass dich von ihm kompromittieren", beendete ihre Mutter ihren Satz.

Emma starrte mit vor Entsetzen offenem Mund ihre Mutter an. „Mama, das kannst du doch nicht ernst meinen."

Ihre Mutter verschränkte die Arme, ein selbstgefälliger Ausdruck lag auf ihrem Gesicht. „Warum nicht? Manchmal werden diese Dinge eben so gemacht. Und du kannst es ertragen, Emma. Du schließt die Augen und stellst dir einfach das wunderbare Leben vor, das du haben könntest und was du mir bieten könntest. Stell dir die Freiheit von jeglichem Schaden vor, den dein Vater anrichten könnte, die Freiheit von der Angst vor dem Unbekannten. Das wird seine Berührung erträglich machen."

Emma schauderte, denn ihre Mutter tappte völlig im Dunkeln. Nicht nur, dass sie keine Ahnung von Emmas Plan mit James hatte, sie wusste auch nicht, dass Emma sich im Grunde genommen bereits von James kompromittieren hatte lassen. Seine Berührung zu ertragen, war kein Thema. Im Gegenteil. Sie konnte nicht aufhören, daran zu denken.

„Emma!"

Beide Frauen drehten sich auf dem Flur um und sahen Meg auf sie zukommen. Sie lächelte, aber da war etwas in ihren Augen, ein trauriger Blick, der Emmas Herz einen Schlag aussetzen ließ. Hatte sie dieses schreckliche Gespräch mitgehört? Sicherlich würde Meg nicht ihre Freundin sein wollen, wenn sie wüsste, was ihre Mutter gerade gesagt hatte.

„Denk darüber nach", zischte Mrs. Liston, bevor Meg ihnen entgegenkam und ihren Arm mit Emmas verschränkte.

Die liebevolle Geste beruhigte Emma ein wenig, als sie sich auf den Weg die Treppe hinunter in Richtung der anderen machten, die sich für ihren kurzen Spaziergang zum Picknickplatz versammelt hatten, aber sie spürte immer noch ein Unbehagen in ihrem Magen. Es schien, als würde sie von allen Seiten mit Intrigen belagert werden. Und keine davon fühlte sich richtig an.

~

Emma ließ sich langsam in der Menge der Partygänger zurückfallen, bis sie hinter ihnen zurückblieb. Erst dann konnte sie wieder aufatmen. Die letzte Viertelstunde war ein Albtraum gewesen. Sie dachte an James, der ihr Blicke zuwarf, an den Vorschlag ihrer Mutter, der ihr in den Ohren klang, und an Meg, die lächelte und mit ihr plauderte, völlig ahnungslos über all die Vergehen, die Emma beging.

Am liebsten hätte sie sich zu einem Ball zusammengerollt und sich für immer versteckt, aber das war nicht möglich. Also war das Beste, was sie tun konnte, für etwas Abstand zwischen sich und den anderen zu sorgen und zu versuchen, ihre Gefühle wieder in den Griff zu bekommen.

Etwas, was unmöglich schien, als sie aufblickte und James am Wegesrand stehen sah, angelehnt an einen Baum. Sie stieß einen Seufzer aus, als sie sich ihm näherte.

„Wartest du auf mich?", fragte sie.

„Versteckst du dich etwa vor mir?", erwiderte er.

„Nein", log sie, denn natürlich hatte sie genau das getan. „Ich brauchte ... ich brauchte etwas Abstand."

Er richtete sich auf und schaute sie genauer an. „Was ist los?"

Sie schürzte kurz die Lippen und schüttelte den Kopf. „Es ist nur ... meine Mutter drängt mich. Und sie hat mir gesagt ..."

Als sie nicht mehr weiterreden konnte, streckte er die Hand aus und nahm die ihre. Sie schnappte nach Luft, als sie zu ihm aufsah. Sein Blick war lüstern und verheißungsvoll und ihr Körper reagierte darauf, obwohl er sie kaum berührte. Alles fühlte sich so heiß und prickelnd an und die Welt verschwamm ... das Einzige, was im Fokus stand, war er.

„Was hat sie dir gesagt?"

Sie holte tief Luft. „Dass du dich mit Sir Archibald gestritten hast ... meinetwegen." Sein Gesichtsmuskel zuckte, und in diesem Moment erkannte sie die Wahrheit. Sie wäre nicht schockierter gewesen, wenn der Mann genau dort auf dem Weg angefangen hätte zu singen und zu tanzen. *Es ist wahr?"*

James nickte. „Er hat etwas sehr Ungehöriges gesagt. Und ich habe ihn dafür ermahnt." Sein Tonfall war dunkel und gefährlich, und wieder einmal traf es sie an den unpassendsten Stellen.

„Etwas Unerwünschtes über mich?", keuchte sie. „Er weiß nichts von ..."

„Nein!", sagte James. „Nicht über uns. Er hat nur ein paar Andeutungen über seine Absichten dir gegenüber gemacht, die mir nicht gefallen haben."

Emma erschauderte, denn sie konnte sich gut vorstellen, was Sir Archibald vorhatte. Er hatte immer viel Zeit damit verbracht, auf ihre Brust zu starren, und wann immer er sie berührte, war es, als würde sich eine Schlange um ihre Haut winden. Aber trotzdem ...

„Du hast ihn gepackt, gestoßen und weggeschickt", stammelte sie. „James, du ... du hast eine Szene veranstaltet."

„Er hat viel Schlimmeres verdient, als ich ihm angetan habe", erwiderte er. „Aber woher wusste deine Mutter davon?"

Sie zuckte mit den Schultern. „Ich habe keine Ahnung. Jemand hat euch vielleicht belauscht, oder Archibald hat geredet, bevor er aus dem Haus geflohen ist. Was zählt ist, dass die Leute darüber reden werden. Es ist am besten, wir wiederholen die Geschichte nicht."

„Das scheint dich zu beunruhigen", erkannte er, und seine Stirn legte sich in Falten. „Warum?"

„Abgesehen davon, dass du dich meinetwegen fast geprügelt hättest? Ich bin beunruhigt, weil es einen zu großen Schatten auf mich wirft.“

„Nein, es lenkt den Fokus auf dich, was doch von Anfang an *genau* unser Plan war“, erklärte er, aber sein Ton war gekünstelt fröhlich.

Mit mehr Widerwillen als sie hätte haben sollen, löste sie sich schließlich von ihm und verschränkte die Arme. „Wenn das genau das ist, was du vorhattest, als wir anfingen, warum klingst du dann so angespannt … warum liegt diese Sorge in deinem Blick?“

Seine Stirn legte sich in Falten und er starrte sie an. „Ich … ich weiß nicht, wovon du redest“, sagte er, und die negativen Emotionen wichen endlich aus seinem Gesicht.

Sie schüttelte den Kopf. „Du kannst es nicht wegheucheln, James. Das betrifft dich offensichtlich genauso sehr wie mich. Obwohl ich deine Beschützerinstinkte zu schätzen weiß, halte ich es für besser, wenn ich nur das Schlimmste weiß, damit ich vorbereitet bin.“

„Du siehst zu viel“, murmelte er, während er sich mit einer Hand durch die Haare fuhr. „Emma, ich mache mir keine Sorgen um Archibald. Er ist ein Idiot, und der Klatsch über seinen Weggang wird abklingen, lange bevor er dauerhaften Schaden anrichtet, vor allem, wenn wir uns entscheiden, dieses Thema nicht anzusprechen, um es nicht zu nähren.“ Er stieß einen kurzen Seufzer aus. „Aber da ist … noch etwas anderes. Und du hast recht, du solltest es wissen.“

Emmas Herz begann zu pochen, als sie ihn anstarrte und versuchte zu lesen, was immer in seinem Kopf vorging, bevor er es sagte. Es gelang ihr nicht, obwohl ihr ein Schreckensszenario nach dem anderen einfiel.

„Was ist es?“, fragte sie, und konnte kaum Luft holen.

„Margaret weiß von unserer List“, sagte er leise.

Emma taumelte, und er stürzte nach vorne, um ihren Arm zu ergreifen und sie zu beruhigen. Sie sah zu ihm auf. Er war zu nah, zu gutaussehend, zu perfekt, und sie konnte sich kaum daran erinnern, wie sie atmen, geschweige denn sprechen sollte. Er wartete geduldig, versuchte nicht, sie zu zwingen, versuchte nicht, die Stille zwischen ihnen mit Worten zu füllen.

„Weiß sie, dass wir so tun, als würdest du um mich werben?", fragte Emma. Er nickte einmal, und sie stieß einen kleinen, erstickten Schrei aus. „*Deshalb* hat sie mich so seltsam angeschaut. Ich dachte, es läge an meiner Mutter, an dem, was meine Mutter gesagt hat, aber es lag an der List. Woher weiß sie davon?"

Endlich ließ er sie los und deutete den Weg hinunter. „Wir sollten weitergehen, damit wir uns nicht zu weit von den anderen entfernen", schlug er vor.

Sie überlegte einen Moment, sich gegen seinen Vorschlag aufzubäumen, entschied sich aber dagegen. Er hatte schließlich recht. Gemeinsam zu weit hinter den anderen anzukommen, würde sie für unverschämte Bemerkungen und noch mehr Ermunterung zu Kompromissen seitens ihrer Mutter öffnen.

„Sag es mir, bitte."

James neigte den Kopf. „*Ich* habe es ihr gesagt, Emma."

Sie wandte ihr Gesicht ruckartig dem seinen zu und stellte fest, dass er sie ansah. Sie schluckte schwer und unterdrückte das Gefühl des Verrats, das sein Geständnis in ihrer Brust auslöste. Er konnte sie nicht betrügen. Sie waren nicht füreinander bestimmt, trotz der Küsse und Berührungen. Daran musste sie sich erinnern.

„Warum?", flüsterte sie. „Warum hast du es ihr gesagt?"

James schwieg einen langen Moment. „Ich habe eine große Gruppe von sehr guten Freunden", sagte er. „Aber die Person, die mich am meisten kennt und liebt, ist Meg. Wir sind die einzigen beiden, die unsere ... Vergangenheit vollständig verstehen. Die Situation mit unseren Eltern. Ich lüge sie nicht an, nicht wenn ich es verhindern kann. Und sie verheimlicht auch nichts vor mir. Sie kam zu mir und war ganz begeistert von der Idee, dass wir beide umeinander werben. Ich konnte sie nicht in die Irre führen und zulassen, dass sie am Ende verletzt wird. Also habe ich unsere List zugegeben."

Emma wollte verzweifelt wütend auf ihn sein, aber sie fand, dass sie es nicht war. Nicht, wenn er sich auf diese Weise erklärte. Wie oft hatte sie sich nach jemandem gesehnt, mit dem sie Dinge teilen konnte, wie er sie beschrieb? Sie hatte niemanden als Vertrauten. In gewisser Weise war sie eher eifersüchtig als wütend.

„Ich ... verstehe", flüsterte sie schließlich. „Und ich weiß, dass es das Beste ist. Ich würde Meg auch nicht wehtun wollen. Ich wünschte nur ..."

Sie brach ab, unwillig, diesem Mann ihre Dummheit zu gestehen. Schließlich war er auch nicht ihr Vertrauter.

„Was wünschtest du?", drängte er.

Sie schüttelte den Kopf. „Ach, nichts."

James blieb auf dem Weg stehen und wandte sich ihr zu. „Wir werden diesen Hügel in vierzehn Schritten erklimmen, Emma. Wenn wir das tun, wird der Picknickplatz gleich auf der anderen Seite sein. Jeder wird uns beobachten, auf uns warten, und diese Unterhaltung wird vorbei sein. Wir haben keine Zeit, uns zu verstellen. Ich habe etwas getan, das ich nicht bereue, aber ich mache mir auch keine Illusionen darüber, dass mein Geständnis dich verärgert. Wenn du also etwas wünschst, dann sag mir jetzt, was es ist."

Sein Ton war scharf und dunkel, sein Blick konzentriert und fesselnd. In diesem Moment wandelten sich ihre Wünsche von einer tiefen Freundschaft mit Meg zu wilden Küssen mit James. Sie blinzelte diese Gedanken weg. „Ich wünschte, ich hätte mit Meg befreundet bleiben können. Ich habe sie wirklich gemocht."

Er starrte sie an. „Warum solltest du nicht mit Meg befreundet bleiben?"

„Warum sollte sie das noch wollen?", fragte sie, gedemütigt durch Tränen, die in ihre Augen stachen. „Was muss sie von mir denken!"

„Meg mag dich. Sie versteht, warum du glaubst, diesen Weg einschlagen zu müssen. Wenn überhaupt, dann ist sie wütend auf mich, weil ..."

Er unterbrach sich und wandte seinen Blick ab. Sie lehnte sich vor. „Weshalb ist sie wütend auf dich?"

„Das ist nicht von Bedeutung", sagte er und sah sie wieder an. „Es gibt noch ein anderes Thema, das ich mit dir besprechen wollte, bevor wir zu den anderen gehen. Ich wollte es zumindest ansprechen, um es später weiter diskutieren zu können."

Er hatte sie ordentlich von allem abgelenkt, was tiefer in seinem Herzen war, und obwohl das, was sie teilten, nicht real war, fühlte sie sich enttäuscht. Sie räusperte sich. „Worum geht es?"

„Um deinen Vater, Emma", sagte er leise.

All die Gedanken an Meg, an die unangemessenen Vorschläge ihrer Mutter, an den Wunsch, James zu küssen, verschwanden in einem Augenblick, und die Welt fühlte sich an, als würde alles in Zeitlupe passieren.

„Mein ... Vater", wiederholte sie, und die Worte fühlten sich an, als wären sie ihr mit schmerzhafter Gewalt aus dem Körper gerissen worden.

Er nickte. „Ja. Ich habe hier und da etwas gehört. Ich wollte das Thema wegen unserer Situation ansprechen."

„Unsere Situation", wiederholte sie. „Was hat mein Vater mit *unserer Situation* zu tun? Du machst mir nicht wirklich den Hof. Du hast keine Angst vor dem, was er ..." Sie brach ab und holte scharf Luft. „Was er tun könnte. Ich möchte nicht über ihn sprechen."

Er starrte sie völlig überrascht an. „Ich will nicht neugierig sein, ich will nur helfen."

„Du kannst nicht helfen", entgegnete sie. „Und du *bist* neugierig."

„Emma", sagte er etwas schärfer. „Es ist eine vollkommen vernünftige Frage."

„Ja, für einen Mann, der mein Ehemann sein würde", erwiderte sie. „Du hast deutlich gemacht, dass du diese Rolle in Wirklichkeit nicht willst. Also hast du kein Recht, mich nach privaten Dingen zu fragen. Würdest du mir denn etwas über deine Mutter erzählen wollen? Darüber, warum sie ... warum sie so ist, wie sie ist?"

Er wich zurück und verzog das Gesicht, als hätte sie ihn geschlagen. Sein Kiefer spannte sich, während er seine Aufmerksamkeit von ihr abwandte. Schließlich sagte er: „Ich verstehe, was du meinst. Komm, lass uns zu den anderen gehen."

Janes winkte sie in Richtung des Hügels und begann wieder zu gehen, ohne auf sie zu warten. Sie starrte ihm ein paar Schritte hinterher, bevor sie sich beeilte, um ihn einzuholen. Er war den ganzen Weg über den Hügel still, dann lächelte er, und der ganze Schmerz, die ganze Aufregung war verschwunden. Niemand würde je vermuten, dass sie sich gestritten hatten, so wie er der Gruppe zuwinkte und eine erfundene Erklärung über einen Stein in ihrem Schuh abgab.

Aber auch wenn niemand sonst die Wahrheit wusste, Emma kannte sie. Sie wusste, dass sie sehr wahrscheinlich alles zwischen ihnen ruiniert hatte. Und obwohl das meiste davon auf einer List beruhte, schmerzte ihre Brust immer noch bei dem Gedanken, dass dieser Mann jetzt anders über sie dachte.

Und es gab nichts, was sie tun konnte, um das zu ändern.

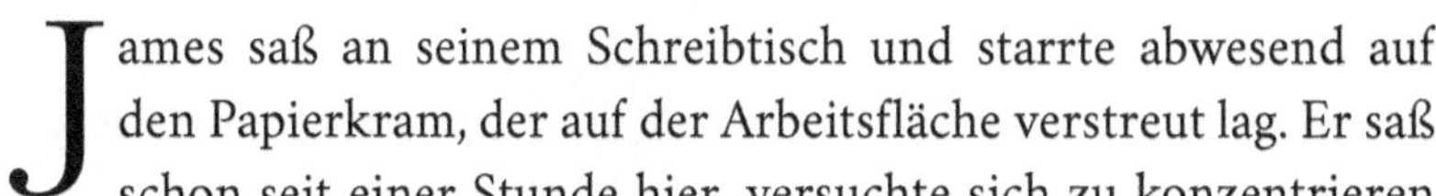

James saß an seinem Schreibtisch und starrte abwesend auf den Papierkram, der auf der Arbeitsfläche verstreut lag. Er saß schon seit einer Stunde hier, versuchte sich zu konzentrieren und scheiterte kläglich. Alles, woran er denken konnte, war Emma.

Das Picknick war erfolgreich verlaufen, soweit es Meg betraf, aber für James war es eine Qual gewesen. Erstens schien sein Werben um Emma nicht ganz die Wirkung zu haben, wie er gehofft hatte. Es gab immer noch die interessierten Blicke und das Geflüster von einigen der anwesenden Frauen. Sicherlich, viele der frischgebackenen Debütantinnen richteten ihre Augen woanders hin, aber es gab auch andere Frauen, die ihm Blicke zuwarfen. Die Countess of Montague, eine notorische Flirterin, stellte sich ihm immer wieder in den Weg, klimperte mit den Wimpern und sprach über ... ehrlich gesagt, er wusste nicht genau, über was alles.

Natürlich störte ihn das nicht so sehr wie die Tatsache, dass Emma so weit wie möglich von ihm entfernt gesessen und ihn keines Blickes gewürdigt hatte. Das Schlimmste aber war, dass sie in den Fokus einiger der anwesenden Männer geraten war. Anders als auf dem Ball waren dies Männer von höherer Qualität gewesen. Jünger, viele mit Geld, sogar ein Viscount war unter ihnen. In dieser Hinsicht funktionierte sein Plan, soweit es Emma betraf, aber er feierte diese Tatsache nicht.

Es klopfte leicht an der Tür und seine Muskeln verkrampften sich. James wusste, wer es war. Er wusste, was er zu tun hatte.

„Komm herein", sagte er, während er aufstand.

Die Tür öffnete sich und Emma trat ein. Er hielt den Atem an. Sie war bereits für das Abendessen gekleidet, in einem sonnengelben Kleid mit einem handgenähten Rock. Die Farbe brachte die Strähnchen in ihrem Haar zur Geltung und machte sie zu einem hellen Leuchtfeuer in dem bisher dunklen Abend.

„Du wolltest mich sehen?", fragte sie, ihr Ton förmlich und unsicher. Sie sah ihn nicht an.

„Komm herein. Schließ die Tür."

Dann sah sie ihn unsicher an und flüsterte: „Das ist nicht angemessen, James."

„Das Gespräch, das wir führen müssen, ist es auch nicht", sagte er seufzend. „Bitte, Emma. Schließ die Tür."

Sie atmete tief ein, fast so, als würde sie sich selbst zur Ruhe ermahnen, und tat, wie ihr geheißen wurde. Sie bewegte sich aber nicht auf ihn zu, sondern blieb am Eingang stehen, die Hand bereits auf dem Türknauf, um die Tür wieder zu öffnen.

„Wenn du willst, dass ich gehe, verstehe ich das", sagte sie leise. „Aber es wird einige Überzeugungskraft brauchen, um meine Mutter dazu zu bewegen."

Er starrte sie an und sah jetzt, wie ihre Hände zitterten, wie blass ihre Haut war und, was am schlimmsten war, die Rötung ihrer Augen, die anzeigte, dass sie geweint hatte.

James trat auf sie zu, fast ohne es selbst zu wollen. „Emma, ich habe dich nicht herbestellt, um dich zu bitten, zu gehen. Wie kommst du darauf, dass ich das will?"

Sie schluckte und ihre Stimme war belegt, als sie sagte: „Unser Gespräch heute Morgen war nicht gerade positiv. Du hast mir mit diesem Handel einen Gefallen getan und ich habe dich mit Ablehnung und Unhöflichkeit belohnt. Warum solltest du mich hier haben wollen? Du brauchst mich nicht."

In diesem Moment wünschte er sich nichts sehnlicher, als die Distanz zwischen ihnen zu überwinden und sie in seine Arme zu schließen. Sie tröstend an seine Brust zu drücken und ihr zuzuflüstern, dass er sie *doch* brauchte. Auch, wenn er es nicht wollte. Obwohl er sich mit jeder Faser seines Seins dagegen wehrte. Er war dabei, sie zu brauchen.

Er tat es nicht. Stattdessen räusperte er sich. „Ich habe dich heute gebeten, mir etwas über deinen Vater zu erzählen. Und du hast gut daran getan, mich zu erinnern, dass ich dir nichts Persönliches von mir erzählt habe. Da du meine Mutter kennst und sie in ihrer ... in ihrer schlimmsten Phase gesehen hast, bin ich dir vielleicht diese Erklärung schuldig."

„Was?", hauchte sie, die hellen Augen vor Überraschung geweitet. Jetzt verließ sie die Sicherheit der Tür und bewegte sich ein paar Schritte in seine Richtung.

„Du hast mich gefragt, warum meine Mutter so ist, wie sie ist", sagte er und jedes Wort stach ihn ins Herz. „Die Antwort ist einfach. Sie hat einen Mann geheiratet, den sie nicht geliebt hat und der sich ganz bestimmt nicht um ihr Wohl gesorgt hat."

Sie schluckte. „Sie war also unglücklich?"

Er nickte langsam. „Ich habe noch nie erlebt, dass sie nicht unglücklich war. Sie trinkt, um es zu vergessen, nehme ich an. Und deshalb brauche ich dich, Emma. Ich habe kein Interesse daran, mich auf diese Art von Arrangement einzulassen."

„Eine Ehe, meinst du", flüsterte sie. „Was du zwischen deiner Mutter und deinem Vater gesehen hast, ist der Grund, warum du nicht heiraten willst."

„Teilweise, ja."

„Aber könntest du nicht ...", begann sie und unterbrach sich, als ob das Thema zu intim wäre. Das war es auch, aber er fand, dass er wollte, dass sie frei sprechen konnte.

Er ging einen Schritt auf sie zu. „Könnte ich nicht ... was?"

„Könntest du nicht jemanden finden, den du *wirklich* liebst?", flüsterte sie. „Jemanden, der dich liebt?"

Er hob das Kinn und schüttelte den Kopf. „Liebe gibt es nur in Märchen, Emma. Diejenigen, die die wahre Liebe finden, haben sehr viel Glück. Und selbst bei denen, die sie finden, ist sie nicht immer von Dauer. Nein, ich kenne meine Grenzen, und ich erwarte von niemandem, dass er mich vor ihnen errettet."

Sie starrte ihn an, und in diesem Moment sah er etwas in ihren Augen, das ihn erschreckte. Er sah Mitleid. Als ob sie die Wahrheit über ihn kannte und Mitleid mit ihm hatte.

Und dann bewegte sie sich wieder auf ihn zu, nur dieses Mal blieb sie nicht stehen, bis sie ihn erreicht hatte. Langsam hob sie ihre Hände und berührte seine Wangen. Er wich nicht zurück, sondern schaute ihr direkt in die Augen. Er wollte vor ihr weglaufen, aber ein ebenso starker Teil von ihm wollte bleiben. Sie sah in ihn hinein, tief in seine Seele, und ein winziger Teil von ihm *wollte*, dass sie die Wahrheit sah. Als wollte er, dass sie genau das tat, von dem er behauptete, es nicht zu wollen.

Ihn zu retten.

„*Das* ist der Grund für die Traurigkeit", flüsterte sie.

Als das, was sie sagte, ganz langsam wirkte, weiteten sich seine Augen schnell und Schock machte sich in ihm breit. James hatte sich ein Leben lang beigebracht, seine Gefühle zu verbergen. Als Junge hatte er es getan, um sich zu schützen. Als Mann war der treibende Grund kaum ein anderer. Aber was in diesem Moment klar wurde, war, dass Emma ihn sah. Sie *sah*, was er sich selbst nicht eingestehen wollte, nämlich dass er fühlte. Und dass er dies nicht aussprechen, geschweige denn es jemand anderem gegenüber zeigen konnte.

Entsetzen erfasste ihn, als er sein Gesicht aus ihren Händen riss.

„Es gibt keine Traurigkeit, Miss Liston, das versichere ich Euch“, sagte er, sein Tonfall knapp und so emotionslos, wie er ihn nur klingen lassen konnte.

Emma ließ ihn davonziehen, wich aber nicht vor ihm zurück. Sie stand ihren Mann, als hätte sie das Recht dazu. „In jedem Menschen steckt Traurigkeit, Euer Gnaden“, beharrte sie. „Niemand kommt ohne etwas davon durch diese Welt.“

„Nun, in mir liegt keine Traurigkeit, Emma“, stieß er hervor, mit Frustration in seinem Tonfall, weil sie darauf bestand, dass er sich selbst ins Gesicht sehen sollte. Sich ihr stellen sollte. Er biss die Zähne zusammen und bekämpfte sie auf die einzige Art, die er kannte. „Gewiss, im Moment gibt es keine. Im Moment stehe ich in einem privaten Raum mit einer wunderschönen Frau, und das Letzte, woran ich denke, sind meine Probleme. Woran ich denke, ist das hier.“

Er ließ seinen Mund auf ihren sinken und küsste sie. Ein strafender Kuss, ein harter Kuss, aber sie zog sich nicht von ihm zurück. Im Gegenteil, sie öffnete sich ihm sofort, lud ihn ein, nahm, was er ihr anbot, mit einem leisen Seufzer der Zustimmung.

Seine Angst und seine Traurigkeit, seine Wut und seine Frustration, sie verschmolzen mit ihr, und er schmiegte seine Lippen auf ihre, während er sie noch näher an sich zog. Ihre Arme legten sich um seinen Rücken und sie bewegte ihren Kopf, damit er den Kuss vertiefen konnte. Um sich darin zu verlieren.

Und das tat er. Er vergaß alles andere auf der Welt, außer ihren Geschmack und diese immer intensiver werdenden Gefühlen. Er ertrank in ihr und es war ihm egal, ob er jemals wieder nach Luft schnappen würde.

James drückte sie nach hinten, drängte sie, bis sie sich gegen die Kante seines Schreibtisches lehnte. Er wollte sie an sich spüren, er wollte sie berühren, er wollte sie kommen lassen, wie er es schon einmal getan hatte. Mehr als das, er wollte seinen Körper tief in ihrem vergraben und mit ihr gemeinsam kommen.

Aber das war nicht möglich.

Er löste sich aus dem Kuss und starrte sie an. Ihr Blick war trübe und unkonzentriert, ihre Lippen rot und voll von seinen Küssen, ihr Atem kam stockend und rau.

„Ich möchte dich wieder berühren, Emma. Ich möchte *mehr* tun, als dich nur zu berühren, auch wenn ich mein Gelübde, dich nicht zu beanspruchen, einhalten werde."

Sie biss sich sanft auf die Unterlippe. „Ja", flüsterte sie als Antwort auf die Frage, die er nicht gestellt hatte. „Bitte."

Das Verlangen brachte ihn in diesem Moment fast um den Verstand, aber er schaffte es, seine Lust einigermaßen unter Kontrolle zu bringen. Er lächelte sie an und hob sie weiter auf seinen Schreibtisch. Dann begann er, ihre Röcke hochzuschieben, als er sich in einen Stuhl sinken ließ und sich in Position brachte, während er ihre Beine spreizte.

Sie starrte auf ihn herab, die Augen weit aufgerissen, am ganzen Körper zitternd. „Was hast du vor, James?", flüsterte sie.

Er blickte wieder zu ihr auf, verrucht, weil Verruchtheit das einzige Gefühl war, das er kontrollieren konnte. „Dich schmecken, Emma. Ich werde dich schmecken."

KAPITEL 12

„Mich schmecken?", keuchte Emma. Ihre Hüften wölbten sich wie von selbst, als James jeweils eine warme Hand auf einen ihrer nackten Oberschenkel drückte und sie ein wenig weiter spreizte.

„Oh, ja", knurrte er und öffnete ihre Untergewänder, sodass er direkt auf ihr heiße Mitte schauen konnte.

Hitze überflutete Emmas Wangen unter seinem intensiven Blick. „Ich verstehe wirklich nicht, was du meinst ..."

Bevor sie die Aussage beenden konnte, beugte er sich vor, presste seinen Mund auf sie und fuhr mit seiner Zunge an ihren Falten entlang.

Intensive Empfindungen überfielen sie und sie wölbte sich gegen ihm, was seine Zunge nur noch härter gegen sie trieb und das, was er tat, nur noch kraftvoller machte. Er hielt sie fest und leckte sie erneut, aber dieses Mal spreizte er ihre Falten, um besser an sie heranzukommen.

Sie wusste, dass sie protestieren sollte. Dass sie diese wollüstige Kreatur, die er in ihr weckte, unterdrücken und ihn wegdrängen sollte. Er würde aufhören. Sie hatte keinen Zweifel, dass er das tun würde.

Aber sie hielt ihn *nicht* auf. Stattdessen ließ sie sich ein wenig auf seinem Schreibtisch zurückfallen und öffnete sich weiter für ihn, während er sie mit seiner Zunge verwöhnte und immer weiter streichelte. Er fand den kleinen Nervenknoten direkt an der Spitze ihres Geschlechts und umkreiste ihn träge, was sie erschaudern ließ, als elektrisierendes Vergnügen durch sie hindurchzuckte. Aber dann zog er sich zurück und ging wieder dazu über, ihren Körper mit seiner verruchten, talentierten Zunge zu lieben.

Sie wölbte sich ihm entgegen, unfähig, die Flut der Empfindung zu stoppen, die durch sie hindurch, über sie hinweg schwappte und sie mit ihrer Intensität zu ertränken drohte. James sah zu ihr auf und ihre Augen trafen sich, während er sie befriedigte.

„Ich kann mir nichts Besseres vorstellen, als das stundenlang zu tun", keuchte er zwischen seinen Liebkosungen. „Aber ich kann nicht. Nicht jetzt. Also ..."

Er brach ab und sie stieß einen kleinen Schrei aus, als er seinen Mund auf ihren Kitzler legte. Er saugte an ihr, erst sanft, dann härter, und sie klammerte sich mit einer Hand an die Schreibtischkante, während sie mit der anderen ihren Mund bedeckte, um die Lustschreie zu unterdrücken, die sie nicht mehr kontrollieren konnte.

Die Empfindungen bauten sich auf, höher, schneller, stärker als das letzte Mal, als er sie berührt hatte, und dann, fast ohne Vorwarnung, trieb er sie über die Kante eines Kliffs direkt in die Erlösung. Sie stemmte ihre Hüften gegen ihn, als eine Welle nach der anderen der intensiven Lust sie durchschüttelte. Sie war am Ertrinken, sie war am Fliegen, sie war verloren und sie war gerettet, alles auf einmal, und er ließ nicht nach, während er sie härter und härter und härter leckte.

Endlich, nach einer gefühlten Ewigkeit, ließ das Zittern nach und er hob seinen Kopf zwischen ihren Schenkeln hervor, um sie anzulächeln. Hitze brannte auf ihren Wangen über die Intimität dessen, was sie gerade getan hatten, aber sie erwiderte sein Lächeln trotzdem.

Er ergriff ihre Hand und half ihr, sich aufzusetzen und auf die Füße zu kommen. Sie rückte ihre Röcke zurecht und bemerkte zum ersten Mal die harte Ausbeulung in seiner Hose. Sie wusste sehr wenig über Sex, aber ihre Mutter hatte ihr das Nötigste erzählt. Dies war der Beweis, dass er sie wollte.

Sie blickte zu ihm auf und stellte fest, dass er sie beobachtete. Er zuckte mit einer Schulter. „Ich werde später selbst Befriedigung finden."

Emma schluckte schwer. Er meinte, er würde sich ... berühren, nahm sie an. Allein die Vorstellung war faszinierend, und ihr Herz begann zu rasen, ein Kribbeln durchflutete sie und setzte sich genau an der Stelle fest, die er kurz zuvor noch geleckt hatte.

Großer Gott, sie war voll und ganz der Lust verfallen.

Sie wandte sich von ihm ab und fuhr fort, ihre Kleider zu richten. Er räusperte sich. „Nun, war das nicht eine bessere Nutzung unserer Zeit, als sich auf eine sinnlose Unterhaltung einzulassen?"

Sie erstarrte und drehte sich langsam um, um ihn noch einmal anzusehen. Auf seinem Gesicht war ein Grinsen zu sehen. Es war ein Ausdruck, den sie nur zu gut kannte. Ein Blick, den die Leute bekamen, wenn sie sie veräppelt hatten. Oder sich einen Scherz erlaubten.

Sie starrte ihn an und ihre Hände begannen zu zittern. „Hast du *das* ... gerade getan, weil du mich wolltest oder weil du mich ablenken wolltest?"

Er bewegte sich unbehaglich. Es war kaum wahrnehmbar, aber sie sah es. „Natürlich wollte ich dich", antwortete er.

Emma schüttelte den Kopf und hielt ihren Blick auf ihn gerichtet, obwohl sie sich am liebsten abgewandt hätte. Um wegzugehen. Wegzulaufen.

„Du lügst", flüsterte sie. „Du mochtest meine Fragen oder meine Beobachtungen nicht. Du wolltest mich ablenken, also hast du meine Schwäche gegen mich verwendet. Du hast einen Weg gefunden, mich abzulenken, von dem du wusstest, dass ich ihm nicht widerstehen kann. Oh, es war ein weitaus freundlicherer Weg, als es einige andere in der Vergangenheit getan haben, aber du hast dich trotzdem vor mir versteckt."

„Und was, wenn ich es getan hätte?", fragte er, sein Ton kühler, während er die Arme vor seiner breiten Brust verschränkte. Er war nicht mehr ihr sanfter Liebhaber ... er war wieder das Goldkind der feinen Gesellschaft, und sie war nur ein Mauerblümchen. „Es ist ja nicht so, als hättest *du* mir irgendwelche Geheimnisse verraten, als ich dich darum gebeten habe."

Sie zögerte, denn er hatte nicht unrecht. Er hatte nach ihrem Vater gefragt und sie hatte sich geweigert zu antworten. Sie hatte tiefer in seiner Vergangenheit gegraben, in seinen Beweggründen, nie zu heiraten, und er hatte dasselbe getan, wenn auch mit weitaus angenehmeren Ergebnissen.

„Es scheint, dass wir beide Feiglinge sind", erkannte sie schließlich und senkte den Kopf, während sie rückwärts zu seiner Arbeitszimmertür ging. „Zu ängstlich, um etwas zu geben, aus Furcht, es würde uns verletzen oder verraten. Wir werden uns bis zum bitteren Ende schützen. Und es wird bitter sein, James. Denn wir beide wissen, dass der Weg, auf dem wir uns befinden, uns garantiert verletzten wird. Selbst wenn ich hier einen Mann finde, selbst wenn du eines Tages akzeptierst, dass du eine Frau finden musst ... werden wir immer noch allein sein."

Er starrte sie mit offenem Mund an, und sie wandte sich ab, während sie sich an den Türknauf klammerte. Ihre Hände zitterten so stark, dass sie sie kaum drehen konnte, um sich von diesem Raum, diesem Platz, von diesem Mann zu befreien, von den Dingen, die sie selbst gesagt hatte, die sich so real und so schmerzhaft anfühlten.

„Euer Gnaden", flüsterte sie und floh vor ihm.

Sie betrat den Flur, ihr Atem kam schwer und schnell, und stolperte blindlings weg von ihm und dem, was sie gerade getan hatten. Sie hatte nie etwas anderes erwartet, aber ihn jetzt zu sehen und zu spüren, verletzte sie auf eine Weise, die sie sich nie hätte vorstellen können. Alles, was sie wollte war, nach oben zu gehen, sich hinzulegen und allein zu sein. Weg von den anderen, weg von James, weg von der Wahrheit über sie selbst, die ihre Anschuldigungen ihm gegenüber enthüllt hatten.

„Emma?"

Sie erstarrte beim Klang von Megs Stimme, die hinter ihr durch den Flur drang. Sie holte tief Luft, kämpfte verzweifelt darum, sich ihre Aufregung nicht im Gesicht anmerken zu lassen, und drehte sich um, um ihre Freundin anzusehen.

„Meg", sagte sie mit falscher Fröhlichkeit. „Ich habe dich gar nicht gesehen."

Meg lächelte, aber es lag ein Zögern in ihrem Ausdruck, das Emmas Herz einen Schlag aussetzen ließ. Natürlich würde es so sein. James hatte ihr bereits gesagt, dass seine Schwester von ihrer List wusste. Jetzt würde Meg sie damit konfrontieren und es bestand die große Wahrscheinlichkeit, dass Emma eine Freundin verlieren würde.

Ihr Herz schmerzte bei dem Gedanken.

„Ich glaube, wir müssen reden", sagte Meg, trat an ihre Seite und wies auf eine Salontür am Ende des Flurs. „Und das ist die erste Gelegenheit, die wir haben, um allein zu sein. Kommst du mit mir?"

Emma zögerte. Der Drang, wegzulaufen, war jetzt noch stärker. Und doch konnte sie der Situation nicht entgehen. Sie konnte nicht weglaufen, nicht wirklich. Diese Art von Enttäuschung erwischte sie immer, wenn sie es versuchte. Es war besser, es nun einfach geschehen zu lassen und es hinter sich zu bringen.

„Natürlich", schaffte es Emma zu sagen, trotz ihrer trockenen Lippen.

Sie folgte ihrer Freundin in den Salon und sah zu, wie Meg die Tür hinter ihnen schloss. Sie lehnte sich gegen die Barriere und starrte Emma an.

„Mein Bruder hat mir heute etwas erzählt", begann Meg.

Emma neigte den Kopf. Ein Teil von ihr schätzte es, wie direkt

Meg war. Bei ihr gab es kein Verstellen. Sie tanzte nicht um unangenehme Themen herum. Und doch wünschte sie sich, sie könnten sich noch ein wenig länger verstellen, denn irgendwie war Meg in der kurzen Zeit, die sie sich kannten, wichtig für sie geworden.

„Ja, ich weiß", sagte Emma. „Er hat dir von unserer Vereinbarung erzählt. Er hat mir gegenüber auf dem Weg zum Picknick euer Gespräch erwähnt. Und er hat mir von deiner Enttäuschung berichtet."

Meg trat vor. „Ich *bin* enttäuscht, Emma. Wahrhaftig."

Emma zitterte. Im Moment schien ihre List mit James schlimmer denn je und sie sehnte sich danach, ihm zu entkommen. Aber sie hatte diese Verurteilung verdient und sie würde sich ihr einfach stellen müssen.

„Ich verstehe", würgte sie hervor. „Und wenn du nicht mehr meine Freundin sein willst ..."

Meg holte Luft, griff nach Emmas Hand und hielt sie fest. Emma klammerte sich an sie, als wäre Meg eine Rettungsinsel in einem aufgewühlten Meer.

„Aber natürlich will ich deine Freundin sein", sagte Meg. „Meine Beziehung zu dir war nie von deiner Beziehung zu James abhängig. Du bist meine Freundin, unabhängig davon, was zwischen euch passiert oder welche Vereinbarungen ihr außerhalb unserer Freundschaft trefft."

Emma brach bei diesen Worten fast vor Rührung zusammen. Tränen stiegen ihr in die Augen, aber zum ersten Mal an diesem schrecklichen Tag waren es Tränen der Erleichterung. Sie würde Meg in all dem nicht verlieren.

„Ich bin so froh", flüsterte Emma.

Meg lächelte, als sie Emma zum Sofa zog und sie sich dort nebeneinander setzten. „Meine Enttäuschung rührt daher, dass ich glaube, mein Bruder hätte es viel leichter, wenn er die Unterstützung einer Frau wie dir hätte. Ich *wollte*, dass euer Werben echt ist."

Emma starrte sie an, zunächst schockiert darüber, dass Meg

ihren Bruder an eine Frau mit so geringen Aussichten, ohne Einfluss und mit fragwürdigen Familienverbindungen binden wollte. Aber auch schockiert, dass das, was Meg sagte, etwas von ihrem eigenen Wünschen offenbarte.

Denn in diesem Moment wurde Emma klar, dass ein Teil von ihr sich auch wünschte, dass sein Werben echt wäre. Dass das, was gerade zwischen ihr und James in seinem Arbeitszimmer passiert war, der Beginn von etwas Größerem war und nicht nur eine Möglichkeit für ihn, sich vor ihr zu verstecken.

„Darf ich dir eine Frage stellen?", fragte Emma.

„Natürlich."

„Warum ist dein Bruder so gegen die Ehe?" Sie kannte natürlich einen Teil der Antwort. Er hatte ihr von den schrecklichen Folgen der lieblosen Ehe seiner eigenen Mutter erzählt, aber sie wusste, dass da noch mehr war.

Und sie war bereit, ihn zu hintergehen, um herauszufinden, was das war.

Meg stieß einen langen, gequälten Seufzer aus. „Vater war so grausam zu ihm."

Emma wich überrascht zurück. Sie hatte den früheren Duke of Abernathe nie gekannt, denn er war lange vor ihrer Einführung in die Gesellschaft gestorben, lange bevor sie über die einflussreichen Mitglieder der Gesellschaft belehrt oder ausgefragt wurde. Aber sie hatte nie angenommen, dass er grausam gewesen war.

„Wie bitte?", flüsterte sie. „Warum?"

Meg bewegte sich unbehaglich hin und her. „James würde nicht wollen, dass ich darüber spreche. Er würde es als Verrat ansehen, das weiß ich. Seine Vergangenheit ist privat ... selbst seine engsten Freunde wissen nur einen Hauch davon."

Emma nickte langsam, enttäuscht darüber, dass man ihr die Wahrheit vorenthalten würde, auch wenn sie Megs Gründe verstand, sie im Dunkeln zu lassen.

„Magst du ihn?"

Emma schluckte bei der unerwarteten Frage und der konzentrierten Art, wie Meg sie anstarrte. „Ich ... du weißt, dass es eine List ist."

Ihre Freundin beobachtete sie und ihr Ausdruck war ernst. „Ja, das tue ich. Aber manchmal, wenn ich euch zusammen gesehen habe, habe ich etwas Tieferes gespürt als das, was man als List auffassen könnte. Ich frage mich, ob du dich für James interessierst. Ob es einen Teil von dir gibt, der sich wünscht, es könnte mehr zwischen euch sein als nur ein ausgeklügeltes Spiel, das er sich ausgedacht hat, um sich selbst zu schützen ... und um dich zu schützen?"

Emma starrte auf ihre Hände, die fest in ihrem Schoß geballt waren. Meg tanzte zu nahe an der Wahrheit, zu nahe am Abgrund. Emma wollte nicht so viel von ihrem Herzen preisgeben, und doch fand sie sich unfähig, etwas anderes zu tun als genau das.

„Ich habe ihn gern", flüsterte sie. Die Worte laut auszusprechen raubte ihr den Atem, und sie kämpfte um Fassung, bevor sie fortfuhr. „Auch wenn ich weiß, dass es keine Hoffnung auf eine Zukunft mit ihm gibt. Er hat etwas an sich, das mich ... mehr wollen lässt."

Meg lächelte, und ihr Triumph war nicht zu übersehen. „Ich wusste es."

„Aber Meg, es gibt keinerlei Anzeichen dafür, dass er etwas für mich empfindet", sagte Emma schnell. „Auch nicht, dass er den Wunsch hat, etwas an seinen Plänen für mich zu ändern. Du musst wissen, dass es ein aussichtsloser Kampf ist. Das Beste, was ich tun kann ist, dem zu folgen, was er will, und zu versuchen, seine Aufmerksamkeit zu nutzen, um eine andere Partie zu finden."

Meg runzelte die Stirn und auf ihrem Gesicht war Verständnis zu sehen. Etwas, das tiefer ging als ein bloßes Mitgefühl für Emma. „Ja, ich weiß, dass wir manchmal nicht das haben können, was wir wirklich wollen", erklärte sie sanft. „Aber ich würde mir für dich und meinen Bruder mehr wünschen als ein Arrangement, das du nicht willst, und eine einsame, leere Existenz."

„Ich weiß den Gedanken zu schätzen, aber ... ich muss akzeptieren, was ist", sagte Emma.

„Das weiß ich." Meg neigte den Kopf und holte tief Luft. „James war nicht der erstgeborene Sohn", sagte sie, ohne Emma anzuschauen. „Unser Vater war schon vor unserer Mutter verheiratet."

„Er war bereits verheiratet?"

„Ja. Seine erste Frau starb, als er das Erbe antrat. Und dann starb der Junge Jahre später ebenfalls, bei einem Unfall."

Emma stockte der Atem. „Der arme Mann."

Meg zuckte mit den Schultern. „Ich weiß nicht, wie er mit seiner ersten Familie umgegangen ist. Es ist schwer vorstellbar, dass er jemals gütig oder liebevoll war, denn ich habe diese Fähigkeit sicherlich nie in ihm gesehen. Aber ob er sich nun wirklich um seine erste Familie kümmerte oder nicht, unser Vater war ein Duke und die Fortführung seiner Linie war seine Pflicht. Er brauchte einen Erben, und noch bevor seine Trauerzeit vorbei war, warb er um unsere Mutter und heiratete sie. Sie brachten in kurzer Zeit James hervor. Ich war der Versuch eines Ersatzes, und eine Enttäuschung, ohne Frage."

Emma griff nach ihr und fing Megs Hand auf. „Ganz sicher nicht, Meg. Niemand könnte etwas anderes tun, als dich zu mögen."

Megs Lächeln war traurig. „Danke, Emma, aber ich verspreche dir, dass mein Vater das nicht getan hat. Er hat es mir immer ins Gesicht gesagt, bevor er ganz aufhörte, mit mir zu reden, als ich vierzehn war."

„Er hat aufgehört, mit dir zu reden?" Emma wiederholte es und ihr klappte beim Gedanken an solche Grausamkeit die Kinnlade herunter.

Tränen stiegen Meg in die Augen, aber sie blinzelte sie zurück. „Er sagte, ich sei das Problem meiner Mutter. Aber es ging nicht nur um mich. Er mochte keinen von uns. Er verachtete uns, weil wir der Ersatz für die Familie waren, die er sich wirklich wünschte. In Wahrheit mochte ich es, ignoriert zu werden. James wurde es nicht und er trug die Hauptlast des Hasses unseres Vaters. Eine meiner frühesten Erinnerungen ist, dass der Duke James so hart ins Gesicht schlug, dass er ihm dabei die Lippe aufriss."

„Wie alt war er?", fragte Emma flüsternd.

„Acht? Vielleicht neun?" Meg schluckte schwer. „Während mein Bruder blutete und weinte, beschimpfte Abernathe ihn, weil er nicht Leonard, unser Halbbruder, war. Der wahre Erbe, wie unser Vater ihn immer nannte. Er *verabscheute* James und das brach meinem Bruder das Herz."

Emma bedeckte ihren Mund mit den Händen und hielt ein Schluchzen über die Geschichte, die ihr erzählt wurde, zurück. Sie konnte sich kaum vorstellen, wie sehr das James verletzt haben musste.

„Er hasste meinen Bruder dafür, dass er so war, wie er war. Und James begann, ihn im Gegenzug zu hassen. Er will nicht wie unser Vater sein", fuhr Meg fort.

Emma nickte. „Ich kann verstehen, warum er das nicht wollte, nach dem, was er durchgemacht hat."

Meg stieß einen langen, schweren Seufzer aus. „Unser Vater wollte nur, dass er sein Erbe weiterführt. Und so ist es James' Wunsch, dieses Erbe ein für alle Mal zu beenden. Nicht zu heiraten ist eine Strafe für den vorherigen Abernathe, eine, die nach seinem Tod verhängt wurde. Oder vielleicht ist es eine Buße, für James selbst." Meg zitterte, und schließlich glitt ihr eine Träne über die Wange. „Jetzt kennst du also die Wahrheit."

Emma legte einen Arm um ihre Freundin und streichelte ihr Haar, während Meg ihren Kopf an Emmas Schulter anlehnte. „Es tut mir so leid, dass ihr beide so eine Tortur durchgemacht habt", sagte sie sanft.

Meg nickte und stieß einen Seufzer aus. Aber während sie ihre Freundin tröstete, ertappte sich Emma dabei, wie sie an James dachte. Alles, was Meg ihr erzählt hatte, alles, was sie über ihn wusste, alles, was sie sah, von dem er nicht wollte, dass sie es sah, ergab nun einen perfekten Sinn. Und sie fühlte für ihn. Sie sorgte sich um ihn.

Obwohl diese beiden Dinge unglaublich gefährlich für ihr eigenes Wohlbefinden waren, fühlte sie es trotzdem, und sie wünschte sich immer noch, dass es etwas gab, was sie tun konnte, um seinen Schmerz zu lindern.

KAPITEL 13

Emma aus dem Weg zu gehen half nicht. James schlug mit einer Hand auf seine Schreibtischplatte und starrte sie an, als hätte sie etwas getan, was ihn beleidigte. Aber in Wahrheit war er wütend auf sich selbst. Nach ihrer letzten Begegnung vor vierundzwanzig Stunden hatte James versucht, sich von Emma fernzuhalten, in der Hoffnung, dass dies dieses seltsame Gefühl in seiner Brust verringern würde. Aber das hatte es nicht.

Als er am Abend zuvor beim Abendessen weit weg von ihr gesessen hatte, hatte er sich nur gefragt, was sie zu dem Gentleman gesagt hatte, neben dem sie gesessen hatte. Später, als Spiele gespielt wurden, hatte er nur zugeschaut und es gehasst, dass er Emma gratulieren wollte, als sie gewann, oder ihr Ratschläge geben wollte, als sie eine Runde *Whist* verlor.

Und als er nach ihr gefragt worden war ... ganz schüchtern, von Lady Montague, die sich mit klimpernden Wimpern und einladendem Lächeln an ihn herangeschlichen hatte ... war es zu einfach gewesen, Emma in den höchsten Tönen zu loben.

„Idiot", murmelte er zu sich selbst, während er seine Faust öffnete und die steifen Finger streckte.

„Was hast du nun wieder angestellt?", fragte Graham, als er James' Arbeitszimmer betrat und die Tür hinter sich schloss.

James schüttelte den Kopf. Das fühlte sich wie ein zu privates Thema an. Zu privat, sogar für seinen besten Freund. Aber als er zu Graham aufsah, wusste er, dass er darüber sprechen würde. Graham hatte es immer geschafft, die Wahrheit aus ihm herauszupressen. Er ruhte nie, bis er die ganze Wahrheit kannte. Das war der Grund, warum er für James mehr wie ein Bruder war als nur ein Freund.

„Ich habe keine Ahnung, was ich getan habe", murmelte James. „Etwas völlig Dummes, wie es scheint."

Grahams neckischer Gesichtsausdruck verwandelte sich in etwas Ernsthafteres. Er nahm einen Platz gegenüber von James ein und lehnte sich nach vorne, wobei er die Ellenbogen auf die Knie stützte. „Worum geht es hier? Du bist schon seit Tagen nicht mehr richtig bei der Sache."

James neigte den Kopf zurück und starrte hinauf zur kunstvoll geschnitzten Decke. Er atmete lange aus, fand aber keine Worte, um zu erklären, was er selbst nicht ganz verstand.

„Geht es um diese Frau? Emma Liston?", fragte Graham.

James starrte ihn an, verblüfft von Grahams sanftem Ton. Sein Gesichtsausdruck war nicht anders. Graham schien die Antwort auf die Frage, die er gestellt hatte, bereits zu kennen. James biss die Zähne zusammen. „Ja", gab er leise zu.

Natürlich schien Graham von dieser Antwort nicht überrascht zu sein. „Ich verstehe. Ich dachte, du hättest deinen Plan perfekt ausgearbeitet. Was ist los?"

James stieß sich auf die Füße und ging zum Fenster hinüber. „Du brauchst nicht schadenfroh zu sein, weißt du. Ich höre es an deinem Tonfall."

„Warum sollte ich schadenfroh sein?", fragte Graham. „Es sei denn, ich hatte recht und du hast dich in das Mädchen verliebt."

James drehte sich zu ihm um und fühlte, wie die ganze Farbe aus seinem Gesicht wich. „Verliebt in sie? Nein, natürlich nicht. Natürlich nicht. Natürlich liebe ich sie nicht."

„Natürlich", wiederholte Graham. „Du sagst drei oder viermal *natürlich*, und das macht deinen Mangel an Gefühlen ihr gegenüber unendlich deutlich. Du bist also *nicht* in sie verliebt, natürlich nicht. Was ist es dann? Ihre aufdringliche Mutter? Die Belastung, alle anzulügen? Tritt sie dir auf die Füße, wenn ihr zusammen tanzt? Was ist es?"

James schaute nach unten und stellte fest, dass sein Fuß wild wippte. Er zwang sich, damit aufzuhören, bevor er ausrief: „Sie kann ... mich *sehen*."

Graham runzelte die Stirn. „Dich sehen?"

Jetzt, da es gesagt worden war, wünschte James, er könnte es zurücknehmen. Natürlich, Graham kannte seine Vergangenheit, genauso wie Simon. Aber sie sprachen nie darüber. Er ließ *nie* zu, dass es seine Taten sein Verhalten beeinflussen. Jetzt war er im Begriff, etwas offenzulegen, und er war nicht erfreut darüber.

„Sie sieht, was wirklich in mir vorgeht", stellte er klar. „Nicht nur das, was zeigen möchte."

„Wie zum Beispiel?", drängte Graham nach einer Pause, die sich wie eine Ewigkeit anfühlte.

„Sie hat gesagt, dass sie Traurigkeit in mir sieht", flüsterte James und versuchte, nicht noch einmal auf diese Behauptung zu reagieren, was ihm nicht gelang, genau wie zu dem Zeitpunkt, als sie es gesagt hatte und es sich angefühlt hatte, als hätte sie ihre weiche Hand um sein Herz gelegt und es zusammengedrückt.

Grahams Lippen teilten sich. „Ich verstehe."

„Es ist ... völlig beunruhigend." Seine Stimme klang erstickt und seine Kehle war eng.

„Natürlich wäre es das, von einer Frau so bloßgestellt zu werden, die man erst seit ein paar Wochen wirklich kennt."

James nickte, aber in Wahrheit fühlte er sich nicht so. Manchmal fühlte es sich an, als würde er Emma schon ein Leben lang kennen.

„Ich will nicht, dass sie es sieht", sagte er, mehr zu sich selbst als zu Graham.

Graham stieß einen Seufzer aus. „Aber was sie sagt, ist doch wahr, oder?"

James schloss die Augen, weil er seinen besten Freund nicht ansehen wollte. „Natürlich nicht", log er. „Ich bin das Leben auf jeder Party, das weißt du besser als die meisten."

„Oh, ja", sagte Graham. „Du tanzt und du lachst, du gehst Risiken ein und verführst die Ladies. Oberflächlich gesehen bist du alles, was die Welt an Freude und Sorglosigkeit zu bieten hat. Aber ich kenne dich."

„Ja, das tust du", gab James zu und sah ihn endlich an. „Die meisten Leute sehen mich nur in meinen besten Zeiten, aber du und Simon habt mich in meinen Schlimmsten gesehen."

„Das haben wir. Ich habe dich während eines Anfalls deines Vaters beobachtet, als er dich schlug, weil deine Noten nicht perfekt waren."

James zuckte zusammen. „Er hat mich so hart geschlagen, dass ich dachte, er hätte mir die Zähne ausgeschlagen."

„Ich wollte ihn umbringen", knurrte Graham, und sein Gesicht wurde rot bei der bloßen Erinnerung daran.

„Das hättest du, wenn Simon dich nicht zurückgehalten hätte", vermutete James mit einem Kopfschütteln und dem Schatten eines Lächelns.

„Und ich habe viele andere Tage gesehen, als der vorherige Duke of Abernathe dich wie einen Hund und nicht wie seinen Sohn behandelt hat. Ich habe dich gesehen, als dein Vater starb", fuhr Graham fort.

„Du und Simon wart bei allem dabei. Deshalb habe ich die Verbindung mit Meg arrangiert", erklärte James. „Ich wollte, dass einer von euch mein Bruder ist."

Ein Schatten zog kurz über Grahams Gesicht, aber er schob ihn beiseite. „Ich werde immer dein Bruder sein", sagte er leise. „Egal, was passiert."

„Und ich weiß das zu schätzen", antwortete James und fuhr sich mit der Hand durch die Haare. „Aber mit Emma ist es anders. Wie du schon sagtest, kenne ich sie erst seit weniger als einem Monat. Dass sie so scharfsinnig ist, ist ... ich weiß auch nicht."

„Nun, vielleicht ist das etwas wert, James", drängte Graham. „Vielleicht ist das Unbehagen ein Zeichen, dass es an der Zeit ist, offener zu sein. Jemandem zu erlauben, hinter das Äußere zu sehen. Vielleicht ist das eine Gelegenheit."

„Was willst du damit sagen?", fragte James. „Dass ich dieses Werben wahr mache, dass ich in Erwägung ziehe, sie zu heiraten, trotz aller gegenteiliger Schwüre, die ich abgelegt habe?"

Graham zuckte mit den Schultern. „Ich dachte immer, dein Drang, die Ehe zu vermeiden, bestraft dich mehr, als es einen Toten jemals bestrafen könnte."

James dachte einen Moment über die Bemerkung nach. Meg hatte etwas Ähnliches gesagt und er hatte es abgetan, aber jetzt war es schwieriger. Er verstand, was sie andeuteten. Es blitzte eine Fantasie in seinem Kopf auf. Von dem Leben, das mit Emma möglich wäre. Eines mit Freude und Lachen ... aber auch mit Verletzlichkeit. Je mehr sie ihn kannte, desto mehr würde sie sehen. Es wären dann nicht nur Andeutungen von Traurigkeit. Sie würde seine Wut kennen, seinen Schmerz, seine Angst ...

Er runzelte die Stirn. „Nein, ich glaube nicht", sagte er.

Graham presste besorgt die Lippen zusammen. „Nun, dann hast du nur noch zwei Möglichkeiten. Du kannst deinen Plan komplett aufgeben ..."

James schüttelte den Kopf. „Nein, das würde sie verletzen. Ich will ihr nicht wehtun."

Graham wölbte eine Augenbraue, als ob diese Aussage etwas für sich selbst beweisen würde. Dann fuhr er fort. „Deine andere Möglichkeit ist, heute Abend eine große Show zu veranstalten. Spiele die List aus, schenke ihr so viel Aufmerksamkeit, dass es klar ist, dass sie begehrenswert ist. Sobald das erledigt ist, lass sie gehen, um zu verfolgen, welche Möglichkeiten sich daraus ergeben."

James nickte. Er wusste, dass Graham recht hatte, aber das Wissen fühlte sich irgendwie ... hohl an. Er stellte sich vor, wie Emma einen anderen fand, den sie liebte, den sie heiratete, der ihre ganze Leidenschaft teilte, die nur unter der Oberfläche lag, und er fühlte sich ... leer.

Aber in Wahrheit *war* er schon immer leer gewesen, egal wie er sich verstellte.

„Ich werde darüber nachdenken", sagte er.

Bevor Graham antworten konnte, klopfte es leicht an seine Tür. Er drehte sich um. „Herein."

Die Tür öffnete sich und Emma stand auf der anderen Seite. Sie sah ihn an, und sein Herz stotterte. Sie war für den bevorstehenden Ball gekleidet, und die blaue Farbe des Kleides, das sie trug, erweckte ihre Augen zum Leben.

„Emma", hauchte er.

Sie drehte ihren Kopf und schien Graham zum ersten Mal zu bemerken. Sie zuckte etwas zusammen. „Oh, es tut mir leid. Ich wusste nicht, dass Ihr hier seid, Euer Gnaden."

Graham schickte James einen vielsagenden Blick. „Ich wollte eigentlich gerade gehen, Miss Liston. Eine Freude, Euch wiederzusehen."

Er vollführte eine kleine Verbeugung, schlüpfte dann an ihr vorbei und ließ sie allein. Sie betrat schließlich den Raum und schob die Tür hinter sich zu.

Er erinnerte sich an den Vortag, als sie allein in diesem Raum gewesen waren. Daran, sie zu schmecken, ihr Vergnügen zu bereiten. Himmel, wie sehr wollte er es wieder tun.

Aber sie räusperte sich und sagte: „James, willst du, dass ich gehe?"

～

Emma beobachtete, wie sich James' Gesichtsausdruck auf ihre Frage hin veränderte. Als sie den Raum betreten hatte, hatte er ihr einen offenen Blick zugeworfen. Jetzt legte sich ein Schatten über ihn, und seine Stimme war hart, als er sagte: „Du bist gerade erst angekommen, Emma. Warum sollte ich wünschen, dass du gehst?"

Sie schüttelte den Kopf. „Ich rede nicht von diesem Raum. Ich meine dein zu Hause. Die Party verlassen, um zurück nach London zu meiner Mutter zu gehen."

Seine Augen wurden groß. „Das ist schon das zweite Mal, dass du vorschlägst, mich zu verlassen. Warum bringst du es wieder zur Sprache?"

Es lag ein Hauch von Verzweiflung in seinem Ton, den sie verstand. Es brachte sie dazu, sich vorwärts bewegen zu wollen, direkt in seine Arme. Es brachte sie dazu, sein Gesicht berühren zu wollen, um ihn zu beruhigen. Aber sie tat es nicht.

„James, wir haben uns auf eine List geeinigt, aber das ... das läuft aus dem Ruder, nicht wahr?"

Er verschränkte die Arme. „Wovon redest du?"

Sie warf beinahe die Hände in die Luft vor Frustration über seine Reaktion. „Nun, du bist nicht gerade zufrieden mit mir, oder?"

Er trat auf sie zu und sie hörte auf zu atmen. „Ich bin nicht mit dir unzufrieden, Emma, sondern mit mir selbst."

Sie blinzelte ob dieser unerwarteten Antwort und starrte hinauf in sein Gesicht. Seine Emotionen waren dort so verworren, dass sie nicht die eine oder andere über all dem bestimmen konnte.

„Warum?", flüsterte sie.

„Verdammt", platzte er heraus und wandte sich von ihr ab. Er ging zum Feuer und starrte hinein. Sie wollte etwas sagen, ihn drängen, aber sie tat es nicht. Sie zwang sich, ruhig und gleichmäßig zu atmen und auf ihn zu warten.

Schließlich drehte er sich um. James starrte sie an. Er sah sie von oben bis unten an und gab ihr das Gefühl, nackt zu sein. Nackt, sowohl emotional als auch körperlich. Dann gab er ein leises Geräusch von sich und bewegte sich auf sie zu.

Er ergriff ihre Arme, zog sie an sich und senkte seinen Mund auf den ihren. Emma ging auf ihre Zehenspitzen, um ihm näher zu sein, verschmolz mit seinen heißen Lippen, gab sich der Kraft des Kusses und seiner selbst hin. Das war nicht das, weswegen sie hergekommen war, aber sie konnte ihm nicht widerstehen. So gefährlich dieses Eingeständnis auch war, nun, da die Flasche entkorkt war, konnte sie ihre Gefühle nicht mehr zurückhalten.

Schließlich zog er sich zurück und sah keuchend auf sie herab. „Du sollst nicht unwiderstehlich sein, Emma. Ich will nicht, dass du es bist."

Sie zitterte, als er sich von ihr löste. Er wandte ihr den Rücken zu, und sie hatte keine Ahnung, was sie tun oder sagen sollte. Keine Antwort.

Eine Antwort, die sie nicht finden musste, als die Tür zum Arbeitszimmer aufflog und ihre Mutter in den Raum platzte. Emmas Herz sank bei dem strahlenden und hoffnungsvollen Ausdruck in ihrem Gesicht.

„Oh, entschuldigt bitte, Euer Gnaden", sagte Mrs. Liston und schickte einen Seitenblick zu Emma. „Ich habe gehört, dass meine Tochter beim Betreten dieses Raumes gesehen wurde, aber ich hatte keine Ahnung, dass Ihr bei ihr seid."

James hatte sich bei ihrem Eintreten umgedreht und starrte sie nun an. Sein Gesichtsausdruck war blass und gelangweilt, derselbe, den er im Laufe der Jahre einem Dutzend raffgieriger Mütter geschenkt hatte. Jetzt war sie nicht besser als diese Frauen, die er mit solcher Leichtigkeit missachtete.

„Guten Abend, Madam", sagte er.

„Muss ich einen Vikar rufen?", fragte ihre Mutter kichernd.

Emma stürzte nach vorne. „Mama!", keuchte sie, und ihre Wangen brannten. Sie brachte es nicht über sich, James noch einmal anzuschauen. „Es *reicht*."

„Ach, sei still, Kind, ich ziehe dich nur auf", erwiderte Mrs. Liston, den Blick immer noch auf James gerichtet. „Obwohl das unangebracht ist, Euer Gnaden. Ihr allein mit meiner Tochter hinter verschlossener Tür."

Er schwieg einen Moment, lange genug, dass sich sogar ihre Mutter unter seinem anklagenden Schweigen unangenehm wand.

Er warf Emma einen schnellen Blick zu, und sie betete, er möge erkennen, dass sie dieses lächerliche Schauspiel nicht arrangiert hatte.

„Natürlich habt Ihr recht, Mrs. Liston", gab er leise zu. „Mein Verhalten ist ungebührlich. Ich entschuldige mich bei Euch und bei Miss Liston."

„Oh, nein", platzte Mrs. Liston heraus. „Natürlich ist meine Tochter sehr geehrt von der Aufmerksamkeit, die Ihr ihr schenkt."

„Mutter!", zischte Emma und griff nach ihrem Arm.

Mrs. Liston schüttelte sie ab. „Wir werden Euch jetzt verlassen, Euer Gnaden. Aber ich hoffe sehr, dass wir die Ehre haben werden, dass Ihr heute Abend mit Emma tanzt."

James legte den Kopf schief, ohne verbal zu antworten, und Mrs. Liston ergriff Emmas Hand und zog sie zur Tür. Sie ging mit ihrer Mutter, unfähig, angesichts dieser neuen Demütigung etwas anderes zu tun. Aber als sie hinausgingen, warf sie einen letzten Blick zurück auf James.

Er starrte sie an, das Gesicht immer noch teilnahmslos, und in diesem Moment wurde ihr klar, dass er ihr nie gesagt hatte, er wolle nicht, dass sie ging. Und nach dieser Vorführung konnte sie sich vorstellen, dass er nichts anderes als genau das wollte.

KAPITEL 14

Emma stand an der Wand, den Kopf gebeugt und die Lippen zusammengekniffen. James spürte, wie sich sein Magen umdrehte, als er sie beobachtete, denn ihr Schmerz war deutlich zu erkennen. Alles, woran er denken konnte, waren die drei Optionen, die Graham ihm vor Stunden angeboten hatte. Er konnte sie wegschicken, er konnte einen letzten Versuch unternehmen, ihr zu helfen, oder er konnte sie einfach als sein Eigentum beanspruchen und diesen Wahnsinn beenden.

Aber das Letzte war unmöglich. Es fühlte sich unmöglich an. Er hatte geschworen, niemals zu heiraten, als Strafe für seinen Vater, und das war ein Teil des Grundes, warum er sich seiner Pflicht widersetzte. Aber es gab auch noch andere Gründe. Der wichtigste davon war, dass Emmas Fähigkeit, in seine Seele zu sehen, ihn zutiefst erschreckte. Jemanden so nahe an sich heranzulassen, bedeutete nichts als Schmerz.

Das hatte er von seinem Vater gelernt, wenn auch sonst nichts. Wie oft hatte dieser Mann ihn in seinen Bann gezogen, besonders als James noch klein gewesen war? Er hatte so getan, als würde er sich ändern, als würde er sich um ihn kümmern, nur um ihn genauso schnell wieder grausam zu verstoßen. James hatte gelernt, dass Liebe nicht von Dauer war. Das konnte sie nie sein.

Er konnte Emma nicht noch näher an sich heranlassen als sie es bereits war, aber das bedeutete nicht, dass er ihr nicht trotzdem helfen wollte. Er hatte gesehen, womit sie es zu tun hatte, als ihre Mutter früher am Abend in sein Arbeitszimmer eingedrungen war. Mrs. Liston war so verzweifelt, dass sie alles für Emma ruinieren könnte, wenn sie nicht schnell handelten.

Also holte er scharf Luft, stemmte sich gegen die törichten Gefühle, die in ihm durchzubrechen versuchten, und durchquerte den Ballsaal in Emmas Richtung.

Sie schien sein Näherkommen zu spüren, denn als er etwa auf halbem Weg war, sah sie auf und entdeckte ihn. Ihre Augen weiteten sich, als sie sich aufrichtete und ihre Lippen sich etwas öffneten.

Er war verloren. Er wollte ihren Mund nehmen, er wollte ihren Körper nehmen, er wollte sie an sich drücken und alles Warme und Wunderbare an ihr in sein leeres Herz eindringen lassen.

Aber das konnte er nicht zulassen. James blieb vor ihr stehen und streckte eine Hand aus. „Ein Tanz?", fragte er, unfähig, die Frage förmlicher zu formulieren.

Sie starrte weit länger auf seine ausgestreckten Finger, als es jede andere Lady in seinem Bekanntenkreis getan hätte. Dann nickte sie stumm. Er nahm ihre Hand, rüttelte noch einmal an seinem Bewusstsein und führte sie zur Tanzfläche, wo sie sich gemeinsam zu bewegen begannen.

Sie schwieg eine lange Zeit. Er ließ es zu, denn er hatte keine Ahnung, was er ihr sagen sollte, wie er ihr gegenübertreten sollte, wo sie doch weit mehr war, als er es vor ein paar Wochen je erwartet hatte.

Das schien nun eine Ewigkeit her zu sein.

Schließlich räusperte sie sich und flüsterte: „Du hast mir gesagt, dass dein Vater der Grund ist, warum sich deine Mutter so verhält, wie sie es tut. So ist es auch bei mir und meinem Vater.

Seine Probleme sind ... wohlbekannt. Ich bin sicher, dass du sie kennst."

Er starrte sie an, schockiert, dass sie endlich seine frühere Frage beantworten wollte. Nach allem, was seither passiert war, hatte er nicht gedacht, dass sie genau diese Wand zum Einsturz bringen würde.

Doch sie tat es. Sie vertraute ihm, und das ließ seine Brust vor Stolz anschwellen. Dass sie ihm diesen Einblick in sich selbst gewährte, bedeutete etwas. Er wollte es mehr als er zugeben wollte.

„Ich habe ein paar Flüstereien über Harold Liston gehört, das gebe ich zu."

Ihr Gesicht verlor bei diesen Worten an Farbe, und für einen Moment stolperte sie in ihren Schritten. Er stützte sie und hielt sie aufrecht, während er ihr Gesicht untersuchte.

„*Das* ist es, was meine Mutter am meisten fürchtet", sagte sie in einem kaum hörbaren Ton. „Dass dieses Geflüster irgendwann zu lauten Schreien wird und jede Chance auf die Zukunft, die sie sich für mich wünscht, endgültig zunichtegemacht wird."

„Die Zukunft, die *sie* will?"

Emma nickte. „Eine gute Ehe. Eine, die nicht nur mir einen Platz in der Welt bietet, sondern auch ihr."

Sein Kiefer spannte sich an. Wie gut er es verstand, da er gezwungen war, sich um die Menschen um ihn herum zu kümmern, sogar zu seinem eigenen Nachteil. „Das ist eine große Last, die du auf deinen Schultern trägst."

Sie zuckte mit einer der Schultern und sagte: „Es ist das, was von mir erwartet wurde, solange ich mich erinnern kann. Die Last kann ... schwer sein, besonders da ich so lange versagt habe, das zu bekommen, was sie will. Aber es ist nicht so, als hätte ich in dieser Angelegenheit eine Wahl. Als alte Jungfer auf dem Lande zu leben, ist nichts, worüber ich nachdenken darf."

Er runzelte die Stirn über die unerwartete Option, die sie vorbrachte. „Ist es das, was du wollen würdest ... ein Leben allein zu führen? Niemals zu heiraten, niemals selbst Mutter zu werden?"

Sie legte den Kopf schief. „Du hast eine Pflicht, und du wirst sie nie erfüllen. Du bist bereit, so weit zu gehen, dass du vorgibst, einer Frau den Hof zu machen, um zu vermeiden, dass du mit jemandem eine echte Beziehung eingehst."

Er schaute ihr tief in die Augen. „Ich glaube, wir haben eine echte Verbindung."

Ihre Lippen teilten sich leicht und ihre Augen glitzerten mit einem Hauch von Verlangen. Sie schüttelte es ab. „Aber nicht dauerhaft, Euer Gnaden. Wir werden also beide von den Schatten unserer Väter geführt. Du, weil du nicht so sein willst wie er. Ich, weil ich die Konsequenzen seines Handelns fürchte."

Er wich bei ihrer Aussage leicht zurück. Woher wusste sie von seinem Vater? Er hatte kaum mit ihr über dieses Thema gesprochen.

Es sei denn, Meg hatte ihn verraten.

„Was hat dein Vater getan?", fragte er und lenkte sie vom Thema seines Schmerzes ab.

Sie seufzte. „Er spielt, er lässt sich auf skandalöse Affären ein, er prügelt sich. Er macht, was er will."

„Das klingt so, wie du mich einmal beschrieben hast", erkannte er. „Das goldene Kind der Gesellschaft? Unantastbar?"

Er erwartete, dass sie über seine sanfte Neckerei lachen würde, aber stattdessen spannte sie ihren Kiefer an. „An seinem besten Tag ist mein Vater nicht halb so gut wie du, James. Und er war noch nie ein goldenes Kind. Alles, was er tut, hat seinen Preis. Er zahlt ihn nur nicht immer."

„Das tust du", sagte James sanft.

Sie nickte, und ihre Verärgerung war deutlich zu spüren. „Deshalb hält meine Mutter ihn für eine solche Gefahr, auch wenn sie all das vergisst, sobald er nach Hause kommt und ihr auch nur einen Krümel Aufmerksamkeit schenkt."

Er schüttelte den Kopf. „Sie würde sich von allem abwenden, was er getan hat?"

„Wie du gesagt hast ... das macht die Liebe", flüsterte sie, ihre Stimme zitterte und ihr Blick war plötzlich intensiv.

Er schüttelte die Wirkung dieses vernichtenden Blicks nur schwer ab. „Es lässt sie vergessen, dass sie ihn für eine Gefahr hält? *Ist* er denn eine?"

Er dachte daran, was Sir Archibald über Listons Spiel mit Emmas Zukunft gesagt hatte. Damals hatte er geglaubt, dass es nur ein böser Köder war, aber jetzt ... jetzt befürchtete er, dass es wahr sein könnte, vor allem, als Emma viel zu lange zögerte, als dass er die Antwort nicht schon wusste, bevor sie wieder sprach.

„Ich weiß es nicht", gab sie zu. „Zumindest für sich selbst."

Die Musik begann zu verklingen und James fand sich selbst frustriert über diese Tatsache. Er war verblüfft gewesen von ihrer Fähigkeit, ihn zu sehen, ihn wirklich zu sehen, aber heute Abend hatte er endlich einen Blick auf sie geworfen.

Er trat zurück, um sich zu verbeugen, als sie einen Knicks machte, dann hob er ihre Hand zu seinen Lippen und drückte ihr einen Kuss auf die behandschuhten Knöchel. Er spürte, wie sie sich anspannte, sah, wie sich ihre Pupillen mit demselben Verlangen weiteten, das durch seine eigenen Adern floss. Das, was er nicht erwartet hatte, nach dem er sich aber so sehr sehnte.

„Danke, Emma, dass du mir vertraust. Und ich will dir helfen. Ich werde alles in meiner Macht stehende tun."

Sie zog ihre Hand aus seiner und ihr Gesicht verzog sich, als würde ihr diese Antwort nicht gefallen. „Danke, Euer Gnaden", murmelte sie, bevor sie sich umdrehte und ihn verließ.

Er sah zu, wie sie sich auf scheinbar unsicheren Beinen durch die Menge schlängelte, und wünschte sich, er könnte ihr nachgehen. Aber er tat es nicht. Denn sie zu retten, sie wirklich zu retten, hieße, sich selbst zu verlieren.

Emma stand auf der Terrasse, klammerte sich an die Balustrade und starrte hinaus in die dunkle Nacht. Die kühle

Luft tat nichts, um sie zu beruhigen, denn ihr ging immer wieder ihr Tanz mit James durch den Kopf.

Sie hatte versucht, so zu tun, als könnte sie dieses Spiel mit ihm spielen, ohne zu verlieren. Aber sie war nicht so raffiniert wie er. Sie war nicht in der Lage, ihr Herz so zu hüten, wie er es sich offensichtlich im Laufe der Jahre beigebracht hatte.

Als sie in seine dunklen Augen geblickt hatte, war ihr klargeworden, wie sehr sie sich nach ihm sehnte, sich nach ihm verzehrte. Nicht nur nach seiner berauschenden Berührung, sondern nach *ihm*. Sie wollte sein Herz, sie wollte seine Seele, sie wollte zu ihm gehören, nicht nur für eine Nacht oder für die Dauer einer Party, sondern für immer.

„Idiotin", fluchte sie über sich selbst und lehnte ihren Kopf auf das Geländer der Terrasse.

„Du willst ihn."

Sie fuhr erschrocken auf und drehte sich um, um ihre Mutter zu sehen, die mit einem süffisanten Grinsen auf den Lippen hinter ihr stand. „Was?", platze Emma heraus, zu laut. „Wen?"

„Abernathe", sagte ihre Mutter und sprach den Namen langsam aus. „Du willst ihn, nicht wahr?"

Emma schüttelte den Kopf. Sie vertraute ihrer Mutter nicht genug, um sie ins Vertrauen zu ziehen. „Sei nicht albern, Mama."

„Es ist nicht albern", beharrte ihre Mutter und streckte ihre Hand aus, um ihre zu bedecken. Alles, was sie damit erreichte war, ihre Handfläche gegen die kalte, raue Balustrade zu drücken. „Du könntest ihn haben, Emma, und damit uns beide retten. Du weißt, was zu tun ist."

Emma verzog das Gesicht. „Ich werde mich *nicht* kompromittieren und ihn verraten, indem ich ihn zu einer Verbindung zwinge, die er nicht wünscht."

„Du willst ihn verraten?", fragte ihre Mutter, deren Gesichtsausdruck schockiert war. „Meine Liebe, du darfst nicht so naiv sein. Er mag so tun, als sei er ein Held, aber ein Mann wie er würde dir genauso schnell die Kehle durchschneiden, wie er dich retten würde, egal, was er gerade vorgibt. Du befindest dich im Krieg und du musst alles tun, um zu gewinnen."

Emma riss sich von ihr los. „Hör mir zu, Mama. Ich werde mich *nicht* kompromittieren und seine Hand erzwingen. Hör auf, es von mir zu verlangen."

Ihre Mutter stieß einen frustrierten Atemzug aus. „Dann verdammst du uns beide."

Damit eilte sie zurück ins Haus. Emma war bereit, ihr zu folgen, als sie eine flatterhafte Bewegung am dunklen Rand der Terrasse wahrnahm. Sie drehte sich mit klopfendem Herzen um und beobachtete, wie James aus dem Schatten trat. Ihr Herz pochte ihr bis zum Hals, als er auf sie zukam, sein Gesicht vor Erregung verzerrt, sein Blick viel zu intensiv auf den ihren gerichtet.

„Wie viel hast du gehört?"

„Genug", sagte er leise. Er sagte nichts weiter, sondern neigte seinen Kopf und küsste sie. Während seine anderen Küsse von ihr Besitz ergriffen und sie als sein beansprucht hatten, war dieser sanft. Beruhigend. Emma versank darin, weil sie in diesem Moment seine Kraft und seinen Halt brauchte.

Als er sich zurückzog, stieß sie einen schaudernden Seufzer aus. „Danke."

Er lächelte. „Wir werden das schon hinkriegen, Emma."

Sie starrte zu ihm auf, sein hübsches Gesicht war von Sorgen gezeichnet. Sie war dabei, sich in ihn zu verlieben. Emma wusste das. Vielleicht war sie schon immer ein wenig in ihn verliebt gewesen. Das erklärte, warum seine bloße Anwesenheit sie nervös machte. Aber das war ein unerwidertes Gefühl gewesen, eine dumme Vorstellung, die sie nie für möglich gehalten hatte. Männer wie er wollten keine Frauen wie sie. Sie hatte das akzeptiert.

Doch nun wurde die Welt auf den Kopf gestellt. James Rylon, Duke of Abernathe, wollte sie *wirklich*. Das bewies er jedes Mal, wenn er sie berührte. Es war zu leicht, sich von der Möglichkeit einlullen zu lassen, dass aus Freundschaft und Verlangen tatsächlich Liebe werden könnte. Nicht für ihn.

Das würde er niemals zulassen.

Sie zog die Schultern zurück und trat von ihm weg. „Meine Mutter hat in vielen Dingen Unrecht, James. Aber in einer Sache liegt sie richtig. Dies *ist* ein Krieg. Nicht mit dir, nicht auf die Art, wie sie glaubt. Aber ein Krieg ist es trotzdem. Und ich muss aufhören, darauf zu warten, dass etwas passiert, damit ich gerettet werde. Am Ende muss ich ihn selbst ausfechten. Sonst ende ich als Kollateralschaden. Und vielleicht ziehe ich dich mit mir hinab."

Er starrte sie an. „Was sagst du da?"

„Es ist Zeit für mich, meine eigenen Schlachten zu schlagen", flüsterte sie und wünschte, ihre Worte würden so mutig klingen, wie sie es wollte. Sie wünschte, ihr Herz würde sich tapferer schlagen. „Du hast mich schließlich auf dem Schlachtfeld positioniert. Es ist Zeit für mich, zu handeln. Gute Nacht, James."

Sie hielt seinen Blick für einen langen Moment und wandte sich dann ab. Er flüsterte ihren Namen. Er wehte im Wind zu ihr, und sie hätte sich fast wieder umgedreht. Beinahe wäre sie zurück in seine Arme gestürzt, wo sie ganz sicher nicht hingehörte.

Aber irgendwie fand sie die Kraft, es nicht zu tun. Sie ging weiter, hinein ins Haus und überblickte die Menge. Sie beobachtete jeden der anwesenden infrage kommenden Männer, analysierte sie, und schließlich fand sie ihr Ziel. Mit einem Lächeln, das nicht den Verlust widerspiegelte, den sie in ihrer Seele fühlte, schritt sie durch den Raum zu Meg.

Ihre Freundin lächelte, als sie sie erreichte. „Genießt du die Abendluft?"

Emma versuchte, nicht an ihre gestohlenen Momente mit James auf der Terrasse zu denken. Oder an den Moment, in dem ihr klar geworden war, dass sie ihn gehen lassen musste. „Es war ein bisschen kalt draußen, ehrlich gesagt. Meg, kannst du mir einen Gefallen tun?"

Meg nickte. „Alles auf der Welt, Emma. Das weißt du doch."

Emma drückte ihre Hand, dankbar für die Freundlichkeit dieser Frau, die ihr in den wenigen Wochen, die sie befreundet waren, ans

Herz gewachsen war. „Ja, ich weiß. Würdest du mich Mr. Middleton vorstellen?"

Meg blinzelte ein paar Mal, und beide Frauen blickten quer durch den Raum zu dem fraglichen Gentleman. Er war mindestens fünfzehn Jahre älter als Emma, aber sein Alter hing nicht wie eine schlecht sitzende Weste an ihm, wie es bei vielen Männern der Fall war. Er war von ähnlichem Rang wie ihr eigener Vater, obwohl er seine Verbindungen genutzt hatte, um es zu geringem finanziellen Erfolg und Respektabilität zu bringen. Auch er hatte drei Jahre zuvor seine Frau verloren und hatte zwei Kinder.

Kurzum, er griff weder zu hoch wie bei Abernathe, noch zu tief.

Und als Emma ihn ansah, fühlte sie nichts.

„Emma", hauchte Meg. „Was ist mit meinem Bruder?"

Emma fing sich, bevor sie ein schmerzhaftes Keuchen ausstoßen konnte. Sie weigerte sich, Megs Blick zu begegnen, als sie sagte „Abernathe hat mir sehr geholfen, aber ich weiß, dass ich diese nächsten Schritte selbst gehen muss. Ich kann nicht darauf warten, dass mich jemand anderes rettet."

„Das ist nicht das, was ich meinte", flüsterte Meg.

Emma drehte sich zu ihrer Freundin um. „Ich weiß, dass es nicht so ist. Aber James ... er kann mir nicht geben, was ich brauche. Ich bin mir nicht einmal sicher, ob er es will. Und egal, was ich denke oder fühle, ich kann nicht so töricht sein, so zu tun, als hätte ich alle Zeit oder alle Möglichkeiten der Welt."

Meg neigte den Kopf. „Du bist gefangen."

„Ja." Emma nickte. „Und ich muss das Beste daraus machen."

Meg lachte, aber der Klang war eher schmerzhaft als lustvoll. „Nun, niemand versteht dieses Konzept besser als ich."

Emma neigte den Kopf und sah zum ersten Mal wirklich den Schmerz in Megs Gesicht. Sie sah wirklich diesen gefangenen Ausdruck, den sie selbst so gut kannte. „Meg, willst du nicht ..."

Meg schüttelte den Kopf. „Lass uns nicht darüber reden, was *ich* will. Es ist nicht wichtig. Komm, lass uns deinen Mr. Middleton kennenlernen."

Sie durchquerten gemeinsam den Raum und Meg übernahm als gute Gastgeberin die Vorstellungen. Und als gute Freundin fand sie dann einen Grund, die beiden allein zu lassen. Emma war gedanklich kaum anwesend, selbst als sie sich unterhielten und er sie zum Tanzen aufforderte.

Sie folgte ihm zur Tanzfläche, und als sie sich gemeinsam drehten, sah sie, wie James den Ballsaal betrat. Sein Blick fand sie und blieb auf ihr und ihrem Partner haften. Sein Kiefer spannte sich an und seine Fäuste ballten sich an seinen Seiten. Aber er bewegte sich nicht auf sie zu.

Und sie wandte ihr Gesicht ab und konzentrierte sich auf die Zukunft, nicht auf die Vergangenheit. Und nicht auf eine Fantasie, die nie wirklich wahr werden konnte.

KAPITEL 15

James pirschte durch den Garten, ohne auf irgendetwas um ihn herum zu achten. Er scherte sich einen Dreck um Blumen, Morgentau oder zwitschernde Vögel. Im Moment war er erfüllt von Frustration und einer Wut, die er nicht ganz verarbeiten konnte. Alles, was er wusste war, dass ihn beides die ganze Nacht wachgehalten hatte. Und jedes Mal, wenn er etwas Schlaf gefunden hatte?

Dann hatte er von Emma geträumt. Emma in seinen Armen. Emma, die sich ihm öffnete. Wie er Emma nahm ...

Der Wechsel zwischen blinder Wut und Hahnentritt war keine angenehme Art, die Stunden zu verbringen.

Er eilte um eine Ecke und kam abrupt zum Stehen. Dort stand Simon und starrte zum Haus hinauf. „Crestwood?"

Simon drehte sich zu ihm um, mit einer Röte auf den Wangen, die fast schuldbewusst aussah. „James, ich habe dich gar nicht gesehen. Du bist aber früh auf."

„Ich konnte nicht schlafen", gab James zu. „Sieht aus, als könntest du es auch nicht."

Simon zuckte mit den Schultern. „Das ist in letzter Zeit ein regelmäßiges Leiden für mich, wie es scheint. Gehst du ein Stück mit mir?"

James trat neben seinen Freund. „Was beunruhigt dich?"

„Nichts, was man ändern kann", antwortete Simon. Sein Tonfall war sehr sanft, aber gleichzeitig auch irgendwie hart wie Stahl. „Was ist mit dir?"

„Ich bin sicher, du und Northfield haben meine Probleme schon ausführlich besprochen", murmelte James.

Simon zögerte und nickte dann. „Ja, zumindest haben wir über dich gesprochen. Er erwähnte, dass du mit ... mit dieser List zu kämpfen hast, die du mit Emma Liston geplant hattest."

Eine List. James musste fast lachen. Es schien von Anfang an mehr als eine bloße List gewesen zu sein.

„Ich mag es nicht, mich so zu fühlen", gab er leise zu.

„Was meinst du?", fragte Simon.

„Als würde man mir etwas wegnehmen. Es ist nicht einmal etwas, das ich will."

Simon kam auf dem Weg zum Stehen und verschränkte die Arme vor der Brust. Sein Gesichtsausdruck war verkniffen, sein Mund hart, und er blickte James an. „Du lässt dir nicht etwas *wegnehmen*. Glaub mir, ich kenne das Gefühl, und das ist es nicht. Du *gibst* etwas *ab*. Du fürchtest es, also lässt du es einfach gehen. Wirfst es weg, als würde es nichts bedeuten, obwohl es offensichtlich alles bedeutet."

James starrte ihn an. Normalerweise war Graham derjenige, der unverblümte Worte und harte Ratschläge gab, während Simon alles abmilderte, um es schmackhafter zu machen. Aber in diesem Moment sah Simon fast so aus, als ob er James schlagen wollte.

„Es sollte nicht sein ..."

„Oh, einen Scheiß soll es sein, James. Verdammt nochmal!" Simon drehte sich weg und fuhr sich mit der Hand durch die Haare. „Du hast dein Leben damit verbracht, dem Erbe deines Vaters gerecht zu werden und vor ihm davonzulaufen. Und jetzt bist du bereit, etwas zu verlieren ..." Er blickte zurück zum Haus. „Etwas Wertvolles zu verlieren, nur um einem toten Mann etwas zu beweisen. Wenn es das ist, was du tun willst, dann hast du es nicht verdient."

James zog sich noch weiter zurück. „Simon ..."

„Vergiss es", grunzte sein Freund. „Vergiss einfach, dass ich etwas gesagt habe. Grimble hat vorhin nach dir gesucht. Ich werde ... es tut mir leid."

Ohne ein weiteres Wort drehte sich Simon um und stapfte davon, nicht in Richtung des Hauses, sondern in Richtung der Ställe. James sah ihm hinterher, beunruhigt von seinen Worten und verwirrt von der Leidenschaft, mit der sie gesprochen worden waren.

Schließlich ging er zum Haus, aber Simons Stimme hallte noch immer in seinem Kopf. Sein Freund nannte ihn im Grunde genommen einen Feigling.

Schlimmer noch, er hatte das Gefühl, Simon könnte recht haben.

Er betrat das Haus und Grimble eilte ihm zur Begrüßung entgegen. Das Gesicht des Butlers war blass und er sah entschuldigend aus. James wappnete sich für den Ärger, den dieser oder jener Hausgast verursacht haben könnte.

„Ich habe gehört, dass du mich gesucht hast, Grimble", sagte er und zwang sich zu einem gleichmäßigen Tonfall, während er seinen schweren Außenmantel abstreifte und ihn dem Diener übergab.

„Ja, Sir. Es tut mir leid, dass ich Euch damit störe, Sir. Ich wusste nicht, was ich sonst tun sollte."

James runzelte die Stirn. Grimble war normalerweise stets gelassen, aber seine stammelnden Worte und seine verschwitzte Stirn versetzten James in höchste Alarmbereitschaft.

„Ich bin sicher, was immer auch passiert ist, wir können es lösen. Sag mir, was los ist", sagte er, wobei er seinen Tonfall ruhig hielt, um den Mann zu beruhigen.

Grimble ballte die Hände zusammen. „Wir haben einen

Ankömmling, Euer Gnaden. Und er hat darauf bestanden, sich der Party anzuschließen. Es hat mich alles gekostet, ihn zu überzeugen, dass er auf Eure Zustimmung warten muss. Aber er ist *sehr* laut, Sir, und zunehmend fordernd, und ich ..."

James hielt eine Hand hoch, um Grimble aufzuhalten. „Wer?", fragte er. „Du sprachst von einem Ankömmling, aber wir erwarten niemanden mehr auf der Party. Also, wer ist es, der hier eingedrungen ist?"

„Mr. Harold Liston, Sir", stieß Grimble hervor.

James richtete sich bei dem Namen auf. Seine Lippen öffneten sich vor Überraschung. „Miss Emma Listons Vater?", hauchte er.

Grimble nickte einmal. „Ja."

„Wissen Mrs. Liston oder Miss Liston, dass er angekommen ist?", fragte er und dachte an Emmas leises Geständnis auf der Tanzfläche, an ihre spürbare Angst, als sie keine zwölf Stunden zuvor von eben diesem Mann gesprochen hatte.

Grimble schluckte schwer, bevor er sagte: „Es ist noch sehr früh, und ich habe nicht gedacht, dass Ihr schon wach seid, Sir. Aber Mr. Liston hat verlangt, dass er und seine Koffer einfach in die Kammer seiner Frau gebracht werden."

James fuhr sich mit einer Hand durchs Haar. „Es würde der Frau einen Schlaganfall bescheren. Aber man muss es den Ladies sagen. Lass jemanden hochgehen und sie holen. Ich nehme an, Mr. Liston ist in einem Salon untergebracht worden?"

„Ja, Sir", antwortete Grimble.

„Gut, dann treibt er sich nicht im Haus herum. Lass die Liston-Frauen dorthin bringen, sobald es ihnen möglich ist. Der Diener, der geschickt wird, braucht nicht zu sagen, dass Mr. Liston hier ist. Die Person, die sie begleitet, soll zweimal anklopfen, und ich werde mich zu ihnen in die Halle gesellen und ihnen diese Nachricht selbst überbringen."

Grimble schien nicht im Geringsten von dieser seltsamen Anweisung überrascht. Er nickte einfach. „Das werde ich tun, Sir. Was kann ich sonst noch tun?"

„Sag mir einfach, wo Liston ist", sagte er.

„Im blauen Salon."

James schritt ohne ein weiteres Wort davon, den langen, gewundenen Flur hinunter, bis er den blauen Salon erreichte. Noch bevor er dort ankam, hörte er den Eindringling drinnen, der sich bewegte und sehr laut mit sich selbst sprach.

James zog die Schultern zurück und stieß die Tür auf. Als er dies tat, drehte sich ein Mann vom Kamin weg und sah ihn an. James konnte die Ähnlichkeit sofort erkennen. Emma hatte die Augen von ihrem Vater geerbt, obwohl Listons Augen nicht so lebendig und freundlich waren wie die seiner Tochter.

„Der Duke of Abernathe", sagte Liston, und der leichte Schlenker in seinen Worten verriet James, dass der Mann trotz der frühen Stunde betrunken war.

Natürlich war James niemand, der darüber urteilen durfte. Seine eigene Mutter befand sich wahrscheinlich auch noch im Vollrausch. Aber sie war weder in eine private Party eingedrungen, noch bedrohte sie irgendjemanden, im Gegensatz zu James' unerwünschtem Hausgast.

„Ihr solltet Euren Butler feuern", fuhr Liston fort. „Unhöflicher Bastard. Er wollte mir nicht erlauben, meine eigene Frau zu sehen."

James hob sein Kinn. „Ihr habt keinen Streit mit meinem Butler. Grimble hat genau das getan, was ich mir von ihm gewünscht habe. Da Ihr nicht auf der Gästeliste für unsere Party standet, wollte er Euch den Zutritt zum Haus und zu unseren Gästen erst dann gewähren, wenn ich es genehmigt hatte."

Liston richtete sich auf und starrte ihn an. „Ich muss also Eure Zustimmung gewinnen, Junge?"

James' Nasenlöcher blähten sich auf und er trat einen langen Schritt vor. „Vergesst Euch nicht, Sir, und auch nicht den Unterschied zwischen unseren Rängen. Ich bin der Duke of Abernathe und werde auch als solcher behandelt, oder Ihr werdet auf eine Art und Weise aus meinem Haus entfernt, die Euch nicht behagen wird."

Liston schien diese Aussage zu bedenken und neigte den Kopf. „Gewiss, Euer Gnaden. Ich entschuldige mich für meine Unhöflichkeit. Man hat mich gerade über eine halbe Stunde warten lassen, und ich möchte nur meine Familie sehen."

James ballte die Hände an seinen Seiten. Liston tat, was er konnte, um sich in einem guten Licht zu präsentieren, aber James kannte die Wahrheit.

„Mrs. Liston und Eure Tochter werden gleich zu uns stoßen", sagte er leise. „Aber da sie Gäste in meinem Haus sind, bin ich für sie verantwortlich. Ich muss mich vergewissern, welche Absichten Ihr habt."

Listons Augen verengten sich. „Er sagte, Ihr würdet sie umwerben. Nicht, dass Ihr irgendwelche wahren Absichten hegen könntet."

„Er?"

„Sir Archibald", erläuterte Liston mit einem kühlen Lächeln.

James trat einen Schritt näher. Archibald, den er vor nicht einmal einer Woche wegen seiner Gemeinheiten gegenüber Emma weggeschickt hatte. Die Vorstellung, dass diese Schlange direkt zu Liston gelaufen war, war in der Tat beunruhigend, wenn man bedachte, was er über ihre gemeinsame Spielsucht gesagt hatte.

„Was wollt Ihr hier?", fragte James.

Listons Lächeln schwankte ein wenig und er verschränkte die Arme. „Ich möchte meine Frau und meine Tochter sehen, Euer Gnaden. Ich habe Neuigkeiten für sie. Neuigkeiten, die sie beide gerne hören werden. Und es sind keine Neuigkeiten, die ich Euch zu überbringen gedenke. Warum holt Ihr sie also nicht einfach her?"

Emma betrachtete ihr Spiegelbild, während Sally die letzten Anpassungen an ihrer Frisur vornahm. Das Dienstmädchen hatte den ganzen Morgen über geplaudert, während sie ihre

Aufgaben erledigt hatte, aber Emma hatte sich kaum darum gekümmert. Ihre Gedanken wanderten immer wieder zu James zurück.

So wie sie es nun immer zu tun schienen.

„Aber der letzte Abend war so erfolgreich für Euch, Miss Emma.“

Emma blinzelte, als ihre Aufmerksamkeit wieder auf ihr Dienstmädchen gelenkt wurde. Sie runzelte die Stirn. „Ich nehme an, das heißt, Mamas Dienstmädchen erzählte dir, was meine Mutter gesagt hat?“

Sally zuckte mit den Schultern. „Claudia und ich teilen uns einen Raum im Quartier der Bediensteten, und sie war noch nie sonderlich zurückhaltend.“

„Das ist wohl der Grund, warum sie und meine Mutter sich so gut verstehen“, murmelte Emma. „Ja, ich nehme an, der Ball gestern Abend lief gut. Ich habe viel getanzt.“

Sallys Lächeln war strahlend. „Das muss eine Erleichterung sein. Ihr werdet einige Optionen für eine Heirat haben.“

Emma starrte wieder auf ihr Spiegelbild. *Eine Erleichterung?* Nein, sie empfand nicht gerade Erleichterung. Auch keine Freude über ihre momentane Situation. Sie sollte es, aber das war nun einmal nicht so.

Es klopfte an der Tür, und sie seufzte, als sie aufstand und Sally zunickte. Es war ihre Mutter auf der anderen Seite, und sie sah für Emmas Geschmack viel zu aufgeregt aus.

„Guten Morgen, Mutter“, sagte Emma und ging auf sie zu. „Ich habe nicht erwartet, dich so früh zu sehen.“

Mrs. Liston grinste. „Ich wäre nicht so früh hier, wenn wir nicht von Abernathe gerufen worden wären.“

Emma hielt den Atem an, als sie ihre Mutter anstarrte. Langsam drehte sie sich um und nickte Sally zu. „Das … das ist alles“, schaffte sie es herauszuwürgen.

Sally sah enttäuscht aus, dass sie nicht mithören konnte, machte aber einen Knicks und schlüpfte aus dem Gemach.

„Du siehst unglücklich aus“, erkannte ihre Mutter, als sie allein waren. „Hast du mir nicht zugehört? Ich sagte, der Duke of Abernathe hat um unsere Anwesenheit gebeten. Gemeinsam!"

Emma konnte über dem Rauschen des Blutes in ihren Ohren kaum etwas hören, aber sie versuchte, sich ruhig zu halten. „Hat er gesagt, was er mit uns besprechen möchte?"

„Nein", räumte ihre Mutter ein, „aber es kann nur *eine* Sache geben."

„Und welche wäre das?", fragt Emma leise.

Ihre Mutter gab ihr einen Klaps auf den Arm. „Er möchte um deine Hand anhalten, Emma. Es kann nichts anderes sein."

Emma durchlebte einen Moment, in dem sich ihr ganzer Körper mit Freude füllte. Diese Freude enthüllte eine Wahrheit, die sie so lange zu bekämpfen versucht hatte. Sie hatte sich nicht in den Mann verliebt ... sie liebte ihn bereits. Schlimmer noch, sie wollte eine Zukunft mit ihm.

Aber das bedeutete nicht, dass sie glaubte, dass ihre Mutter mit ihrer Einschätzung der Situation richtig lag. James hatte ihr überdeutlich zu verstehen gegeben, dass er nicht die Absicht hatte, ihr ein Angebot zu machen. Und sie hatte versucht, das zu akzeptieren und sich für eine andere Zukunft zu positionieren.

„Ich würde nicht alles darauf setzen", sagte Emma. „Es könnte viele Themen geben, die James ... Abernathe mit uns besprechen möchte."

Ihre Mutter lächelte triumphierend über ihren Beinahe-Ausrutscher, James' Vornamen so frei zu verwenden. „Das glaube ich nicht. Komm, wir dürfen ihn keinen Moment länger warten lassen."

Sie umklammerte Emmas Arm und zerrte sie regelrecht durch den Flur und die Treppe hinunter in die Hauptebene des Hauses. Am Fuße dieser Treppe erwartete sie ein Diener.

„Seine Gnaden wartet im blauen Salon auf die Damen", sagte der junge Mann. „Bitte folgt mir."

Er drehte sich um und führte sie durch die langen Flure. Als sie ihm folgten, packte Mrs. Liston Emmas Arm fester. „Siehst du. Diese Förmlichkeit!", sagte sie in einem Bühnenflüsterton, den man wahrscheinlich noch vier Räume weiter hören konnte. „Es kann nichts Geringeres als ein Antrag sein."

Emmas Wangen flackerten vor Hitze. „Bitte mach keine Szene, Mama", flüsterte sie. „Wir wissen nichts. Lass uns nicht wie Narren handeln."

Der Diener blieb vor einer geschlossenen Tür stehen, warf ihnen einen Blick über die Schulter zu und klopfte dann zweimal. Zu Emmas Überraschung trat er danach nicht ein, sondern wartete im Flur, bis James antwortete.

James warf einen Blick in den Korridor, nickte seinem Diener zu und trat hinaus, um sich ihnen anzuschließen. Er schloss die Tür hinter sich und winkte den Bediensteteren fort.

Als er weg war, lächelte James erst Emma, dann ihre aufgeregte Mutter an. Emmas Brust zog sich zusammen und ihre Kehle schnürte sich zu. Er sah sehr verärgert aus. Irgendetwas stimmte nicht.

„Guten Morgen, Myladies", sagte er. „Danke, dass Ihr mir Gesellschaft leistet."

„Wir hätten es um nichts in der Welt verpassen wollen", antwortete Mrs. Liston und grinste ihn an. Emma kämpfte darum, ein Seufzen zurückzuhalten. Ihre Mutter hatte in diesem Moment eindeutig keine Beobachtungsgabe. Sie war so vertieft in diesen Antrag, von dem sie glaubte, dass er bevorstand, dass sie James' Stirnrunzeln nicht lesen konnte – die Dunkelheit in seinem Blick, den zunehmend sanften Ton, den er benutzte, so als würde er jemanden direkt ins Grab führen.

„Was ist los?", fragte Emma leise und hielt seinem Blick stand.

Für einen Moment schwankte sein Blick und schweifte ab, aber dann brachte er ihn zu ihr zurück und sah ihr in die Augen. Sie bemerkte, wie sich seine Hand an seiner Seite bewegte, als wollte er sie berühren, und in diesem wilden Moment wünschte sie, er könnte es. Sie wollte sich an ihn klammern, um sich mit dieser Kraft zu beruhigen.

Aber sie konnte es nicht.

„Es gibt keinen einfachen Weg, dies zu sagen", begann er. „Also werde ich es einfach tun. Ihr habt einen Besucher, der in dieses Haus gekommen ist, um Euch zu sehen. Ein Mann, den, wie ich fürchte, keine der Ladys sehen möchte."

Emma spürte, wie sie schwankte. „Wer ist es?"

„Mr. Harold Liston", flüsterte James. „Emma, Euer Vater ist hier."

KAPITEL 16

Emma starrte James an. Er sprach, aber es war, als würde sie unter Wasser gehalten, während sie beobachtete, wie sich seine Lippen bewegten. Er klang unglaublich weit weg und hohl, während sich ihr Verstand um das, was er gerade gesagt hatte, drehte.

Ihr Vater war hier. *Hier!* Er war den ganzen Weg von London in die Grafschaft Abernathe gekommen, hatte Falcons Landing aufgesucht und stürmte diese Burg wie eine einfallende Armee.

Er war gekommen, um sie und ihre Mutter zu suchen, anstatt einfach auf ihre Rückkehr nach London in einer weiteren Woche zu warten. Das konnte keine gute Sache sein.

„… wenn Ihr glaubt, dass dies keine freudige Nachricht ist, Euer Gnaden“, sagte ihre Mutter, ihr Tonfall klang übertrieben fröhlich. „Ich habe nicht erwartet, dass mein Mann hier zu uns stößt, aber natürlich werden wir *beide* höchst erfreut sein, ihn zu sehen.“

Emma nahm die Worte ihrer Mutter mit einem langsamen Kopfschütteln auf. Selbst in diesem Moment, in dem es offensichtlich war, dass James von ihren Problemen mit ihrem Vater wusste, war ihre Mutter mehr um den Schein als um Schutz besorgt. Schlimmer noch, Emma wusste, dass sich ihre Mutter in dem

Moment, in dem sie ihren Mann erblickte, in eine kichernde Debütantin verwandeln würde, die von einem gut aussehenden Mann mitgerissen wurde.

Weil sie das immer tat.

„Ist er ... da drin?", fragte Emma und schnippte mit der Hand in Richtung des Raumes, aus dem James kurz zuvor herausgekommen war.

Er nickte langsam. „Ja."

„Dann gehen wir hinein", sagte ihre Mutter und schob sich fast an James vorbei, um die Tür zu öffnen.

James sah Emma an, als Mrs. Liston dies tat. Dann streckte er die Hand aus und fuhr mit den Fingern über ihre eigenen. „Ich bin hier", flüsterte er. „Ich bin *hier*."

Emma erschauerte bei der Intimität sowohl seiner Berührung als auch seiner Worte, aber dann trat sie zurück. James sagte, er sei für sie da, aber das war nicht von Dauer. Wenn sie sich zu sehr an ihn anlehnte, würde sie, wenn er weg war, vielleicht nicht mehr wissen, wie sie ihr eigenes Gewicht tragen sollte.

„Danke", murmelte sie und ging dann an ihm vorbei in den Salon, wo ihr Vater nun mit ihrer Mutter stand. Er hielt Mrs. Listons Hand, und sie starrte voller Bewunderung zu ihm auf, trotz all ihrer Aussagen darüber, wie gefährlich und unzuverlässig er war. So war es immer gewesen.

Emma beobachtete ihren Vater, wie er von der Frau abgelenkt wurde, die er so leicht ablegen konnte. Es war fast ein Jahr her, seit sie ihn das letzte Mal gesehen hatte. Sie war immer wieder überrascht, wie jung er noch aussah. Sein Haar behielt seine Fülle und seinen Glanz trotz des wachsenden Graus an seinen Schläfen, und seine Augen waren hell. Natürlich war das so, wenn man keine Verantwortung zu tragen hatte.

„Da ist ja meine Emma", sagte er und ließ die Hand ihrer Mutter fallen, als er durch den Raum zu ihr ging. Er beugte sich vor, um ihre Wange zu streicheln, und sie ertrug es, so gut sie konnte.

„Vater", sagte sie leise.

„Papa", korrigierte er. „Kein Grund für solche Förmlichkeiten. Nicht, wenn ich mit solchen Neuigkeiten für dich komme."

Emmas Herz machte einen Sprung im doppelten Takt. „Solche Neuigkeiten" klangen nicht nach etwas Gutem. Die Pläne und Intrigen ihres Vaters gingen nie auf, und sie und ihre Mutter würden am Ende die Scherben aufsammeln müssen.

Wie immer.

„Was für Neuigkeiten?", schaffte es Emma herauszuwinden.

Ihr Vater tätschelte ihr die Wange, dann sah er an ihr vorbei zu James. Er starrte den Duke an, und Emma drehte sich der Magen um. Es war ihrem Vater zuzutrauen, sich in das Haus eines anderen zu drängen und dann beleidigt zu sein, dass er nicht willkommen war.

„Ich bin ausgehungert und man hat mich in diesem Haus nicht gerade mit Höflichkeit empfangen. Ich nehme an, Ihr habt für Eure Gäste etwas mehr Sorge walten lassen, oder, Abernathe?"

„Durchaus", erwiderte James, sein Tonfall schneidend und gefährlich.

Ihren Vater schien das nicht zu interessieren, denn er klatschte in die Hände. „Ganz ausgezeichnet. Dann lasst uns essen, bevor ich dir die gute Nachricht erzähle. Komm, meine Liebe."

Er ergriff den Arm ihrer Mutter und führte sie aus dem Raum. Emma konnte sie kichern hören, als sie gingen, und schloss mit einem langen Seufzer die Augen.

„Emma", flüsterte James.

Sie drehte sich um. „Vielleicht hast du recht mit deiner Einschätzung der Liebe, James. Sieh dir an, was für eine Närrin sie aus meiner Mutter macht."

„Ich möchte helfen", sagte er.

Sie zuckte mit den Schultern. „Das sagst du immer, aber in diesem Fall kannst du nichts tun. Er ist jetzt hier und ... und wahrscheinlich ist alles verloren. Ich hätte mich mehr konzentrieren müssen. Ich hätte mich mehr anstrengen sollen. Ich hätte mich nicht in deinen Plan verwickeln lassen sollen ..." Sie unterbrach sich und schüttelte den Kopf, wagte es aber nicht, James anzusehen. „Es spielt keine Rolle."

Sie sagte nichts weiter und verließ den Raum. James ließ sie gewähren und folgte ihr ohne ein Wort, bemerkbar nur durch seine Anwesenheit.

Und es tröstete sie, auch wenn sie wusste, dass er nun nichts mehr für sie tun konnte.

Sie betraten den Frühstücksraum, in dem sich die Gäste angeregt unterhielten und lachten, während sie das Angebot auf der Anrichte durchstöberten und zusammensaßen, um zu plaudern und Tee oder Kaffee zu trinken.

Doch als Mrs. Liston eintrat, in den Armen ihres Mannes, verstummte das Gespräch und alle Augen richteten sich auf das Paar. Emma konnte kaum atmen, als sie sah, wie ihre Mutter vor lauter Freude strahlte und gurrte: „Seht, wer sich unserer fröhlichen Runde angeschlossen hat … mein Mann, Mr. Liston."

„Ein ganz schönes Gedränge, Abernathe", sagte Mr. Liston lachend, als er den Raum betrat und seine Frau zum Buffet zog. Emma ertappte ihn dabei, wie er die anwesenden Frauen musterte, sah, wie er sie abschätzte.

Sie schüttelte den Kopf. Manche Dinge änderten sich eben nie.

James bewegte sich an ihr vorbei in den Frühstücksraum, und sie spürte, wie er seine Hand dabei subtil über ihren Rücken strich. Die Wärme seiner Finger, als sie über ihre Wirbelsäule strichen, ließ sie für einen Moment in seinem Komfort verharren.

Aber dann war er weg, sprach mit den anderen im Raum und versuchte offensichtlich, die Aufmerksamkeit von der Rückkehr ihres eigensinnigen und gestörten Vaters abzulenken. Sie schätzte die Mühe, obwohl es offensichtlich nichts gebracht hatte. Als sie den Raum betrat, spürte sie die Augen auf sich gerichtet. Sie hörte das leise Geflüster.

Obwohl sie keinen Hunger hatte, gesellte sie sich zu ihren Eltern und nahm sich einen kleinen Teller, dann ging sie zum Tisch. Meg saß an einem Ende und winkte ihr zu, also folgte Emma der Anweisung und setzte sich neben ihre Freundin. Unter dem Tisch verschränkte Meg ihre Finger mit denen von Emma und drückte sie sanft. Eine weitere Person die sie unterstützte. Diese Familie hatte viel für sie getan.

Eine, die sie verlieren würde, wenn ihr Vater ihren Ruf schließlich zerstören würde.

Mr. Liston stellte sowohl seinen Teller als auch den ihrer Mutter ab und ließ sich auf einen Stuhl ein paar Plätze von Emmas entfernt nieder. Er begann zu reden ... zu laut, wie immer ... und ihr Herz sank.

„Kopf hoch", flüsterte Meg. „Es ist immer am besten, so zu tun, als würde man die Demütigung gar nicht bemerken."

Emma warf ihr einen Blick zu und dachte an die Ballnacht, als die Dowager-Duchess of Abernathe so betrunken gewesen war. Natürlich verstand Meg, was sie gerade durchmachte. Langsam richtete sie sich in ihrem Stuhl auf und lächelte ihre Freundin an.

Sie würde das mit intakter Würde überstehen, auch wenn ihr gesellschaftliches Ansehen am Ende völlig zu ihren Füßen zerbrach. Ihre Würde hatte einen Wert.

„Und was hat Euch so spät Zugang zu unserer Party gebracht, Mr. Liston?", fragte die Dowager-Duchess, während sie eine Tasse Kaffee stark zuckerte und mit einem schweren Seufzer trank.

Er grinste und sein Blick blitzte in Richtung Emma. „Ich habe Neuigkeiten für Emma. Gute Neuigkeiten, um genau zu sein. Und es gibt keinen besseren Zeitpunkt, sie ihr mitzuteilen."

James warf ihm einen scharfen Blick zu. „Vielleicht solltet Ihr Eure Neuigkeiten Eurer Tochter besser unter vier Augen mitteilen, Liston."

Die Aufmerksamkeit der Menge sprang in einem Herzschlag von Emmas Vater zu James und dann wieder zu Mr. Liston, während sie die Reaktion auf die leise Ermahnung des Dukes erwarteten.

„Wir sind hier doch unter Freunden", sagte Liston. „Nicht wahr, Emma?"

Emma schluckte schwer. Ihr Vater wollte die Neuigkeiten, die er hatte, gerade in diesem Moment mitteilen, weil es sie aufregen würde. Das war der einzige Grund, den er haben konnte, um dies in einem so öffentlichen Forum zu tun. In diesem Raum, mit all den Leuten, die zusahen, würde sie nicht in der Lage sein, ihre Verärgerung zu zeigen, um einen Anschein von Anstand zu wahren. Sie würde auch nicht in der Lage sein, ihm das abzulehnen, was er für sie arrangiert hatte.

„Natürlich sind wir das", sagte Mrs. Liston und starrte ihn immer noch bewundernd an, obwohl ihre Stimme ein wenig zitterte und sie Emma einen besorgten Blick zuwarf.

„Du wirst heiraten, Emma", verkündete Mr. Liston mit einem breiten Grinsen. „Ich habe arrangiert, dass du Sir Archibald heiratest."

Wieder einmal fühlte sich Emma, als ob ihr Kopf unter Wasser getaucht worden wäre. Das Blut schoss ihr in die Ohren und sie schwankte in ihrem Sitz, als die Menge in überraschte Laute ausbrach. Meg hielt ihre Hand fester und Emma konnte jeden der Finger ihrer Freundin auf ihrer Haut spüren, aber sie bewegte sich nicht. Sie sprach nicht. Sie atmete nicht.

Sie starrte ihren Vater nur an und sah das Aufflackern von Schuld in seinen Augen. Irgendetwas war passiert, das ihn zu dieser Tat gezwungen hatte. Etwas, bei dem er ihre Hand eingetauscht hatte, um seine eigene Haut zu retten.

„Archibald war ein Gast hier, glaube ich. Hat sich sehr über dich gefreut und kam direkt zu mir, um die Vorbereitungen zu treffen. Er wird in Kürze wieder zur Gruppe stoßen. Ich bin sicher, es macht Euch nichts aus, Abernathe." Als Emma immer noch keine Worte finden konnte, schüttelte ihr Vater den Kopf. „Na, komm schon, Mädchen, sag etwas", forderte Mr. Liston sie kichernd auf. „Ich habe eine gute Partie für dich arrangiert, du musst doch etwas zu sagen haben."

„Sie schweigt, weil Emma ihre eigenen Neuigkeiten geheim gehalten hat, Mr. Liston", sagte James, während er sich langsam aufrichtete. Emma beobachtete ihn, wohl wissend um seinen großen, starken Körper, als er ihn entfaltete. Als er sich ihrem Vater gegenüber positionierte, war das eine subtile Drohung seiner überlegenen Position und Stärke.

„James …", flüsterte sie und kümmerte sich nicht einmal darum, dass sie ihn vor Leuten, die schadenfroh darüber reden würden, unangemessen ansprach. Sie hatten jetzt schon genug Futter, was war da noch ein bisschen mehr?

„Neuigkeiten?", wiederholte Mr. Liston und warf Emma einen besorgten Blick zu. „Welche Neuigkeiten hat meine Tochter zu verkünden?"

James sah ihr in die Augen, und in einem Sekundenbruchteil erkannte Emma, was er tun würde. Meg musste es auch gespürt haben, denn sie hielt gespannt den Atem an, bevor er wieder sprach.

„Auch wenn Emma Eure Mühe sicher zu schätzen weiß", begann James, „so fürchte ich, dass diese arrangierte Verbindung unmöglich ist. Denn Emma hat bereits zugestimmt, *mich* zu heiraten."

Sie stieß sich auf die Füße. „James", wiederholte sie.

„Gestern", fuhr er leise fort, während er sie gleichmütig ansah. „Ich hatte vor, ihre Mutter heute Morgen offiziell um ihre Hand zu bitten, als Ihr ankamt."

In diesem Moment brach der Raum in völliges Chaos aus und Emma spürte, wie Schwärze ihre Sicht erfüllte. In der Ferne hörte sie, wie James rief: „Haltet sie!"

Und dann wurde der Raum sehr dunkel.

KAPITEL 17

James trug Emmas schlaffen Körper in einen abgelegenen Salon und legte sie auf das Sofa. Eine Reihe von Leuten folgte ihm, die ihnen keine Privatsphäre gönnten, als er neben ihr kniete und besorgt in ihr blasses Gesicht blickte. Es waren seine Mutter, Meg, Mr. und Mrs. Liston und natürlich vier der fünf Mitglieder des Clubs 1797 anwesend. Nur Simon war nicht dabei, denn er war noch nicht von seinem Ausritt zurückgekehrt, um bei der Bekanntgabe der Verlobung dabei zu sein.

James blickte auf und begegnete Baldwins Augen. „Danke, Sheffield", sagte er leise. „Sie hätte sich vielleicht den Kopf angeschlagen, wenn du nicht so schnell gehandelt hättest, um sie aufzufangen."

Sheffield wölbte eine Braue. „Ich konnte doch nicht riskieren, dass sich die zukünftige Frau eines meiner besten Freunde verletzt, oder?"

James hörte die Frage in Sheffields Tonfall. Er sah sie auch in den Gesichtern von Brighthollow, Roseford und Graham. Aber es würde noch früh genug Zeit sein, eine Diskussion über dieses Thema zu eröffnen.

Im Moment musste er sich auf Emma konzentrieren.

„Emma", sagte er und strich mit seiner Hand über ihre Wange. „Emma?"

Ihre Augen flatterten und öffneten sich langsam. Einen Moment lang starrte sie nur in sein Gesicht und er sah nur den Hauch eines Lächelns auf ihren Lippen. Ein Lächeln nur für ihn, und sein Herz pochte stärker. Aber dann wanderte ihr Blick zum Rest der Menge, zu der Personen, die sie anstarrten, und das Lächeln verblasste, während sie sich mühsam aufsetzte.

„Oh, nein", stöhnte sie.

Er legte eine sanfte Hand auf ihre Schulter. „Du bist ohnmächtig geworden, Emma, also bleib ruhig liegen. Ruhe dich einen Moment aus, bevor du aufspringst und die Sache noch einmal wiederholst. Vielleicht fange ich dich nicht so leicht auf wie der Duke of Sheffield."

Er neckte sie, aber sie reagierte nicht mit Freude. Sie starrte einfach weiter durch den Raum auf die Anwesenden.

„James", flüsterte sie.

Er nickte. „Es ist alles in Ordnung."

„Das ist alles sehr dramatisch", sagte seine Mutter und schniefte.

„Sei still, Mutter", schnauzte Meg, deren Sorge um Emma offensichtlich war. „Emma hatte jedes recht, nach der schrecklichen Szene im Frühstücksraum in Ohnmacht zu fallen."

James hielt Emmas Blick einen Moment lang und er hasste den Schmerz, den er dort sah, die Demütigung, aber das Schlimmste von allem ... diese Resignation. Sie hatte sich mit einem herzzerreißenden Schicksal abgefunden, trotz seines Versuchs, sie mit seiner Ankündigung zu retten. Aber das wollte er nun genauso wenig zulassen wie zuvor. Er würde für diese Frau kämpfen.

Irgendwie hatte sie es geschafft, diesen Beschützerinstinkt in ihm zu wecken.

„Alle raus", sagte er in festem Ton. „Alle außer Mr. und Mrs. Liston."

Er hob seinen Blick und begegnete dem eines jeden seiner Freunde. Und natürlich verstanden sie ihn. Leise begannen sie, seine Mutter und die Bediensteten, die zur Hilfe herbeigeeilt waren, zur Tür zu drängen. Am Ende blieb nur Meg zurück.

Sie bewegte sich nach vorne und drängte James aus dem Weg, um neben Emma auf dem Sofa zu knien. Emmas Augen füllten sich mit Tränen. „Es tut mir leid", flüsterte sie. „Es tut mir so leid, dass ich alles verdorben habe."

Megs Mund öffnete sich und sie ergriff Emmas Hand. „Du hast gar nichts verdorben. Es gibt also keinen Grund, sich zu entschuldigen. Niemals."

Sie beugte sich vor, um Emma auf die Wange zu küssen, dann drehte sie sich um und tat dasselbe bei James. Er las ihren flehenden Blick, als sie es tat. Den Blick, der ihn anflehte, das zu tun, was er im Frühstücksraum behauptet hatte, den Blick, der ihm ohne Worte sagte, dass er Emma heiraten sollte. Und dass er sie schnell heiraten sollte.

Und das vielleicht nicht nur zu ihrem eigenen Besten.

Er nickte leicht und Meg stieß sich auf die Füße. Sie flüsterte: „Wo ist Simon? Er war nicht bei den anderen."

„Crestwood hat einen Ausritt gemacht", sagte er und dachte kurz an das unruhige Verhalten seines Freundes im Garten, kurz bevor James' ganzes Leben in die Luft geflogen war. „Er musste einen klaren Kopf bekommen."

„Den Kopf freibekommen?", wiederholte Meg, ihre Augen leuchteten voller Sorge. Dann nickte sie einmal. „Ich werde ihn suchen und ihm erklären, was passiert ist. Ich weiß, dass du willst, dass er es weiß und hier bei uns ist. Bei dir."

James lächelte sie an, bevor sie ging, die Tür hinter sich schloss und ihn endlich mit Emma und ihren Eltern allein ließ. Emma setzte sich auf und winkte ab, während sie langsam auf die Beine kam. Als sie kräftiger zu sein schien, drehte er sich zu Mr. und Mrs. Liston um.

„Raus damit", knurrte er und konnte sich kaum unter Kontrolle halten. „Was habt Ihr getan, Liston?"

„James", flüsterte Emma, und er drehte sich zu ihr um, um festzustellen, dass sie ihn mit großen, angsterfüllten Augen anstarrte.

„Ich werde nicht zulassen, dass er dir wehtut", erklärte er und hielt ihrem Blick stand, damit sie sah, dass er es absolut ernst meinte. Sie schluckte, ihr Gesicht füllte sich mit Unglauben, dass er sich für sie einsetzen würde, was ihn natürlich umso mehr dazu brachte, es zu wollen.

Er nahm seine Position gegenüber Harold Liston erneut ein und starrte ihn an. „Redet."

„Er hat nichts getan", sagte Mrs. Liston und hielt den Arm ihres Mannes fest umklammert. James schüttelte den Kopf, angewidert davon, dass diese Frau sich auf die Seite ihres eigensinnigen Mannes stellte und nicht auf die ihrer Tochter. „Sag es ihm, Harold. Sag ihm, dass du nur ein gutes Arrangement für Emma getroffen hast, ohne zu wissen, dass sie einen anderen Verehrer in den Startlöchern hatte."

Listons Blick huschte davon. „Sir Archibald ist in den letzten Tagen an mich herangetreten, das ist alles. Er wollte nur mit mir über Emma sprechen."

Es war offensichtlich, dass er log. Er konnte James nicht in die Augen sehen, seine Wangen füllten sich mit Farbe, er schwitzte und er zog seinen Arm von seiner Frau weg und schritt unruhig im Raum umher.

James wollte noch energischer werden, aber Emma trat vor. Ihre Hände zitterten, aber sie sah nicht so aus, als würde sie wieder in Ohnmacht fallen. Nein, in diesem Moment sah sie wütend aus. Gerechterweise wütend und wunderschön darin.

„Was hast du getan, Vater?", fragte sie. „Hör auf, James anzulügen. Hör auf, für Mama den Helden spielen zu wollen, und sag mir die Wahrheit. Sieh mich an und sag mir, was genau du getan hast!"

„Er hat mit mir um dich gespielt", erklang eine Stimme von der Tür. Alle drehten sich um und stellten fest, dass Sir Archibald selbst nun im Eingangsbereich des Salons stand. Er lächelte die ganze

Gruppe an und fuhr fort. „Und es war nicht das erste Mal. Nur das erste Mal, dass er verloren hat."

~

Emma verspürte den Drang zu schreien. Sich einfach auf den Boden zu setzen, die Fäuste zu ballen und ihre Wut und ihren Schmerz herauszuschreien, bis er sich aus ihrer Brust entleerte und ihr erlaubte, wieder einen vollen Atemzug zu nehmen. Aber als sie von Sir Archibald und seinem selbstgefälligen Lächeln zurück zu ihrem Vater und seinem verlegenen Blick starrte, tat sie das nicht.

Stattdessen verschränkte sie die Arme und machte einen langen Schritt auf Mr. Liston zu. Sie hielt seinen Blick ... weigerte sich, ihn wegschauen zu lassen ... und sagte dann: „Sag mir einmal in deinem Leben die Wahrheit."

„Es ist nicht *meine* Schuld, dass das passiert ist", antwortete ihr Vater und warf die Hände hoch, während er jammerte. „Er wollte Karten spielen, was hätte ich tun sollen?"

„Ihr hättet *Nein* sagen sollen", sagte James leise, als er neben sie trat und ihr sanft eine Hand auf den Rücken legte.

Emma sah zu ihm auf und dachte daran, was er im Frühstücksraum gesagt hatte. Was er behauptet hatte. Aber er konnte doch nicht wirklich vorhaben, sie zu heiraten. Das war Wahnsinn.

„Er konnte *noch nie* Nein sagen", lachte Archibald. „Also spielten wir, bis er seinen Trumpf verloren hatte, und dann sein Pferd, und dann schlug ich eine neue Wette vor. Emmas Hand."

Mrs. Liston bedeckte ihren Mund mit beiden Händen, ihr Atem kam jetzt hart und rau. Emma konnte sehen, dass ihre Mutter wollte, dass Emma zu ihr kam, um *sie* zu trösten, aber Emma tat es nicht. Sie konnte es nicht. Sie hatte ihr ganzes Leben damit verbracht, die Tränen ihrer Mutter abzuwischen, während sie ihre eigenen heruntergeschluckt hatte. In diesem Moment hatte sie nicht mehr die Kraft dazu.

„Gut gespielt, nehme ich an", sagte James, aber es lag nichts

Angenehmes in seinem Ton. Er klang, als könnte er Archibald umbringen.

„Ja. Man kann nicht immer gewinnen, Abernathe", erwiderte Archibald mit einem weiteren dieser spöttischen Blicke, die Emmas Magen sich umdrehen ließen. *Das* war der Mann, den ihr Vater sie heiraten lassen wollte. Dieser ... Bastard. Sie konnte sich nur ausmalen, was für eine Hölle ihr Leben sein würde, wenn diese Männer ihren Willen bekämen.

James' Gesicht war noch härter geworden. „Ihr habt das alles also nur gemacht, um Euch an mir zu rächen?"

„Ihr habt mich gedemütigt", blaffte Archibald und verschränkte die Arme. „Auf einer Party voller Leute. Wegen einer Frau."

James machte einen langen Schritt nach vorne. „Ihr wolltet Euch also an mir rächen und brauchtet eine Braut. Und Ihr dachtet, Ihr hättet beides auf einen Schlag bekommen. Aber *Ihr* kennt unsere Neuigkeiten nicht, Sir Archibald."

Sir Archibald blinzelte. „Neuigkeiten?"

„Aye", sagte James und legte nun einen Arm um Emma. Er zog sie an seine Seite, seine Finger legten sich um ihre Taille, und Wärme durchzog ihren ganzen Körper bei der sanften, beruhigenden Berührung. „Emma hat bereits zugestimmt, mich zu heiraten."

Sir Archibalds Gesicht schien auseinander zu fallen, und er drehte sich zu Mr. Liston um. „Was?"

Liston hielt seine Hände hoch. „Es ist nicht meine Schuld, ich wusste nicht, dass es Absprachen gegeben hat."

Sir Archibald schnappte nach Luft und wandte sich wieder James zu. „Ihr könnt die Wünsche ihres Vaters nicht vereiteln, Abernathe. Ihr könnt einen zwischen uns geschlossenen Vertrag nicht unterlaufen."

„Besonders nachdem ich die Vereinbarung mit Sir Archibald öffentlich bekannt gegeben hatte", fügte Mr. Liston schwach hinzu, der sich offensichtlich zwischen zwei mächtigen Männern gefangen fühlte.

James drückte Emma sanft, bevor er wegging und auf Sir Archibald hinunterstarrte. Der alte Mann zuckte tatsächlich zurück, und sie konnte sich ein Lächeln nicht verkneifen.

„Ich bin der *Duke of Abernathe*", sagte James leise. „Ich habe mehr Macht, Geld und Einfluss als Ihr zwei traurigen Gestalten zusammen. *Ich* bin der Duke of Abernathe und kann tun und lassen, was ich verdammt nochmal will. Ich werde Emma Liston heiraten, und Ihr könnt *nichts* dagegen tun."

Sir Archibald stotterte, dann starrte er zuerst Mr. Liston an, bevor er seine Aufmerksamkeit auf Emma richtete. Sein Gesicht war rot, seine Augen leuchteten vor purem Hass. „Niemand demütigt mich zweimal. Damit ist es *nicht* getan."

Er schritt eilig aus dem Salon, gerade als James einen weiteren Schritt auf ihn zu machte. Emma stieß einen schwankenden Seufzer aus und bedeckte ihr Gesicht mit den Händen, als die Emotionen sie überfluteten.

James hatte sie gerettet. Aber zu welchem Preis?

Ihren Vater und ihre Mutter schien dies aber nicht zu interessieren. Beide traten vor, und es war ihr Vater, der sprach. „Gut gespielt, Abernathe! Offensichtlich seid Ihr eine weitaus bessere Partie für Emma, und wir unterstützen das von ganzem Herzen."

„Von ganzem Herzen", ahmte Mrs. Liston nach, während sie ihre Aufmerksamkeit auf Emma richtete. „Oh, Emma, eine Duchess! Du wirst eine Duchess sein. Was für ein Coup!"

Emma senkte ihre Hände und starrte beide an. Ihre Eltern. Ein Mann, der noch nie eine schwere Zeit in seinem Leben zu überstehen hatte. Ein Mann, der offenbar mehr als einmal mit ihrer Zukunft gespielt hatte. Ein Mann, der keine Verantwortung für den Schaden übernahm, den er angerichtet hatte.

Und seine Frau. Eine Frau, die sich darauf verlassen hatte, dass Emma sie retten würde, anstatt ihre Pflicht als Mutter zu erfüllen. Eine Frau, die durch Tränen und Anschuldigungen manipulierte. Eine Frau, die Liebe als Waffe ansah.

„Wie konntest du nur?", flüsterte Emma. Dann erhob sich ihre Stimme. „Wie konntest du nur?"

„Nun, das ist eine schöne Reaktion", erwiderte Mr. Liston und wagte tatsächlich, schockiert auszusehen. „Ich bringe dir nicht nur einen Ehemann, sondern gleich zwei, und du bist wütend auf *mich*?"

Da stürzte sich James auf ihn. Er packte ihn am Kragen und zerrte ihn zur Tür des Salons. Er öffnete sie und warf ihn hinaus, dann wandte er sich Mrs. Liston zu. „Ihr auch", knurrte er.

Sie folgte ihrem Gemahl und schickte Emma erwartungsvolle und besorgte Blicke, die schließlich unterbrochen wurden, als sie in den Flur trat und James ihr die Tür vor der Nase zuschlug.

James drehte sich um, und Emma sah zu ihm auf. Sie starrte in sein markantes Gesicht, das Gesicht des Mannes, den sie liebte. Der Mann, der die Zukunft wegwerfen würde, die er geplant hatte, um sie zu schützen. Ein Mann, der sie ohne Zweifel eines Tages mit Bedauern ansehen würde, und sie neigte den Kopf.

Er sagte nichts, sondern durchquerte einfach den Raum und schloss sie in seine Arme. Sie versank in der Berührung, in dem Trost, den er ihr spendete, grub ihre Finger in seinen Rücken, während er mit seiner Hand über ihr Haar strich und leere Plattitüden flüsterte. Sie ließ ihn gewähren, sie wusste nicht, wie lange, und nahm seine Kraft und seine Wärme und seine Zärtlichkeit in sich auf. Aber schließlich öffnete sie die Augen und machte den schwersten Schritt, den sie je getan hatte.

Der, der von ihm weg führte.

Sie würde nicht wie ihre Mutter sein. Sie würde nicht jemand anderen zerstören, um sich selbst zu retten.

„James, du weißt gar nicht, wie sehr ich deine Worte im Frühstücksraum und deinen Schutz gerade zu schätzen weiß", begann sie, und ihre Stimme zitterte.

Er machte einen Schritt auf sie zu, aber sie hielt ihre Hand hoch, um ihn aufzuhalten. „Emma."

Sie schüttelte den Kopf. „Bitte lass mich ausreden, James. Ich ... du kannst mich nicht heiraten."

Er wölbte eine Braue. „Muss ich wieder die Rede darüber halten, dass ich der Duke of Abernathe bin? Dass ich tun kann, was ich will?"

Er stichelte, aber sie lächelte nicht. Das hier war zu ernst, um ihm zu erlauben, darüber zu scherzen. Emma schüttelte langsam den Kopf. „Es gibt ein Dutzend Gründe, warum ich nicht geeignet bin, deine Braut zu sein, James."

„Ein Dutzend?", wiederholte er. „Das bezweifle ich. Nenne sie mir."

Sie stieß einen tiefen Atemzug aus. „Erstens bin ich nicht annähernd so hoch von Rang wie du. Wenn du mich heiratest, bist du an eine unbedeutende Frau gebunden."

„Ich mochte unbedeutende Frauen schon immer", sagte James. „Und ich mag deinen Großvater, um ehrlich zu sein. Vielleicht kann er, wenn wir verheiratet sind, dich kennenlernen und sehen, dass du seiner Aufmerksamkeit würdig bist. Wenn er das nicht tut, dann verweise ich auf meine Rede, in der ich gesagt habe, dass ich der Duke of Abernathe bin und viel wichtiger als jeder andere in diesem Raum."

„James, ich habe praktisch keine Mitgift", beharrte sie.

Er sah sich um, und sie folgte seinem Blick. Überall um sie herum waren schöne, teure Dinge. Schließlich sah er sie wieder an. „Sehe ich aus, als bräuchte ich Geld?"

Sie schüttelte den Kopf. „Natürlich nicht, aber ..."

„Kein *aber*. Das sind zwei, Emma, zwei nicht sehr gute Gründe, warum ich mich nicht an das halten sollte, was ich nicht nur deinen Eltern, sondern einem Raum voller unglaublich klatschsüchtiger Ladies und Gentlemen geschworen habe."

Sie warf die Hände hoch und schritt davon. „Dann lass uns zum Kern des Problems kommen. Du könntest jede haben, James. Jede schöne Frau in dem Raum, den wir gerade verlassen haben, oder jede andere im ganzen Königreich. Ich weiß, was ich bin. Ich weiß, dass ich nicht die Art von Frau bin, die ein Mann wie du begehrt."

Er gab ein leises Geräusch in seiner Kehle von sich, und sie drehte sich um, um zu sehen, wie er durch den Raum auf sie zustürmte. Er ergriff ihre Ellenbogen und zog sie hart an sich heran, dann traf sein Mund auf den ihren. James küsste sie tief, leidenschaftlich und intensiv, bevor er sie sanft beiseite schob.

„Du bist eine Frau, die ich sehr begehre, Emma Liston", flüsterte er, und seine Stimme klang plötzlich heiser. „So sehr, dass ich glaube, ich werde nicht warten können, bis du meine Braut bist, bevor ich dich zu der meinen mache. Ich begehre dich vollkommen. Und es gibt keine andere Frau, weder in dem Raum, den wir gerade verlassen haben, noch in irgendeinem anderen, in dem ich jemals war, die in mir eine so konzentrierte Lust ausgelöst hat. Selbst wenn ich diese Lust nicht spüren wollte. Nächstes Thema."

Sie blinzelte zu ihm auf, gleichermaßen verblüfft von seinen Worten und von der Tatsache, dass er es wirklich zu meinen schien. Er wollte sie. Er wollte sie wirklich, und von ihrem sich drehenden Kopf bis zu ihren wippenden Zehen und jedem Zentimeter ihres kribbelnden Körpers dazwischen ... wollte sie ihn im Gegenzug ebenso.

„Sonst nichts?"

„Meine Eltern sind eine Peinlichkeit", flüsterte sie und blinzelte die Tränen zurück. „Mich zu heiraten wird meinen Vater nicht davon abhalten, sich wie ein Narr zu benehmen, oder meine Mutter davon, zu versuchen, immer mehr und weiter zu manipulieren."

„Du bist nicht wie deine Eltern", entgegnete James sanft. „Und du weißt, dass Meg und ich beide genau verstehen, was es bedeutet, ein Elternteil zu haben ... oder zwei ... die einem das Leben schwer machen. Ich würde *dich* nie dafür verurteilen."

Sie neigte den Kopf, schockiert darüber, dass er jede Angst in ihrem Herzen so einfach abtun konnte. Außer einer.

„Schließlich", flüsterte sie, „ist mein letzter Einwand dagegen der wichtigste. Und das ist, dass du mir und allen, die dir wichtig sind, überdeutlich zu verstehen gegeben hast, dass du niemanden heiraten willst. Dass du Pläne für deine Zukunft hast, die weder eine Braut noch Kinder beinhalten."

Er war einen Moment lang still, und ihr Herz sank bis in ihre Knie, obwohl sie nicht genug in seinem hübschen Gesicht lesen konnte, um zu wissen, was in ihm vorging. Schließlich seufzte er. „Meine erste Antwort ist, dass, wenn dies dein letzter Einwand ist, es nur dein sechster ist und nicht das Dutzend, das mir versprochen wurde."

„Es fällt mir bestimmt noch mehr ein", trotzte Emma.

James schob einen Finger unter ihr Kinn und zwang sie, in seine Augen zu schauen. „Emma Liston, du könntest dir noch hundert weitere ausdenken, und sie werden nichts an meinen Absichten ändern. Du hast recht, ich habe immer gedacht, dass ich Junggeselle bleiben würde, dass ich mich der Pflicht entziehen würde, die meinem Vater am wichtigsten war ... seinen Namen und seinen Titel weiterzuführen. Aber ich bin kein Kind mehr. Es gibt Dinge, die wichtiger sind als ein Anfall von Wut. Dich zu retten, ist eines davon."

„Rette mich auf deine eigene Gefahr", flüsterte sie. „Und mit dem Wissen, dass du es mir eines Tages übel nehmen wirst, welche Möglichkeiten ich dir genommen habe."

Er ergriff ihre Schultern und drückte sie sanft. „Wir sind Freunde geworden, nicht wahr?"

Sie nickte langsam. „Ja."

„Und du willst mich?", fragte er, seine Stimme wurde wieder rau und seine Pupillen weiteten sich.

Sie schluckte schwer, bevor sie sich zwang, erneut zu nicken, diesmal ohne ein Wort zu sprechen.

James lächelte schwach. „Dann ist das alles, was ich mir erhoffen kann. Mit einer Freundin zusammen zu sein, die ich begehre, klingt wie eine schöne Ehe, Emma. Zu etwas anderem bin ich ... nicht fähig. Also wird das hier für mich reichen."

Sie starrte ihn an und fühlte, wie ihr Herz eher brach als flatterte. Er würde sie heiraten. Daran war nicht zu rütteln ... er würde ihr nicht erlauben, sich dem zu entziehen.

Aber er würde sie niemals lieben. Das war ihm völlig klar. Es war komisch, wie enttäuschend diese Erkenntnis war. Schließlich hatte sie nie geglaubt, dass sie aus Liebe heiraten würde. Zumindest nicht für viele Jahre.

Aber heute fühlte es sich wie ein Verlust an.

Vielleicht, weil sie ihn bereits liebte. Und sie hatte den heimlichen Verdacht, dass eine Heirat mit ihm diese Gefühle nur noch verstärken würde, anstatt mit der Zeit zu verblassen. Sie würde alleine diese Liebe spüren.

„Ich habe unsere Verlobung öffentlich bekannt gegeben, Emma, und die Pläne deines Vaters auf die dramatischste Weise durchkreuzt", erklärte er und ergriff ihre Hand. „Und dann wurdest du ohnmächtig. Das Aufsehen, das unsere Handlungen verursacht hat, ist nicht zu unterschätzen. Es rückgängig zu machen, würde die Dinge für uns beide nur noch schlimmer machen, aber besonders für dich. Du wärst durch Sir Archibald und deinen Vater noch mehr in Gefahr als zuvor."

„Du wirst also deine Meinung nicht ändern?", flüsterte sie.

Sein Blick flackerte weg, und für einen kurzen Moment glaubte sie, Schmerz in seinen Augen zu sehen, aber dann war er weg. Begraben, falls er jemals existiert hatte.

„Ich *kann* nicht", korrigierte er sie sanft. „Wir werden heiraten, Emma. Und weil ich deinem Vater nicht traue, sollten wir es lieber früher als später tun."

KAPITEL 18

James ging ins Billardzimmer und direkt zur Anrichte, wo er sich ein Glas Scotch einschenkte. Er nahm einen großen Schluck und spürte das Brennen in seiner Kehle, während er um Atem rang.

Er war verlobt. Es war vollbracht. Heute Abend würde das Vorhaben vollständig gefestigt werden, da der geplante Ball nach einigen eiligen Vorbereitungen seiner Schwester in eine Verlobungsfeier umgewandelt wurde.

Er war *verlobt*.

„Wenn du so früh anfängst zu trinken, wirst du heute Abend beim Ball zu nichts zu gebrauchen sein."

James drehte sich um und sah, wie Graham, Simon, Sheffield, Brighthollow und Roseford den Raum betraten. Simon griff hinter sich, um die Tür zu schließen, und alle fünf Männer starrten James mit ebenso intensiven Gesichtsausdrücken an. Die Emotionen waren jedoch unterschiedlich. Graham und Simon sahen beide besorgt aus, Brighthollow und Roseford sahen entsetzt aus, und Sheffield sah aus, als hätte er einen Geist gesehen.

„Nun, gratuliert mir nicht alle auf einmal", murmelte James und stellte den Scotch beiseite.

„Willst du denn beglückwünscht werden?", fragte Brighthollow mit hochgezogener Augenbraue.

James seufzte. Hugh hatte noch nie an die Liebe geglaubt. Er konnte hart sein. Und Roseford war kaum besser. Er glaubte an Leidenschaft, aber an nichts anderes. Diese beiden wären natürlich entsetzt, dass er von einer Lady in einem Netz gefangen worden war.

„Ich heirate", sagte er, und die Worte überraschten ihn, obwohl er derjenige gewesen war, der dafür gesorgt hatte, dass sie wahr waren. „Es ist Tradition."

„Glückwunsch", sagte Roseford leise, aber es klang nicht gerade aufrichtig.

„Ich verstehe immer noch nicht ganz, wie es passiert ist", meinte Simon und trat vor, um eine Hand auf James' Arm zu legen. „Meg hat so schnell geredet, als sie mich gefunden hat, dass sie den ganzen Weg zurück zum Anwesen gebraucht hat, nur um es mir verständlich zu machen."

Graham sah Simon ruckartig an. „Meg?"

Simon sah den Freund nicht an, sondern hielt seinen Blick auf James gerichtet. „Ja. Heute am späten Vormittag suchte sie mich auf, um mir die Neuigkeiten zu erzählen."

Graham sah darüber nicht erfreut aus, aber er sagte nichts weiter zu der Angelegenheit, außer: „Ich bin mir nicht sicher, was es da zu erklären gibt, Crestwood. James heiratet Miss Liston, um sie vor der unglücklichen Verbindung, die ihr Vater ausgehandelt hat, zu bewahren. Was gibt es sonst noch zu sagen?"

„Ich muss sagen, ich hätte dich nie als den Mann eingeschätzt, der eine Frau durch Heirat rettet", kicherte Roseford. „Das ist eher Simons Metier."

Simon ignorierte die spielerische Stichelei und richtete seine Aufmerksamkeit auf James' Gesicht. „Jemanden zu retten ist schön und gut und edel. Aber die Frage, die gestellt werden muss ist, ob du sie heiraten *willst*. Willst du das?"

James fühlte sich, als hätte er eine Faust in den Bauch

gerammt bekommen, die sich öffnete, ihn ausfüllte und unangenehm dehnte. Ein großer Teil von ihm dachte ans Heiraten und wollte in die Nacht flüchten und nie mehr zurückkehren. Ein anderer Teil dachte an die Ehe mit Emma und wollte sich auf eine Weise an sie schmiegen, die sich genauso gefährlich anfühlte.

Er war sich nicht sicher, welche Reaktion erschreckender war.

„Es geschieht, und zwar so schnell, wie ich es arrangieren kann", erklärte er. „Es steht nicht mehr zur Frage, ob ich es will oder nicht."

„Er hat recht", meinte Sheffield leise, und es lag ein wehmütiger Ton in seiner Stimme. „Selbst Männer wie wir, Männer mit Macht, haben manchmal kaum eine Wahl, wenn es um unsere Zukunft geht. Die Gesellschaft und die Situation diktieren uns, was wir zu tun haben. Es ist der Weg unserer Welt, ob wir ihn akzeptieren wollen oder nicht."

„Himmel, Sheffield", sagte Brighthollow kopfschüttelnd. „Sei ein bisschen rührseliger."

Sheffield starrte ihn ernst an, aber dann lächelte er James schwach an. „Ich will nicht unfreundlich klingen. Tatsache ist, dass Miss Liston nicht die schlechteste Sorte Frau zu sein scheint, die man heiraten könnte. Keiner kann behaupten, dass du sie nicht zu mögen scheinst."

James neigte den Kopf. Was für eine harmlose Bezeichnung für das, was in ihm kochte, wann immer er sich in Emmas Nähe aufhielt. Es war Verlangen und Lust und Leidenschaft, ja, und all diese Dinge, die er hätte akzeptieren und sogar genießen können.

Aber da war mehr als diese körperliche Anziehung, wenn er mit Emma zusammen war. Er mochte sie zwar, aber es war komplizierter als dieses eher einfache und kindliche Gefühl. Er fühlte sich nervös in ihrer Nähe. Er fühlte sich... unruhig. Er wollte näher bei ihr stehen, er wollte mehr über sie wissen, er wollte sie beschützen, er wollte ihr Dinge und Orte zeigen.

Er seufzte. „Ich mag sie wirklich", gab er zu.

„Nun, das ist mehr als viele Männer von Rang in einer Braut finden", sagte Graham. „Also werden wir feiern."

Simon nickte und schlich zur Anrichte, um mehr von dem Scotch einzuschenken, den James bei ihrer Ankunft getrunken hatte. Er reichte die Gläser herum und neigte dann den Kopf in Richtung Graham, um einen Toast auszusprechen.

„Auf James", sagte Graham und sah James in die Augen. „Unseren furchtlosen Anführer, der uns nun alle furchtlos in diese nächste Phase unseres Lebens führen wird. Und auf Emma, die einzige Frau, die klug genug war, ihn zu fangen."

James lächelte und die anderen lachten, bevor sie gleichzeitig ihre Gläser erhoben. „Auf James und Emma", wiederholten sie alle.

James trank wieder, diesmal langsamer, um diesen Moment noch ein wenig länger auszukosten. Es war wahrscheinlich einer der letzten, die er als Junggeselle erleben würde.

Bald würde sich alles ändern.

Emma betrat den Ballsaal und spürte, wie sich alle Augen im Raum auf sie richteten. Sie holte tief Luft und versuchte, das Geflüster und die Blicke zu ignorieren. Sie würde sich daran gewöhnen müssen, so schien es. Sicherlich würde die Duchess of Abernathe öfter eine solche Reaktion hervorrufen, als es die einfache Emma Liston je getan hatte.

Besonders, da sie unter so schwierigen Umständen Duchess of Abernathe wurde.

„Manche Leute bekommen, was sie nicht verdienen", schniefte eine Frau laut, als Emma vorbeiging.

Sie versteifte sich bei dieser Stichelei, während sie weiter durch den Raum ging. Worauf sie zuging, wusste sie nicht. Sie hatte James in der Menge noch nicht gefunden und die Mädchen entlang der Wand begegneten ihrem Blick nicht mehr.

Plötzlich spürte sie, wie ein Arm durch den ihren glitt, und fand

Meg an ihrer Seite, die vor Freundschaft und Liebe strahlte. Emma knickte dabei fast ein. Durch die Heirat mit Abernathe würde Meg zu ihrer Schwester werden. Darauf freute sie sich sehr.

„Lächle", sagte Meg. „Ich werde dir nicht von der Seite weichen."

„Es scheint, dass deine Familie es sich zur Gewohnheit macht, mich zu retten", meinte Emma mit einem Lächeln, das ihre Wangen schmerzen ließ.

Meg zuckte mit den Schultern. „Du hast uns auch gerettet, ich habe es nicht vergessen. Vielleicht ist es das, was eine Familie tut … sich gegenseitig retten. Am Ende gleicht sich das alles aus, denke ich."

„Ich hoffe, James glaubt das auch", seufzte Emma. „Obwohl ich mir nicht vorstellen kann, dass meine Hilfe auch nur ein einziges Mal dem Opfer gleichkommt, das er für mich bringt, egal wie freundlich er ist."

Meg wandte sich ihr zu. „Mach ihn nicht zum Märtyrer, Emma. Sein ganzes Leben lang wurde er auf ein hohes Ross gesetzt. Der Erbe, der Duke, der Mann, der nichts falsch machen konnte. Das macht ihn zu einer Puppe, nicht zu einem Mann. Und er ist ein Mann mit Fehlern und Mängeln und Schmerzen wie jeder andere. Bringe ihn dazu, ein Mensch zu sein, sei geduldig mit ihm, während er herausfindet, was für ein Ehemann er ist. Was immer du tust, unterdrücke nicht, dass du ihn liebst, auch wenn du glaubst, dass er das will."

Emma zuckte zusammen. „Das ich ihn liebe?"

Meg wölbte eine Braue. „Willst du vielleicht leugnen, dass du ihn liebst?"

Emma seufzte. „Ich nehme an, das könnte ich, aber du bist zu hartnäckig. Du würdest nur die Wahrheit aus mir herauspressen."

Meg lachte. „Das würde ich. Gut, ich bin froh, dass ich es mir nicht eingebildet habe. Und ich bin froh, dass du ihn liebst. Er hat in seinem Leben wenig davon gehabt, wenig, worauf er sich verlassen konnte. Ich wünsche mir das für ihn." Sie starrte in die Ferne. „Er kommt jetzt, er kommt zu dir."

Emmas Herz machte einen Sprung und sie strich reflexartig ihre Röcke glatt. „Was, wenn ich das nicht schaffe?", flüsterte sie.

„Du bist stärker als du glaubst", sagte Meg sanft und drehte sie zu James, während er die letzten Schritte auf sie zuging. „Jetzt hol dir, was du verdienst, Emma. Nimm es dir."

James lächelte, als er sie erreichte. „Hallo, Emma. Meg." Meg winkte, als sie sich entfernte, und James blinzelte überrascht ob ihres eiligen Abgangs. „Auf Wiedersehen, Meg."

Emma sah zu ihm auf und dachte an das, was Meg gerade zu ihr gesagt hatte. Dass er ein Mann war, nicht weniger oder mehr. Gewiss, sie war sich seiner Männlichkeit in diesem Moment durchaus bewusst, aber Meg meinte etwas anderes.

„Sollen wir tanzen?", platzte sie heraus.

Er grinste. „Sollte *ich* dich das nicht fragen?"

Sie zuckte mit einer Schulter. „Wir haben in den letzten vierundzwanzig Stunden mit allen anderen Traditionen gebrochen... warum sollten wir sie nicht gleich alle zerstören?"

James verbeugte sich leicht. „Ich würde sehr gerne mit Euch tanzen, Miss Liston."

Er streckte die Hand aus und sie starrte ihn an, als sie ihre kleinere Hand in seine legte. Sie trug Handschuhe, er nicht, aber sie spürte trotzdem die Wärme seiner Berührung. Sie spürte die Stärke seiner Hand, als er sie auf die Tanzfläche führte. Zu ihrer Überraschung gingen alle anderen weg und machten Platz, als die Musik begann und er sie führte.

„Warum machen sie alle einen Rückzieher?", flüsterte sie.

„Es ist unser erster Tanz als verlobtes Paar", murmelte er im Gegenzug, wobei sein Blick auf ihr haftete. „Ich nehme an, sie wägen ab, ob wir gut zusammenpassen."

Emma zitterte leicht. „Sollen wir ihnen dann ein Schauspiel bieten?"

Sein Lächeln verschwand, und es lag etwas Intensives und Ernstes in seinem Blick. „Es gibt viele Dinge, die ein Auftritt sind,

Emma. Aber nicht dieser Moment. Mach dir keine Gedanken darüber, sieh mich einfach an und genieße unseren Moment."

„Es ist schwer, es zu genießen, wenn ich die Kosten kenne", betonte sie.

Er schüttelte den Kopf. „Ich habe mich nicht klar ausgedrückt. Es gibt keine Kosten. Heute Abend, in diesem Moment, bin ich genau da, wo ich sein will."

Emma fühlte, wie sich ihre Lippen teilten, als Freude und Hoffnung sie erfüllten. Sie hatte so lange damit verbracht, sich einzureden, dass ein Mann wie er sie nicht wollen würde, sie nicht wirklich mögen konnte, aber jetzt fühlte sie die Wärme, die von ihm ausging. Und er war allein der ihre.

„Ich auch", sagte sie und entlockte ihm ein weiteres Grinsen, während er ihre Hand fester hielt und sie wieder und wieder herumwirbelte, bis sie sich nur noch darauf konzentrieren konnte, dass sie ihm gehörte. Irgendwie, allen Widrigkeiten zum Trotz, würde sie ihm gehören.

James stand im Schatten einer Tür im ruhigen Flur und starrte auf Emmas Kammer auf der anderen Seite des Korridors. Sie war drinnen, und trotz der späten Stunde war sie nicht allein. Er konnte gelegentlich einen Ausbruch von Kichern aus dem Gemach hören, sowohl von Emma als auch von Meg.

Er lächelte bei diesem Geräusch, denn er brachte nicht nur eine Braut in sein Haus, sondern eine Schwester für Meg. Nachdem sie ein Leben lang von ihm und seinen Freunden umgeben war, konnte er sich gut vorstellen, dass sie sich auf weibliche Gesellschaft im Haus freute, solange sie dort vor ihrer eigenen Hochzeit mit Graham bleiben würde.

Die Kammertür öffnete sich und Meg trat heraus. „Gute Nacht, Emma", flüsterte sie.

„Gute Nacht", hörte er ihre Stimme, und sein Herz pochte.

Meg lächelte, als sie Emmas Tür hinter sich schloss und den Flur entlang schlenderte, weg von den Gästeräumen, zurück in Richtung der Familiengemächer. Als James hörte, wie ihre Tür geöffnet und geschlossen wurde, holte er tief Luft und ging zu Emmas Tür.

Es gab einen Moment, in dem er nur dastand und auf die Barriere starrte, die sich zwischen ihm und dem befand, was er wollte. Er konnte sich davon abwenden, von ihr, und zurück in sein Gemach gehen. Selbstbefriedigung war gut. Er konnte sein Verlangen auf diese Weise lindern, gewiss.

Aber das wollte er nicht. Was er wollte, war hinter dieser Tür.

Er hob die Hand und klopfte vorsichtig an. Einen Moment lang hörte er ein Rascheln und dann Schritte auf dem Boden.

„Meg, hast du etwas ...", begann sie, als sie die Tür aufriss. Als sie ihn dort stehen sah, keuchte sie. „Vergessen?"

Er sah sie an. Sie war bereits mit einem Nachtgewand und einem Morgenmantel bekleidet. Ihr dunkles Haar wallte ihr um die Schultern, eine Masse glänzender brauner Locken.

Heute Abend würde es kein Zurück mehr geben.

„Ich bin nicht Meg", flüsterte er, als er nach ihr griff. „Aber ja, ich habe etwas vergessen. Das hier."

Er beugte sich vor und küsste sie. Für einen Moment schien sie überrascht zu sein, aber dann legte sie ihre Arme um seinen Hals, während sie einen leisen Laut der bedürftigen Freude in ihrer Kehle ausstieß. Er schob sie in die Kammer und schloss die Tür hinter ihnen. Dann griff James nach hinten, um den Schlüssel zu drehen, bevor er sich ganz darauf konzentrierte, sie zu schmecken.

„Wie kannst du nur so süß sein?", murmelte er, zog sich ein wenig zurück und spürte die Hitze ihres Atems auf seinen Lippen. „Ich habe noch nie Süßigkeiten gemocht, bis ich dich schmeckte."

Sie zitterte und er zog seine Umarmung um sie enger. Sie sah zu ihm auf, die Augen weit aufgerissen. „Warum bist du hierhergekommen, James?"

„In dein Gemach?", fragte er. Sie nickte langsam, und er lächelte. „Was denkst du wohl, warum?"

Sie schluckte hart. Er wollte ihren Hals mit seiner Zunge nachzeichnen, bis sie sich gegen ihn wölbte und stöhnte.

„Bist du hierhergekommen, um ... um ... ich weiß nicht, wie ich es nennen soll", sagte sie mit einer dunklen Röte, die in ihren Wangen begann und kaskadenartig ihr Fleisch hinunterlief, bis sie unter dem Ausschnitt ihrer Robe verschwand und eine weitere Spur für seine Zunge schuf.

„Ich bin hierhergekommen", sagte er, griff nach unten und begann, den Knoten ihres Morgenmantels zu lösen. „Denn bis jetzt musste ich vorsichtig sein. Ich musste dem widerstehen, was ich wollte. Aber jetzt sind wir verlobt. In sehr kurzer Zeit wirst du in den Augen Gottes mir gehören. In den Augen des Gesetzes. In den Augen aller, die wir kennen und lieben. Deshalb hält mich nichts mehr davon ab, dich zu lieben, Emma."

Ihre Augen wurden groß, und er konnte sehen, wie sie mit dieser Idee kämpfte.

„Nichts hält mich auf, es sei denn, du willst nicht, dass ich das tue", stellte er klar.

„Ich habe ein paar Fragen", stammelte sie.

„Natürlich hast du das", sagte er lachend. „Frag mich nur."

„Ich weiß sehr wenig darüber. Meine Mutter sagt, ich muss es ertragen, aber als du mich vorher berührt hast, war es wunderbar. Wird es auch so sein?"

James verbiss sich einen Fluch angesichts ihrer völligen Unschuld. Sie war verlockend und erschreckend zugleich. Er würde das jetzt immer im Hinterkopf behalten müssen, um sie nicht zu erschrecken oder zu verletzen.

„Es wird so sein", versprach er. „Und sogar noch besser. Aber es wird ein bisschen weh tun, wenn ich zum ersten Mal ... in dich eindringe."

Sie nickte. „Das muss der Teil sein, den sie erwähnt hat. Der Schmerz."

Er lächelte. „Der Schmerz kommt nur beim ersten Mal, Emma.

Und wenn ich meine Aufgabe richtig mache, wird es keine Pein geben. Es wird nur Verlangen und Vergnügen für uns beide geben."

Sie schien einen Moment darüber nachzudenken, dann ließ sie ihre Hände dorthin fallen, wo seine waren, die sich immer noch in den Schlaufen ihrer Robe verheddert hatten. Sie schob sie sanft beiseite und löste den Stoff, bevor sie ihn achselzuckend auszog und zu Boden fallen ließ.

KAPITEL 19

Emma beobachtete, wie James gebannt verfolgte, wie ihre Robe zu Boden fiel. Dann starrte er auf sie in ihrem fadenscheinigen Nachtgewand. Kein Mann hatte sie je so entblößt gesehen, und sie bekämpfte jeden Instinkt in sich, sich unter seinem Blick zu verbergen.

„Was soll ich jetzt tun?", fragte sie mit zitternder Stimme.

Er hob seinen Blick von ihrem Körper zu ihrem Gesicht und schüttelte den Kopf. „Nichts. Heute Abend geht es um dich. Du lehnst dich zurück und lässt dich von mir verwöhnen."

Ihr ganzer Körper bebte bei diesen Worten und dem dunklen, verführerischen Ton, mit dem er sie aussprach. Plötzlich wollte sie mehr, wollte alles, was er zu geben hatte. Sie wollte alles, was er bei ihrem unkonventionellen Werben zurückgehalten hatte.

James ließ eine Hand über ihre Schulter gleiten und fuhr mit den Fingern unter den Träger ihres Gewands. Seine Hände waren warm und leicht rau, als er den Riemen ihren Arm hinunter strich, und die linke Seite ihres Gewands nach vorne fiel.

Emma fröstelte, als die warme Luft in ihrer Kammer ihre Haut berührte. Nur ihr Gesicht fühlte sich in diesem Moment heiß an, als würden ihre Wangen tatsächlich brennen.

James' Atem ging jetzt rasend schnell, als er sie anstarrte. Er hob seine Hand, und sie war schockiert, dass sie leicht zitterte, als er ihre Brust bedeckte.

Empfindungen überfielen sie, mächtiger als alles, was sie je zuvor gefühlt hatte, selbst als er sie in der Vergangenheit zum Zerbersten gebracht hatte. Seine nackte Haut auf ihrer nackten Haut war schockierend und perfekt, als ob es schon immer so hätte sein sollen. Als hätte ihr ein Stück von sich selbst gefehlt, und jetzt hatte sie es in der sanften Berührung seiner Finger gefunden.

„Du bist wunderbar", lobte er, während er den gegenüberliegenden Träger ihres Kleidungsstückes nach unten schob. Das ganze Gewand sammelte sich zu ihren Füßen, und plötzlich stand sie ganz nackt vor ihm.

Emma neigte ihren Kopf, und dieses Mal konnte sie sich nicht davon abhalten, mit einem Arm ihre Brüste und mit der anderen Hand die Stelle zwischen ihren Beinen zu bedecken.

„Du brauchst nicht schüchtern zu sein", sagte er, nahm ihre Hand und zog sie weg, sodass ihre Brüste wieder frei lagen. „In ein paar Tagen bin ich dein Mann, und du wirst dich gewöhnen an meine ..."

„Aufmerksamkeit?", fragte sie, als er den Satz nicht beendete.

„Besessenheit", korrigierte er mit einem leisen Lachen. „Im Moment fühlt es sich eher wie Besessenheit an, wenn ich dich ansehe."

„Wie ist das möglich?", fragte sie. „Ich bin nicht die Art von Frau, die solche Dinge bei Männern hervorruft. Das war ich noch nie."

Seine Miene wurde weicher, und er trat auf sie zu, ließ eine Hand über ihre Kieferpartie und in ihr Haar gleiten. „Die Männer auf den Bällen müssen blind gewesen sein oder geschlafen haben. Ich bin froh darüber. Du warst da und hast gewartet, bis ich endlich aufgewacht bin."

Sie schluckte den Kloß in ihrer Kehle. Wenn er sie so ansah wie jetzt, konnte sie fast glauben, dass er sie wollte. Dass sich ihre List irgendwie für ihn genauso wie für sie in etwas Reales verwandelt haben könnte.

Selbst wenn diese reale Sache nur das Verlangen war, das jetzt im Raum pulsierte. Sie würde es nehmen.

Emma hob sich auf ihre Zehenspitzen und schlang ihre Arme um seinen Hals. Ihre Brüste drückten sich gegen seine Jacke und der raue Stoff rieb an ihren empfindlichen Knospen. Sie warf ihren Kopf mit einem Keuchen zurück, als die unerwarteten Empfindungen durch ihren Körper rauschten, und James stieß ein kehliges Stöhnen aus.

„Du bist unglaublich empfindsam", sagte er fast ehrfürchtig. „Und das will ich zu meinem Vorteil nutzen."

Ohne ein weiteres Wort schob er seinen Arm unter ihre nackten Beine und trug sie zu ihrem Bett. Er setzte sie auf der Bettdecke ab, und während sie sich in die Kissen zurückfallen ließ, schlüpfte er aus seiner Jacke und machte sich an das darunter liegende Hemd.

Sie stützte sich auf die Ellenbogen und beobachtete ihn, fasziniert von der langsamen Enthüllung des männlichen Fleisches, das Muskeln und Knochen bedeckte. Als er sich das Hemd über den Kopf riss, stockte ihr der Atem. Er war ... perfekt. Vollkommen perfekt, wie die Statuen griechischer Götter, die in den Gärten von Landhäusern in ganz England standen.

Diese Männer waren allerdings aus Stein gemeißelt. James war sehr real. Sie streckte die Hand aus und berührte seine Brust. Er war warm, seine Muskeln wölbten sich unter ihren Fingerspitzen, und er sog einen rauen Atemzug ein, der sie dazu brachte, ihre Hand wegzuziehen.

„Es tut mir leid", sagte sie.

„Tu es noch einmal", befahl er, und die rauchige Dunkelheit seines Tons reichte aus, um die Stelle zwischen ihren Beinen zum Kribbeln und Pochen zu bringen.

Sie begegnete seinem Blick und folgte langsam seinem Befehl, erhob sich und drückte noch einmal eine Hand auf seine Brust.

„Verdammt, du bist eine Herausforderung", knurrte er. „Und bringst mich dazu, Dinge mit dir machen zu wollen ..."

Ihre Augen weiteten sich. „Dinge?", wiederholte sie.

„Oh, ja", sagte er, während er sich herunterbeugte und eine Hand auf jede Seite ihres Kopfes legte. „Heute Abend werde ich zärtlich zu dir sein, sanft, denn das hast du verdient. Aber eines Tages wirst du dich nach all den verruchten Dingen sehnen, die mir durch den Kopf gehen, wenn ich dich berühre."

Sie ertappte sich dabei, wie sie lächelte, obwohl sie nicht ganz verstand, was er meinte. Schon jetzt sehnte sie sich nach ihm. Schon jetzt hätte sie alles gegeben, was er verlangte, nur um ihm zu gehören.

Heute Nacht, nur für eine kurze Zeit, *würde* sie ihm gehören.

Er lehnte sich über sie, sein Oberkörper drückte sie mit dem Rücken gegen die Kissen, während er seinen Kopf senkte, um sie noch einmal zu küssen. Ihr Griff wurde fester um seine Schultern und ihr Atem ging schneller, als er seine Zunge zwischen ihre Lippen trieb und sie mit zunehmender Dringlichkeit kostete.

Schließlich zog er sich zurück und starrte keuchend auf sie herab. Ohne den Blickkontakt zu unterbrechen, richtete er sich auf, öffnete seine Hose und ließ sie fallen.

Emma setzte sich leicht auf und starrte auf den nackten Körper des Mannes, den sie liebte und begehrte.

Sie hatte noch nie einen nackten Mann gesehen, außer auf ein paar Bildern. Sicherlich sollte eine Lady wie sie keinen nackten Mann vor ihrer Hochzeitsnacht sehen. Und nicht einmal dann, wenn man einigen Gerüchten Glauben schenken durfte.

Aber James stand vor ihr, jeder Zentimeter von ihm muskulös und durchtrainiert. Das Ding zwischen seinen Beinen sah unmöglich hart und groß und gekrümmt aus und ... erschreckend. Und doch verlockend. Sie wollte ihn wegstoßen, aber auch mit dem Finger seine Länge entlangfahren.

„Deine Augen sind groß wie Untertassen", sagte er leise.

Diese Worte brachten sie dazu, ihre Aufmerksamkeit von

seinem Körper weg und hinauf zu seinem Gesicht zu lenken. „Ich habe einfach nicht ... ich habe nie ... ich weiß nicht, was ich tun soll."

„Ich habe es dir doch schon gesagt", erinnerte er sie mit einem sanften Lächeln. „Nichts. Ich weiß, was zu tun ist."

Sie schluckte. „Dann sag es mir. Sag mir, was das ist, denn im Moment bin ich ehrlich gesagt ... wie versteinert."

Er lachte leise. „Das ist nicht ausreichend. Versteinert reicht überhaupt nicht. Was ich tun werde, Emma, ist, deine Beine zu öffnen, so wie ich es getan habe, als ich dich berührt und geschmeckt habe, und ich werde dich auf mich vorbereiten, indem ich dieselben Dinge tue, die du zuvor gemocht hast."

Sie zitterte vor Verlangen, aber es konnte ihre Angst vor dem Unbekannten, das folgen würde, nicht auslöschen. „Und dann?"

„Und dann", sagte er, beugte sich über sie und bedeckte ihren Körper, während er auf das Bett kletterte. „Wenn du feucht und heiß und willig bist, werde ich meinen Schwanz in dich stecken."

„Schwanz?", wiederholte sie mit angehaltenem Atem.

„Ja", sagte er, griff nach ihrer Hand und führte sie hinab, damit sie ihn intim berühren konnte. „Das hier ist mein Schwanz. Und er wurde geschaffen, um dich zu füllen, Emma."

„Er scheint ziemlich groß zu sein für diesen Zweck", argumentierte sie, während sie mit ihren Fingern über ihn glitt. Er war so hart und doch war die Haut so weich.

James lachte erneut, aber seine Stimme klang erstickt. „Du schmeichelst mir. Aber ich versichere dir, das ist er nicht. Du wurdest dafür geschaffen. Gemacht, um dich zu dehnen und mich in dich aufzunehmen. Ich werde nicht lügen und dir sagen, dass es beim ersten Mal keine Schmerzen geben wird. Aber ich werde dafür sorgen, dass es auch Vergnügen gibt. Dieses Mal und jedes Mal danach. Denn wenn dein Körper bebt und zittert, wenn du dich willig und heiß fühlst, wenn ich dich berühre, dann ist es *das*, wonach du dich sehnst." Er schob sich in ihre Hand, und sie keuchte auf. „Diese Vereinigung unserer Körper wird uns zu einer Einheit machen, mehr als jedes Gelübde, das wir in der Zukunft ablegen werden."

Sie starrte ihn an, als er all diese Worte sagte. Und er sagte sie mit Leidenschaft und ohne seinen Blick von ihrem zu lösen. Ihre Angst verblasste, wurde langsam ersetzt durch ein pulsierendes Verlangen, sich ihm hinzugeben. Voll und ganz.

Emma ertappte sich dabei, wie sie nickte, und er neigte seinen Kopf. Diesmal küsste er allerdings nicht ihren Mund, sondern ihren Hals. Sie ließ seinen Schwanz los und legte ihre Hände auf seine Schultern, ihre Finger pressten sich gegen die Muskeln dort, als er tiefer ging, seine Lippen über ihr Schlüsselbein und ihre Brust gleiten ließ und schließlich eine Brustwarze mit seinem Mund bedeckte.

Sie wölbte sich mit einem Keuchen der Lust, als er begann, mit seinen Lippen an ihrer Knospe zu ziehen, sie mit seiner rauen Zunge zu lecken und zu liebkosen. Emma ließ ihre Finger durch sein Haar gleiten und hielt ihn dort fest, während sie ihren Kopf in das Kissen drehte und vor Lust und Verlangen aufstöhnte.

James hob seinen Blick, als er sie weiter bittersüß quälte und die dunkle Intensität dort zwang sie, bei ihm zu bleiben, ihm zuzusehen, wie er sie auf eine Art und Weise berührte, die sie nie für möglich gehalten hätte, und dennoch in einer uralten Sprache zu ihr sang, die sie perfekt verstand.

Ihr Körper reagierte ganz natürlich auf ihn. Ihre Beine wurden schlaff und öffneten sich leicht unter ihm, ihre Brustwarzen kribbelten und pochten, ihr Rücken wölbte sich und winzige Schreie entkamen ihren Lippen, als sie sich Zentimeter für Zentimeter, Moment für Moment hingab.

Er bewegte sich zu ihrer gegenüberliegenden Brust und entlockte ihr dort das gleiche Vergnügen. Ihr Geschlecht wurde feucht, als er seinen Akt vollzog, und ihr Körper wölbte sich unter ihm. So etwas hatte sie noch nie gefühlt, nicht einmal in all den Zeiten, in denen er sie so skandalös berührt hatte. Dies war irgendwie ... konzentrierter, intensiver. Zielgerichteter.

Aber natürlich musste es das sein. Dies führte zu einem Höhepunkt, einem letzten Akt, der ihren Körper und ihre Seele verändern würde – der alles zwischen ihnen für immer verändern würde.

Und so beängstigend das auch war, sie kämpfte nicht dagegen an. Sie schnurrte förmlich, als er mit seiner Hand ihre nackte Seite hinabfuhr und dann seine Finger zwischen ihre Körper gleiten ließ. Er fand ihr Geschlecht und saugte weiter an ihrer Brust, während er ihre Falten spreizte und die Nässe ihres Körpers über ihren kribbelnden Eingang verteilte.

„Du bist so feucht, Emma. So bereit. Und ich will dich so sehr. Aber ich muss wissen, dass du wirklich willst, dass ich das heute Nacht mache. Sobald ich es tue, gibt es kein Zurück mehr. Kein Entkommen. Also musst du mich ansehen und mir sagen, dass du mich willst."

Sie schluckte schwer. Dies war ihre letzte Chance, den Wahnsinn zu beenden, der sich in ihr aufbaute. Die letzte Chance, ihm zu entkommen.

Aber das wollte sie nicht. Nicht heute Abend. Niemals.

Sie griff nach oben und umfasste seine Wangen. Sie begegnete seinem Blick und hielt ihn so fest, wie es ihr möglich war, während ihre Welt sich wild drehte.

„Ich gehöre dir, James", flüsterte sie. „Und ich will dich."

Er stieß einen Seufzer aus, der sich anfühlte, als ob er die Erleichterung von tausend Leben in sich trug. Dann starrte er hinunter in ihre Augen, während er sich anders positionierte. Sie spürte seine Härte, seinen Schwanz, der sich an die feuchte Stelle zwischen ihren zitternden Beinen presste. Sie ertappte sich dabei, wie sie sich ihm entgegenhob, ohne es zu wollen, und dann drückte er sich in sie hinein.

„Oh, Gott", stöhnte er, als seine Spitze in sie eindrang. „Du bist perfekt."

Sie wimmerte eine Antwort, weil es in ihrem Kopf keine Worte mehr gab. Da war nur dieser animalische Akt zwischen ihnen, den sie gleichermaßen wollte und fürchtete.

Er drang einen weiteren Zentimeter in sie ein, und da war der Schmerz, von dem er ihr erzählt hatte, ein schnelles Reißen, das sie den Atem einsaugen und ihre Fingernägel in seine Schultern graben ließ.

„Ich weiß", murmelte er, „ich weiß, es tut mir leid. Aber ich verspreche dir, dass es damit vorbei ist, Emma. Es wird nie wieder wehtun."

Sie nickte langsam, betete, dass er recht behalten würde und wusste, dass er es vielleicht nicht hatte. Er bewegte sich vorwärts, nahm sie weiter und weiter, bis sie sicher war, dass in ihrem Körper kein Platz mehr für ihn war. Als er sie bis zum Anschlag genommen hatte, hörte er auf und hielt inne.

Sie starrte verwundert zu ihm auf, und er lächelte. „Was ist das für ein Blick?"

„Du hast mir gesagt, dass ich dazu gemacht bin, dich zu akzeptieren", sagte sie mit einem Kopfschütteln. „Ich habe dir nur nicht geglaubt."

Er beugte sich vor, um sie sanft zu küssen. „Wenn es darum geht, werde ich dich nie anlügen, Emma. Und jetzt kann ich nicht mehr warten. Ich muss dich haben, dich wirklich haben."

Er stieß zu, als er das letzte Wort sagte, und sie keuchte auf, als seine breite Eichel in ihren sich zusammenziehenden Körper glitt. Es war ein so seltsames Gefühl, fremd, aber auch seltsam natürlich. Er gehörte nicht dorthin, wo er war, und doch fühlte es sich jedes Mal, wenn er sich in ihr bewegte, mehr und mehr richtig an.

Und dann bewegte er seine Hüften in einem langsamen Kreis, und sie erstarrte. Das war nicht mehr seltsam, es war … gut. So gut. Das Vergnügen schaukelte durch sie, als er wieder kreiste, sein Becken gegen ihres presste und ihren Lippen ein raues Stöhnen entlockte.

„Das ist richtig", flüsterte er. „Das ist es, was ich will, Emma. Ich will dein Vergnügen. Ich will dich damit zum Zittern bringen."

Sie hob sich gegen ihn, und nun war er es, der einen rauen Laut der Freude von sich gab. Sie lächelte. Es schien, dass sie ausnahmsweise genauso viel Macht hatte wie er.

Sie begannen, sich gemeinsam zu bewegen, ihre Augen schlossen sich. Die Stöße kamen jetzt härter und schneller, und ihr Körper reagierte mit glückseliger Empfindung, als das Vergnügen, das er erzeugte, sich weiter steigerte, während sich sein Hals anspannte und seine Augen glasig wurden.

Und dann überkam sie die Erlösung, in Wellen, die viel intensiver waren als alles, was er ihr zuvor entlockt hatte. Sie klammerte sich an ihn, vergrub ihren Mund an seiner nackten Schulter, damit der Haushalt nicht durch die Schreie ihrer Befreiung auf sie aufmerksam gemacht wurde.

James stieß durch alles hindurch, verlangte mehr, nahm mehr, und schließlich stieß er ihren Namen in einem flehenden Schrei heraus und sie fühlte, wie Hitze sie erfüllte. *Seine* Hitze, die Hitze seiner Erlösung. Er sackte über ihr zusammen, sein Atem ging rasend schnell, als er sie festhielt und seine Hände über ihr Haar, ihren Rücken und ihre Schultern strichen, während er sich auf die Seite rollte und sie an sich zog.

Wie lange sie so aneinander geschmiegt lagen, wusste sie nicht. Alles, was sie wusste war, dass sie sich warm, sicher und beschützt fühlte, wie sie es in ihrem ganzen Leben noch nie getan hatte. Als James' Arme um sie lagen, war es ein Kokon, in den nichts Böses eindringen konnte. Und sie liebte ihn umso mehr dafür, dass er diesen kleinen Hafen der Sicherheit geschaffen hatte, auch wenn es nur in ihrer Vorstellung war.

James beugte sich hinunter und küsste ihre Schläfe, bevor er ihre immer noch verschlungenen Körper trennte und auf die Beine kam. Sie sah ihm zu, wie er sich bückte, herrlich selbstbewusst in seiner Nacktheit, während er sich ankleidete.

„Musst du gehen?", fragte sie und hasste die schwache Verzweiflung in ihrer Frage.

Er schaute sie über seine Schulter an. „Ich muss. Da wir heiraten werden, wäre der Skandal, wenn wir erwischt würden, nicht so schlimm wie er gestern gewesen wäre, aber ich möchte nicht, dass dein Leben als Duchess of Abernathe auf diese Art beginnt. Also muss ich gehen."

James war noch dabei, sein Hemd in die Hose zu stecken, als er sich wieder zu ihr umdrehte. Er sah sie an, sein erhitzter Blick huschte von ihrem Kopf zu ihren Zehen, dann schüttelte den Kopf. „Erstaunlich", murmelte er.

„Was ist erstaunlich?", fragte sie leise.

Er beugte sich vor und küsste sie noch einmal. „Dass mein Begehren nach dir nicht vergeht", erklärte er. Er strich mit seiner Nase an ihrer hin und her. „Und jetzt gehörst du mir wirklich. Jetzt gibt es kein Zurück mehr."

Er küsste sie noch einmal auf die Wange, grinste sie an und verließ ihr Schlafgemach. Als er weg war, stand Emma auf und hob ihr abgelegtes Nachtgewand auf. Doch als sie es über ihren Kopf schob, stockte ihr der Atem, nicht vor Freude, sondern vor Schmerz. Vor Enttäuschung.

Als er gesagt hatte, es gäbe kein Zurück mehr, hatte sie etwas in seinen Augen gesehen. Etwas, das dort in Sorge, in Aufregung geflackert hatte.

Er hatte heute Nacht mit ihr geschlafen, und sie hatte so sehr gehofft, dass es einen neuen Anfang für sie bedeutete. Ein Anfang, bei dem sie vielleicht eines Tages die gleiche Liebe von ihm bekommen würde, die *sie* fühlte.

Erst jetzt sah sie die Wahrheit. Er war nicht nur zu ihr gekommen, weil das Verlangen zwischen ihnen nicht zu leugnen war. Er war gekommen, weil er einen Grund brauchte, warum er sein Wort nicht zurücknehmen konnte. Er musste sie kompromittieren, damit es keine Möglichkeit gab, dem Versprechen zu entkommen, das er gegeben hatte.

Sie ging zum Fenster und starrte in die Dunkelheit hinaus. Er hatte gesagt, sie gehöre nun ihm. Und das tat sie auch.

Aber er gehörte ihr nicht. Und sie fürchtete, er würde es vielleicht nie tun.

KAPITEL 20

James stand auf der Brüstung und überblickte den Garten darunter. In der Ferne konnte er Dutzende von Dienern sehen, die Stühle arrangierten, den Pavillon schmückten, mit Blumen und Bändern hantierten.

Sie bereiteten den Ort vor, an dem er Emma heiraten würde in … er schaute auf seine Taschenuhr … in zwei Stunden.

James seufzte. In den letzten anderthalb Wochen war die Zeit wie im Flug vergangen. Er hatte eine Sondergenehmigung arrangieren müssen, es waren Näherinnen gekommen und gegangen, die gestresst und unzufrieden aussahen, obwohl er sie dafür bezahlte, schnell ein Kleid für seine zukünftige Frau zu schneidern. Und da waren immer noch seine Ländereien, die er verwalten musste.

Das Einzige, wofür keine Zeit gewesen war, so schien es, war ein Moment allein mit Emma. Er runzelte die Stirn bei diesem Gedanken. Er hatte davon geträumt, sie erneut zu lieben, aber sie schien nie mehr allein zu sein. Sie hatte Meg sogar gebeten, bis zu ihrer Hochzeitsnacht bei ihr im Gemach zu bleiben, und damit seine Versuche zu vereiteln, sich zu ihr zu gesellen, wie er es in ihrer ersten gemeinsamen Nacht getan hatte.

Sie war ihm aus dem Weg gegangen.

„Euer Gnaden?"

Er drehte sich um und unterdrückte ein Stöhnen gegenüber der Person, die ihn in seinen Gedanken unterbrochen hatte. Mrs. Liston, seine zukünftige Schwiegermutter, stand nun in der Terrassentür. Sie und ihr Mann waren ihm seit der Verlobung nicht mehr aus dem Weg gegangen, leider. Er hatte das ausgesprochene Unvergnügen gehabt, viel Zeit mit ihnen zu verbringen. Man hatte ihn um Geld, Zeit, Einführungen, sogar um ein Häuschen auf seinem Anwesen gebeten. Natürlich nie direkt, sondern immer auf eine umständliche Art und Weise, die den Anschein erweckte, als ginge es ihnen nur um Emma.

Oh, ja, er hatte sich mit ihrer aufsteigerischen Art sehr vertraut gemacht.

„Mrs. Liston", sagte er in kühlem Ton. „Ihr seht reizend aus, wie immer."

Sie blickte mit einem Kichern auf ihr Kleid hinunter. „Ich hätte mir ein neues Kleid machen lassen ... als Mutter der Braut, aber es war keine Zeit. Nicht, dass ich mich beschweren würde."

Seine Lippen verzogen sich, als er an ihre Worte auf der Terrasse vor so vielen Nächten dachte. Er hatte mitbekommen, wie sie versucht hatte, sich mit Emma zu verschwören, um ihn zu *angeln*. Emma hatte sich geweigert, obwohl sich trotzdem alles genau so entwickelt hatte, wie diese Frau es sich gewünscht hatte.

Und sie sah ziemlich stolz darauf aus.

Als er nichts sagte, rückte sie näher. „Ich würde gerne mit Euch über die Zukunft meiner Tochter sprechen."

Er runzelte die Stirn. „Wie wir schon besprochen haben, ist für die Zukunft Eurer Tochter gesorgt, Mrs. Liston. Es wird ihr nie wieder an etwas fehlen." Sie bewegte sich leicht, und James zog beide Augenbrauen hoch. Es schien, als wären sie fertig damit, darum herumzutanzen, was diese Frau wollte. Sie war bereit, etwas direkter zu werden. „Ah, ich verstehe. Ihr meint in Wirklichkeit, Ihr wollt mit mir über *Eure* Zukunft sprechen."

Sie nickte und rückte näher an ihn heran. „Über meine und die meines Mannes."

James ballte die Fäuste an seinen Seiten. Die Zeit, die er mit seinem zukünftigen Schwiegervater verbrachte, war eine ständige Übung in Selbstbeherrschung. Obwohl er wusste, was Mr. Liston Emma angetan hatte, was er *versucht* hatte, brachte es James jedoch immer wieder dazu, den Mann vernichten zu wollen.

Und nun kam ihre Mutter und bat um einen Gefallen für ihn. Und natürlich für sich selbst.

„Ich möchte etwas klarstellen, Mrs. Liston", begann er leise. „Ich werde Emma für den Rest ihres Lebens alles geben, was sie sich wünscht. Ich werde das mit Freude tun, denn ich kenne ihren Charakter. Ich weiß, dass sie nicht weniger verdient. Aber was Euren Mann betrifft, so würde es mir nicht leidtun, ihn nach dieser Hochzeit nie wiederzusehen."

Mrs. Listons Lippen trennten sich und ihre Augen wurden groß. „Euer Gnaden ..."

Er hob eine Hand, um sie am Reden zu hindern. „*Genug.* Ich kann Euch nicht verstehen. Wie könnt Ihr so genau wissen, was er ist, wie könnt Ihr hören, was er Eurer Tochter angetan hat, die Zukunft, die er für sie geschaffen hätte, um sich selbst zu retten, und ihm trotzdem ins Ohr gurren, als wärt Ihr frisch verheiratet?"

Rote Farbe überflutete ihre Wangen und sie wandte sich plötzlich von ihm ab. „Ich ...", begann sie. „Er ... er hat versprochen, sich zu ändern. Er hat geschworen, dass er jetzt, wo Emma sich niedergelassen hat, auch sein Verhalten ändern wird. Er wird mit mir nach London kommen und dort in unserem Haus wohnen. Wir werden nur ein bisschen Hilfe brauchen und er ..."

„Wie konnte Emma nur so klug werden?" James unterbrach sie mit einem Kopfschütteln. „Während Ihr so töricht seid, diese Lügen zu glauben."

„Das sind keine Lügen, Euer Gnaden", entgegnete sie und wandte sich ihm wieder zu, die Arme trotzig verschränkt und die Augen mit Tränen gefüllt.

„Wie oft hat er Euch schon eben dies gesagt?", flüsterte er. „Wie oft hat er Euch Diamanten und Perlen, Treue und Ruhe versprochen?"

Ihr Gesichtsausdruck sagte ihm alles, was er wissen musste, und er schüttelte langsam den Kopf. „Emma sorgt sich um Euch, trotz allem, was Ihr in ihrem Leben zugelassen habt. Und wenn sie Euch unterstützen möchte, werde ich nie etwas dagegen einwenden. Aber ihr Vater ... dieser Mann wird *nie* einen Penny aus meinem Geldbeutel erhalten. Und ich werde *alles* in meiner Macht stehende tun, damit er ihr nie wieder weh tun kann. Nehmt einen kleinen Rat an, Mrs. Liston, von jemandem, der es nur zu gut weiß. Menschen ändern sich nicht. Und Ihr werdet nur enttäuscht werden, wenn Ihr den Versprechungen Eures Mannes noch einmal Glauben schenkt."

Sie starrte ihn an, die Hände zu Fäusten geballt und die Unterlippe bebend. In diesem Moment sah er Emma in ihr. Emma in zwanzig Jahren, wenn man ihr Sicherheit und Geborgenheit verweigerte ... Liebe.

Die ersten beiden konnte er ihr geben, aber das letztere? Würde eine Heirat mit ihm sie genauso verdammen, wie eine Heirat mit Sir Archibald es getan hätte?

Er schüttelte diese beunruhigende Frage ab, als Mrs. Liston auf ihn zukam. „Ihr schuldet uns etwas", flüsterte sie.

Er wölbte eine Braue. „Ich schulde *Emma etwas*. Alles andere ist nach eigenem Ermessen."

Sie stieß den Atem aus, eilte vom Balkon zurück ins Haus und ließ James allein. Er starrte wieder einmal in die Ferne. Die Dienerschaft war fast fertig mit ihren Vorbereitungen für seine Hochzeit.

Und jetzt wusste er nicht, wie er mit Emma verfahren sollte, wenn sie wirklich ihm gehörte. Denn die Vorstellung, dass irgendjemandes Glück ihm unterstand ... oder schlimmer noch, dass sein Glück von jemand anderem abhing ... war erschreckend.

~

Emma erkannte kaum die Frau, die sie im Spiegel betrachtete. Megs Näherin hatte in kürzester Zeit Wunder vollbracht und ein exquisites, mit funkelnden Silberfäden durchwirktes Kleid und ein fein geflochtenes Mieder geschaffen. Ihr Haar war aufgedreht, gelockt und wunderschön aufgetürmt worden. Ihre Wangen waren gekniffen, ihre Lippen ganz leicht aufgeraut, trotz der Ungezogenheit dieser Handlung.

Sie sah ... anders aus.

Sie sah *fast* so aus, wie eine Duchess aussehen sollte.

„Du bist hinreißend", schwärmte Meg und beugte sich vor, um Emmas Wange zu küssen. „Mein Bruder wird vollkommen hingerissen sein!"

Emma neigte den Kopf. James hingerissen? Es schien fast unmöglich. Er hatte sie aus Pflichtgefühl um ihre Hand gebeten, aus dem Gefühl heraus, sie retten zu müssen. Schon bald würde das Verlangen, das er für sie empfand, verblassen und sie würden nur noch ...

Verbitterung. Vielleicht eines Tages sogar Hass fühlen.

Sie zitterte, und Meg rieb ihr sanft die nackten Arme. „Ist dir kalt?"

„Nein", sagte Emma und bedeckte die Hand ihrer Freundin. „Mir ist nicht kalt. Danke."

Die Tür zu ihrer Kammer öffnete sich und ihre Mutter trat ein. Emma richtete sich auf und starrte in Mrs. Listons gezeichnetes Gesicht. Sie war verärgert, das war klar. Angst stieg in Emmas Brust auf und spülte alle anderen guten Gefühle weg, die sie vielleicht empfunden hatte, als sie sich voller Schrecken fragte, was ihr Vater jetzt wohl getan haben mochte.

„Darf ich einen Moment mit meiner Mutter sprechen?", bat sie und lächelte Sally und Meg an.

„Natürlich", sagte Meg und wandte sich an das Dienstmädchen. „Sally, du musst mit meinem Dienstmädchen sprechen. Ich würde gerne eines Tages mein Haar so frisieren lassen, wie du es bei Emma getan hast. Es ist perfekt."

Sie verließen gemeinsam den Raum, und Meg schloss dabei die Tür und ließ Emma mit ihrer Mutter allein. Sie ging einen Schritt auf sie zu. „Was gibt es?"

Ihre Mutter schüttelte den Kopf. „Ein schrecklicher Mann. Du weißt es nicht einmal, Emma!"

Emma holte tief Luft und versuchte, ihre Stimme ruhig zu halten, als sie flüsterte: „Was hat er getan? Was hat Vater jetzt wieder getan?"

„Dein Vater?" Mrs. Liston brach in ein wütendes Gackern aus. „Nein, er war es nicht, der mich verärgert hat."

Emma blinzelte verwirrt. „Wer dann?"

„Dein zukünftiger Ehemann", stieß Mrs. Liston hervor. „Weißt du, dass er es gewagt hat, zu sagen, er würde deinen Vater nicht unterstützen? Er behauptet, Harold verdiene es nicht, nach dem, was er dir angetan habe. Was er getan hat? Nun, er ist der Grund, warum du überhaupt einen Duke heiratest, nicht wahr?"

„Weil er James in die Zange genommen hat, als er mich bei einer Wette verloren hat?", rief Emma. „Wie wunderbar von ihm, ja."

„Sei nicht unverschämt", blaffte ihre Mutter. „Er hat dich gerettet, auf Umwegen. Aber Abernathe *besteht darauf*, dass er keinen Penny für deinen armen Vater erübrigen kann."

Emma schluckte. Ihre Mutter wollte, dass sie sich über dieses Wissen aufregte, aber es löste eine gegenteilige Reaktion aus. Als sie dastand und ihrer Mutter zuhörte, wie sie sich über James' ausließ, fühlte sie sich ... *beschützt*. Als hätte sie endlich den Ritter gefunden, für den sie ihr ganzes Leben lang gebetet hatte.

„Mein *armer* Vater", wiederholte sie leise. „Ist es das, wovon du dich selbst überzeugt hast ... dass er ein Opfer in all dem ist?"

Die Augen ihrer Mutter verengten sich. „Du magst eine zukünftige Duchess sein, aber du schuldest ihm immer noch Respekt. Er ist dein Vater."

„Wohl kaum", sagte Emma leise. „Er ist seit Jahrzehnten in meinem Leben ein und aus gegangen, Mama. Und aus deinem, um Himmels willen. Noch vor einer Woche hast du dich gequält, weil er wieder aufgetaucht ist und unser Leben zerstört hat. Nun sprichst du von ihm, als wäre er ein Heiliger."

Ihre Mutter wich zurück. „Du verstehst die Liebe nicht, Emma. Wenn du es tätest, würdest du wissen, was ich durchmache und was ich akzeptieren muss."

Emma wandte sich ab. Sie verstand die Liebe. Sie liebte James ... das ließ sich nicht länger leugnen. Aber sie wollte nicht das Leben, das ihre Mutter hatte leben müssen. Eines, in dem sie einen Mann gleichermaßen fürchtete und sich nach ihm sehnte. Eines, in dem sie gezwungen war, alle Verfehlungen zu verzeihen, in der verzweifelten Hoffnung auf ein paar Krümel seiner Zuneigung.

„Du gestaltest das Leben, das du lebst, Mama", sagte sie. „Und das muss ich auch." Sie drehte sich wieder um. „Wenn James Vater nicht unterstützen will, dann ... stelle ich seine Entscheidung nicht infrage."

Das Gesicht ihrer Mutter fiel geradezu in sich zusammen und ihre Hände ballten sich an ihren Seiten zu Fäusten. „Undankbares Gör", zischte sie, bevor sie sich herumdrehte und aus dem Raum eilte.

Emma lehnte ihre Hände gegen den nächsten Tisch, ihre Augen brannten vor Tränen, ihr Körper zitterte nach der Konfrontation, die sie gerade mit ihrer Mutter gehabt hatte. Die Konfrontation, die sich anfühlte, als hätte sie ein Leben lang auf sich warten lassen.

Sie wollte sich zusammenrollen und weinen. Sie wollte vor dem Schmerz in ihrem Herzen davonlaufen. Aber vor allem wollte sie James finden. Sich seinen Trost und seine Unterstützung sichern, ja, aber auch, weil sie wusste, was sie tun musste. Sie wusste, was sie riskieren musste.

Und wenn sie es jetzt nicht riskierte, hatte sie vielleicht nie wieder eine Chance.

Sie richtete sich auf und glättete ihr Kleid, dann ging sie aus der Kammer. Sie bewegte sich durch die Gänge, hörte Gespräche und Gelächter hinter den Türen in den Gästequartieren und lächelte den Dienern zu, die sie nun mit neuer Ehrerbietung als ihre zukünftige Herrin ansahen.

Als sie die Treppe hinunterkam, traf sie Grimble am unteren Ende. Der Butler hatte eine lange Liste und besprach sie gerade mit einem Bediensteten, aber er winkte den Mann davon, als sie die letzte Treppenstufe hinter sich ließ.

„Miss Liston", sagte er, sein Ton und sein Ausdruck warm. „Gibt es etwas, das ich für Euch tun kann?"

„James", hauchte sie. „Abernathe. Wo ist er?"

Der Butler schien von ihrer Frage leicht verblüfft zu sein, oder vielleicht war es ihr Gesichtsausdruck, als sie die Frage stellte, denn sie war sich sicher, dass sie genauso beunruhigt aussah, wie sie sich fühlte.

„Seine Gnaden befindet sich auf der Terrasse", antwortete er langsam.

„Danke, Grimble", sagte sie, während sie nickte. Emmas Herz schlug schneller, als sie sich der Rückseite des Hauses zuwandte, wo sie ihren zukünftigen Ehemann finden würde. Ihre Beine und Hände zitterten, als sie einen Salon betrat und auf die dortigen Flügeltüren zusteuerte. Sie stieß sie auf und suchte auf der Terrasse nach dem Mann, den sie liebte.

Sie fand ihn sofort. Aber er war nicht allein. James stand drei Meter entfernt, mit dem Rücken zu ihr ... und eine wunderschöne Frau stand ihm gegenüber. Emma blinzelte, um besser sehen zu können, und holte tief Luft. Es war die Countess of Montague, eine Lady, von der jeder wusste, dass sie offen mit ihren Gunstbezeugungen umging. Sie hatte gesehen, wie sie sich auf der Party unterhielten, nur beiläufig. Aber *dies* war keine flüchtige Unterhaltung. Lady Montague lehnte sich an James, ihre Hand kühn an seine Brust gehoben.

Emma beobachtete die beiden, ihre Hände zitterten an ihren Seiten und Tränen stachen in ihre Augen. James lächelte die andere Frau an, und Emmas Herz brach, als sie sich abwandte. Sie ging zurück ins Haus, zurück in die Eingangshalle. Grimble rief ihren Namen, aber sie ignorierte ihn, als sie das Haus verließ und den Weg hinuntereilte, der sie vom Haus weg zu den Ställen führte.

Sie ging eine kurze Zeit lang, ihr Atem raste und ihr Verstand drehte sich. Hatte sie gesehen, dass James etwas falsch gemacht hatte? Nicht direkt. Er hatte sich mit einem seiner Gäste unterhalten. Einem weiblichen Gast, ja, aber sie konnte sicher nicht erwarten, dass er nie wieder mit einer anderen Frau sprach, nur weil er sie heiratete.

Es war die Intimität des Gesprächs, die sie innerlich zerbrach. In diesem Moment hatte sie einen Blick auf ihre mögliche Zukunft geworfen. Sie wollte nicht wie ihre Mutter sein, die einen Mann liebte, der diese Gefühle nicht erwiderte, und darauf wartete, dass er sie mit irgendeiner Art von Aufmerksamkeit beehrte. So wollte sie ihr Leben nicht verbringen.

Sie bog um eine Ecke zu den Ställen, unsicher über ihren nächsten Schritt. Ging sie zurück und konfrontierte James? Tat sie so, als wäre das nicht passiert und machte mit ihrer Vereinigung weiter, trotz ihrer Fragen?

Sollte sie weglaufen?

Sie blieb mitten auf dem Weg stehen, während sie versuchte, ihre Fassung wiederzuerlangen.

„So, so, so."

Sie drehte sich bei der abfälligen Stimme, die hinter ihr erklang, um. Wen sie dort sah, ließ ihr Herz fast stehen bleiben.

„Sir Archibald", hauchte sie und wich vor dem Mann zurück.

Doch er trat vor und hielt sie auf Armeslänge. Sie starrte ihn an, denn er sah nicht wie der Mann aus, der noch kurz zuvor Interesse an ihr bekundet hatte. Sein Haar war unordentlich, sein Gesicht rot, als hätte er getrunken, und seine Augen waren glasig.

„Was ist los mit Euch?", flüsterte sie.

Er legte den Kopf schief, als sei er von ihrer Frage verwirrt. „Stimmt etwas nicht mit *mir*? Abgesehen von der elenden Demütigung, die mir Euer Duke zugefügt hat?"

Sie erschauderte bei dem rauen und schrillen Ton seiner Stimme. „Welche Demütigung wäre das, Sir Archibald? Sicherlich habt Ihr *mich* nie wirklich gewollt. Ihr kennt mich kaum, und aufgrund meiner Familie und meines Mangels an Geldmitteln kam ich nicht als gute Partie infrage."

Er wölbte eine Braue bei ihrer harschen Selbsteinschätzung. „Vielleicht nicht, aber ich hatte meinen Anspruch geltend gemacht. Euer Vater hatte der Heirat zugestimmt. Abernathe hätte mich nicht so öffentlich verleugnen dürfen. Nun bin ich die Lachnummer der Grafschaft. Alle tuscheln, wenn sie mich sehen, lachen hinter vorgehaltener Hand. Das darf nicht sein."

Sie hielt den Atem an, denn sie sah das gefährliche Funkeln in seinen Augen. „Was ... was habt Ihr vor?"

„Ich werde mir nehmen, was ihm gehört", sagte er leise. „Um die Rechnung zu begleichen."

Er bewegte sich wieder nach vorne und Emma schrie vor Schreck auf, als sie wild nach ihm ausholte. Ihre Nägel kratzten an seiner Wange und hinterließen eine geschwollene Beule. Er knurrte vor Schmerz und gesteigerter Wut.

„Ihr seid voller Feuer", fauchte er und drängte vorwärts. Sie ging an der Wand entlang, hielt Ausschau nach einer Fluchtmöglichkeit, aber wohin sie auch blickte, er folgte ihr. „Ich mag Frauen, die etwas Feuer in sich haben."

Ihr Herz pochte. Er trieb sie in Richtung der dunklen, leeren Boxen im hinteren Teil des großen Stalles. Emma stieß einen Schrei aus, und er sprang vor und packte sie schließlich. Ihre Schulter schlug gegen die Ecke einer der Boxen, und ein heftiger Schmerz durchzuckte sie.

Er bedeckte ihren Mund mit seiner Handfläche. „Seit endlich

still, niemand wird zu Eurer Rettung eilen. Hebt Euch den Lärm für später auf."

Emma wehrte sich, aber er war erstaunlich stark für einen Mann seines Alters. In diesem Moment wurde ihr klar, dass sie in der Falle saß. Sie war gefangen. Und er hatte recht ... es war niemand da, der ihr helfen konnte.

KAPITEL 21

James betrachtete die schöne Frau, die ihm gegenüberstand, ihre schlanke Hand berührte seine Brust. Es ließ sich nicht leugnen, dass Lady Montague charmant war, und die Geschichten über ihre sexuellen Fähigkeiten waren allgemein bekannt. Früher wäre er vielleicht einmal auf sie hereingefallen, aber jetzt starrte er auf sie herab und fühlte ... nichts.

Er wollte keine Tändelei mit einer erfahrenen und abgestumpften Geliebten. Er wollte keine Mätresse, so wie Lady Montague es gerade in aller Deutlichkeit angeboten hatte. Es stellte sich heraus, dass er nur Emma wollte.

„Ihr seid so still, Abernathe", schnurrte Lady Montague. „Ich bin schockiert, dass Ihr keine direktere Reaktion auf meinen ... *Vorschlag* habt. Immerhin ist eine diskrete Affäre in unseren Kreisen üblich. Ich *weiß*, dass Ihr Euch schon früher hingegeben habt, genau wie ich. Und ich glaube, wir könnten ... gut zusammenpassen."

James trat zurück. „Ich weiß das Angebot zu schätzen, Mylady. Und vielleicht habt Ihr recht, dass wir gemeinsam Vergnügen finden könnten. Aber ich werde bald heiraten und ich ..." Er schüttelte den Kopf bei dem, was er gerade sagen wollte. „Ich beabsichtige, meiner Frau treu zu sein."

Lady Montague runzelte die Stirn. „*Treu?*", wiederholte sie, als verstünde sie das Wort nicht. „Treu?"

„Ja."

Sie starrte ihn einen Moment lang an und zuckte dann mit den Schultern. „Ihr seid also ein einzigartiges Geschöpf, Euer Gnaden. Und Miss Liston hat ... das Glück, eine solche Loyalität inspiriert zu haben. Es ist ungewöhnlich genug."

Er nickte, denn er wusste, dass das wahr war. Er hatte nur nicht gewusst, dass er einer der wenigen in ihren Kreisen sein wollte, der seiner Braut treu blieb, bis ihm die Chance geboten worden war, etwas anderes zu sein.

„Entschuldigt mich, Mylady", sagte er mit einer sanften Bewegung, die sie nur ermutigen konnte, ihn zu verlassen. „Ich muss in dieser letzten Stunde vor meiner Hochzeit noch viel vorbereiten."

Sie nickte mit einem Lächeln, das ihre Augen nicht erreichte. „In der Tat. Guten Tag, Euer Gnaden."

Er drehte sich um, verließ sie und ging zurück ins Haus. Er schritt durch den Flur auf die Treppe zu, fest entschlossen, seine Verlobte zu finden. Obwohl er keine Ahnung hatte, was er zu ihr sagen würde, wenn er sie fand.

Er ging durch das Foyer und wandte sich um, um die Treppe hinaufzugehen, als Grimble an den Fuß der Treppe trat. „Euer Gnaden?"

Er hörte die Anspannung im Tonfall seines Butlers und sah ihn an, obwohl er in diesem Moment einfach nur hinaufstürmen und Emma suchen wollte. Diese plötzliche Hochzeit hatte sein Personal überfordert, und er war ihnen seine Aufmerksamkeit schuldig. „Ja?"

„Sir, entschuldigt die Störung, ich weiß, Ihr habt viel vorzubereiten, aber ..." Der Butler verzog das Gesicht. „Ich dachte, Ihr solltet wissen, dass Miss Liston vorhin nach Euch gesucht hat."

„Emma?", fragte James, sein Puls raste. „Wo?"

„Sie ging gerade auf die Terrasse, um mit Euch zu sprechen", erklärte Grimble. „Aber innerhalb kürzester Zeit kam sie zurückgeeilt und verließ das Haus durch die Vordertür."

James wich zurück. Falls Emma kürzlich auf die Terrasse gekommen war, hatte sie nicht mit ihm gesprochen. Natürlich war er mit Lady Montague beschäftigt gewesen.

Sein Bauchgefühl warnte ihn. Wenn Emma ihn mit der Lady gesehen hätte, mit ihrer Hand auf seiner Brust, hätte sie vielleicht gedacht ...

„Verdammt nochmal", murmelte er. „Vorne raus, sagst du?"

„Ja", bestätigte Grimble. „Ich sah sie in Richtung der Ställe gehen, aber die Biegung des Weges verhinderte, dass ich sie viel weiter verfolgen konnte."

James eilte an ihm vorbei, zur Tür hinaus und denselben Weg hinunter, den Emma offenbar kurz zuvor genommen hatte. Sein Kopf drehte sich, als er zu ihr eilte. Nach allem, was sie durchgemacht hatte, nach allem, was sie mit ansehen musste, wie ihre Mutter mit ihrem eigensinnigen Vater ausharrte ... wenn sie ihn mit Lady Montague gesehen hatte, konnte man ihr nicht verübeln, dass sie das Schlimmste erwartete.

Vor allem, da sie glaubte, dass James sie nur aus einem Gefühl der Ehre oder Pflicht heraus heiratete. Aber Tatsache war, dass es viel mehr als das war.

Viel, viel mehr. Nur hatte er ihr das nie gesagt. Er hatte sich kaum erlaubt, es in seinem eigenen Herzen anzuerkennen, geschweige denn, es ihr oder jemand anderem zu gestehen. Sein Herz zu entblößen hatte noch nie gut für ihn geendet, und so war er hier und jagte einer Frau hinterher, die er wahrscheinlich ohne Absicht verletzt hatte.

Und das bedeutete ihm sehr viel. Mehr als es das hätte tun sollen.

„Nein!"

James erstarrte, als er sich dem Stall näherte, denn er hatte drinnen den scharfen Schrei einer Frauenstimme gehört. Emmas Stimme.

Er rannte los und hastete mit doppelter Geschwindigkeit auf den Stall zu, als er einen abgeschnittenen zweiten Schrei hörte. Er bog um die Ecke in den stillen Stall, sein Blick huschte von einer Seite des großen Raumes zur nächsten. Und dort, in der hintersten Ecke, in der schattigen Dunkelheit, sah er Emma. Sie lehnte sich zurück und zerrte heftig an der Hand eines Mannes, der ihr Handgelenk umklammerte. Der Angreifer war offensichtlich dabei, sie in eine leere Kabine zu ziehen.

James stürzte nach vorne. „Aufhören!", rief er.

Wer auch immer Emma festhielt, ließ sie los und sie taumelte rückwärts, wobei sie fast auf dem staubigen Stallboden landete. James zog sie hinter sich und schaute in den Stall, um zu sehen, wer ihr Angreifer war.

Seine Augen wurden groß, als er Sir Archibald vor sich stehen sah. Das Gesicht des älteren Mannes war blass wie Papier und seine Lippen zitterten, als er zu James hinaufstarrte. „Abernathe", hauchte er.

James ließ ihn nichts weiter sagen, bevor er zu einem Schlag ausholte, der Sir Archibalds Kiefer traf. Sir Archibald fiel nach hinten, prallte gegen die Wand des Stalls und stieß ein schmerzerfülltes Grunzen aus.

„Was zum Teufel macht Ihr hier?", fragte James, obwohl er genau erkennen konnte, was die Absichten des Mannes gewesen waren. Seine Kleidung war in Unordnung, sein Hemd lose und aus der Hose gelöst.

Dass er vorgehabt hatte, Emma zu schaden, brachte James dazu, ihn töten zu wollen.

Er hätte es tun können, aber Emma legte eine Hand um seinen Unterarm und zwang ihn, sie wieder anzuschauen. „James", sagte sie leise.

Er blickte in ihr tränenüberströmtes Gesicht und hielt den Atem an. Sie sah zerzaust aus, aber sie war immer noch wunderschön in ihrem Hochzeitskleid.

„Hat er dir wehgetan?", fragte er und fuhr mit dem Finger über ihren Kiefer. „Hat er dich angefasst?"

„Nein", beruhigte sie ihn. „Noch nicht. Du hast ihn aufgehalten."

Er hielt den Atem an. Da waren blaue Flecken an ihrem Handgelenk, schwach, aber sichtbar. Er hob ihre Hand hoch. „Emma ...“

„Ich bin nicht verletzt“, flüsterte sie, obwohl ihre zitternde Stimme bewies, dass das eine Lüge war. „Ich bin nicht verletzt.“

Er drehte sich zurück, um Sir Archibald anzusehen, wobei seine Wut seine Sicht rot färbte, aber er musste feststellen, dass der Mann sich an ihm vorbeigeschlichen hatte, während er sich um Emma gekümmert hatte. Jetzt rannte er so schnell aus dem Stall, wie ihn seine Beine tragen konnten. James eilte ihm hinterher, gerade noch rechtzeitig, um zu sehen, wie der Bastard sich auf sein Pferd schwang und in Richtung der Tore des Anwesens davonflog.

„Ich werde Euch töten, wenn Ihr Euch ihr noch einmal nähert!“, schrie James, sicher, dass der Wind seine wütenden Worte dem gebeugten Mann hinterhertrug.

Er drehte sich um und betrat wieder den Stall. Den Ort, an dem Emma angegriffen worden war. Sie lehnte an der Wand, ihr Gesicht war blass und gezeichnet. Sein Herz krampfte sich bei ihrem Ausdruck zusammen. Bei ihrem Schmerz.

„Ich werde ihm nachreiten“, murmelte er und strich ihr eine verirrte Haarsträhne von der Wange. „Ich werde ihn *töten* für das, was er versucht hat zu tun.“

„Nein“, sagte Emma und trat vor, um seinen Arm zu ergreifen. „James, du weißt, was passieren würde, wenn du so etwas tust. Du könntest in die Kolonien geschickt oder gehängt werden. Selbst wenn das nicht passieren würde, würde dieser Skandal dich zerstören. Und Meg zerstören. Das bin ich nicht wert.“

Er starrte sie an. Sie glaubte tatsächlich, was sie sagte. Natürlich würde sie das, nach dem Leben, das sie geführt hatte. Und plötzlich wollte er ihr so viel mehr geben, als sie schon erlebt hatte. Er wollte ihr alles geben. Alles, was er hatte und war. Und noch wichtiger, er wollte ihr alles geben, was er sein konnte, aber noch nicht geworden war.

Er wollte besser für sie sein.

„Du bist viel mehr wert“, sagte er leise.

„Ich will dich nicht verlieren", sagte sie und formte jedes Wort kurz und bündig. „Bitte folge ihm nicht."

Er knirschte mit den Zähnen. Der Gedanke, dass Archibald entkommen könnte, nach dem, was er versucht hatte, war ekelhaft. Er würde nur jemand anderem wehtun. Oder vielleicht sogar wieder hinter Emma her sein, in seinem rachsüchtigen Zustand.

„Ich werde Graham darauf ansetzen", sagte er schließlich. „Wenn wir nach London zurückkehren, kann er Sir Archibald überwachen. Ich bin sicher, dass er bei dieser Aufgabe Hilfe von vielen unserer Freunde finden wird."

Sie nickte. „Ja. Dann wirst du wissen, ob er etwas anderes Böses vorhat."

James trat vor und nahm sie in seine Arme, um sie festzuhalten. Ihr Körper zitterte in seinen Armen und er hielt sie fester und wünschte, er könnte ihr die Angst nehmen, die sie erlebt hatte.

„Emma", flüsterte er gegen ihr Haar. „Es tut mir so leid."

Sie schüttelte den Kopf, als sie sich aus seiner Umarmung wand. Aus seinen Armen.

„Mir ... mir geht es gut", versicherte sie und wählte ihren Tonfall so, dass sie ihm nicht mehr all ihre Gefühle zeigte. „Er war betrunken und wütend und ... getrieben davon, uns beide dafür zu bestrafen, dass wir das Versprechen gebrochen haben, das mein Vater ihm gegeben hat." Ihre Hände zitterten, und sie ballte sie an ihren Seiten. „Danke, dass du mich gerettet hast."

„Es ist meine Aufgabe, dich zu retten", sagte er. „Meine größte Pflicht als dein Ehemann wird es sein, dich vor allem Unheil zu bewahren. Ich hätte ahnen müssen, dass Sir Archibald so töricht sein könnte, dich zu bedrohen. Ich werde nie wieder zulassen, dass so etwas passiert, Emma. Sobald wir verheiratet sind, werde ich dafür sorgen, dass du jederzeit beschützt wirst."

Er erwartete, dass sie bei dieser Behauptung lächeln würde. Vielleicht sogar für einen Kuss in seine Arme zurückkehren würde. Aber ihr Gesicht blieb angespannt vor dunkler Emotion und blass wie Papier. Sie ließ ihr Kinn sinken und weigerte sich, seinen Blick zu erwidern.

„James", flüsterte sie und ihre Stimme brach. „Ich schätze deinen Wunsch, mich zu beschützen. Das tue ich. Aber etwas ist mir heute sehr klar geworden."

Er runzelte die Stirn. „Klar geworden? Und was ist das?"

„Ich kann dich nicht heiraten, James. Ich will es nicht."

~

Die Worte, die Emma gerade von ihren zitternden Lippen gezwungen hatte, waren die schwierigsten, die sie je gesagt hatte, und sie wurden noch schwieriger durch James' überwältigende Präsenz in dem engen Stall. Er war herbeigeeilt, um sie zu retten, und es wäre so einfach gewesen, ihm zu erlauben, sie für immer in seinen Armen zu wiegen und zu beschützen.

Aber sie wollte mehr als das. Mehr von ihm. Es nicht zu bekommen, würde in der Zukunft nur zu Ruin und Verzweiflung führen.

„Hast du dir den Kopf gestoßen, Emma?", fragte er schließlich, sein Tonfall voller Ungläubigkeit.

„Natürlich nicht."

„Wie in aller Welt kannst du dann glauben, dass du mich nicht heiraten willst?", fragte er, seine Stimme gereizt wie ein bis zum Zerreißen gespannter Draht.

Der Teil von ihr, der immer an der Wand gestanden hatte, der Teil von ihr, der in Angst gelebt hatte, seit sie alt genug war, um zu wissen, dass ihr Vater sie ruinieren konnte, wollte sich bei James entschuldigen. Sich seinem Willen beugen und sagen, dass sie sich geirrt hatte und in der Zukunft seinem Willen folgen würde.

Aber es gab nun einen anderen Teil von ihr. Ein Teil, der ihren eigenen Wert erkannte. Ironischerweise war es ein Teil, den James selbst ihr geholfen hatte zu finden. Und das war der Teil, der ihr sagte, sie solle ihn verlassen.

„Ich habe dich gesehen", sagte sie leise.

Er schluckte schwer. „Mich gesehen?", wiederholte er.

Sie zwang ihren Blick, sich mit seinem zu verbinden und hielt ihm stand. „Ich habe dich auf der Terrasse gesehen. Mit Lady Montague."

Sie erwartete, dass er mit Schock reagieren und es dann bestreiten würde. Das war es, was ihr Vater getan hätte. Zum Teufel, er *hatte* es ein Dutzend Mal oder öfter getan, wenn ihre Mutter ihn über die Jahre mit seinen Affären konfrontiert hatte. Emma hatte diese schrecklichen Streitereien miterlebt. Ihre Mutter weinte, ihr Vater war beleidigt über die Anschuldigungen. Irgendwann würde ihre Mutter kapitulieren. Und schlussendlich würde er es wieder tun.

Es war ein nie endender Kreislauf.

Aber James sah nicht schockiert von ihrer Anschuldigung aus, nur grimmig. Und zu ihrer Überraschung nickte er. „Ich dachte mir schon, dass du uns vielleicht gesehen hättest. Grimble sagte, du seist auf die Terrasse gekommen, um mich zu suchen, und hättest das Haus kurz darauf verlassen."

Sie spannte ihren Kiefer an. „Ich habe euch reden sehen. *Flirten.*"

Er schüttelte langsam den Kopf, das Dementi, auf das sie gewartet hatte, kam endlich über seine Lippen. „Ich versichere dir, ich habe nicht mit Lady Montague geflirtet."

Wut schwoll in ihr an, Schmerz und Verrat, von dem sie wusste, dass sie es nicht verdiente, ihn zu fühlen. James liebte sie nicht. Er hatte nie geschworen, dass er sie liebte, oder dass er ihr treu sein würde. Die meisten Männer seiner Sorte waren es nicht.

Aber sie wollte es trotzdem von ihm, dumm wie sie war. Zumindest wollte sie Ehrlichkeit von ihm.

„*Ich habe es gesehen*", wiederholte sie, und ihre Stimme erhob sich. „Und ich erkenne es als das, was es ist, James ... tu nicht so, als ob ich eine Närrin wäre. Ich habe meinem Vater mein ganzes Leben lang zugesehen, wie er die gleichen Spiele gespielt hat."

„Ich bin nicht dein Vater", sagte er leise, aber es lag keine Sanftheit in seinem Ton.

„Nun, und ich habe nicht den Wunsch, meine Mutter zu sein", blaffte sie zurück. „Dich zu lieben und dir jede Lüge zu verzeihen, die du erzählst, wie eine Närrin."

„Ich bin nicht dein Vater", wiederholte er, sein Tonfall war noch rauer als zuvor. Doch dann veränderte sich sein Gesicht und er starrte sie an. „Hast du gerade gesagt, dass du mich liebst?"

Emmas Lippen öffneten sich. In ihrer Aufregung hatte sie die Worte gesagt. Sie hatte sich offenbart. Sie war überrascht, dass sie diese Tat nicht bedauerte. Nun, da es heraus war, konnte sie ihm besser erklären, warum sie weggehen musste.

„Es gibt zwei Teile von mir, James", begann sie, ihre Stimme schockiert, aber auch ruhig und fest. „Da ist das Mädchen, das sich immer versteckt hat, an einer Wand lehnte und versuchte, nicht bemerkt zu werden, besonders von einem Mann wie dir. Und sie ist ein großer Teil von mir. Sie sagt mir, dass ich mein Herz verleugnen soll, dass ich mich schützen soll, indem ich dich anlüge. Mich anlüge."

Er bewegte sich ein Stück auf sie zu, und ihre Hände begannen zu zittern. „Und was ist der andere Teil?"

„Der andere Teil ist jetzt stärker", flüsterte sie. „Der andere Teil will nicht mehr im Schatten und mit Lügen leben. Der andere Teil sagt mir, dass ich dir die Wahrheit beichten soll."

„Und was ist die Wahrheit?", drängte er.

Sie stieß einen Schluchzer aus und krümmte sich leicht, während sie um Atem rang. Schließlich richtete sie sich wieder auf.

„Dass ich dich liebe, du großer Trottel", platzte sie heraus und errötete ob ihrer Direktheit. „Wie eine Närrin liebe ich dich."

KAPITEL 22

James konnte kaum atmen. Die Macht von Emmas gleichmäßigem Blick, die Macht ihrer Worte, überspülte ihn. Emma Liston liebte ihn. Sie *liebte* ihn.

Ein erschreckendes und wunderbares Konzept, das ihm gleichzeitig den Kopf verdrehte und die Beine zittern ließ.

Und doch sah sie weder erfreut über dieses Geständnis aus, noch änderte es etwas an der Tatsache, dass sie ihm gesagt hatte, sie wolle ihn nicht heiraten.

„Warum bist du eine Närrin, mich zu lieben?", fragte er leise. „Weil ich deiner Liebe nicht würdig bin?"

Ihre Lippen öffneten sich und sie griff nach ihm, berührte ihn zum ersten Mal, seit sie dieses Gespräch begonnen hatten. Sie nahm eine seiner Hände in ihre beiden kleinen und hob sie an ihre Brust.

„Großer Gott, nein, James. Das ist dein Vater, der da spricht, nicht ich."

Sein Herz schlug heftig. „Was weißt du über meinen Vater?", fragte er. Sie neigte den Kopf und er schüttelte den seinen. „Meg. Sie hat dir von ihm erzählt. Von uns?"

Sie nickte. „Ein wenig. Aber sei nicht böse auf sie. Ich habe gefragt, ich habe gedrängt."

„Ich bin nicht ... wütend", meinte er langsam und erkannte, dass es wahr war. Nur sehr wenige Menschen wussten von seiner Beziehung zu seinem Vater. Allesamt waren es Menschen, denen er voll und ganz vertraute. Emma passte in diese Gruppe. „Wenn wir heiraten, was ein Thema ist, das wir noch besprechen müssen, dann hast du ein Recht darauf, es zu erfahren. Mein Vater war ... grausam."

Emma atmete tief ein. „Meg hat etwas Ähnliches gesagt."

„Er hatte seinen ersten Sohn verloren, und auch seine erste Frau. Sie waren die Familie, die er wirklich wollte." James kämpfte gegen den Schmerz an, der diese Worte begleitete. „Wir waren nur ein Ersatz. Ich bin dem Original nie gerecht geworden. Ich habe nie die Liebe verdient, die er für seinen ersten Sohn empfand. Seinen *wahren* Sohn."

Emma umklammerte seine Hand fester. „Du warst ein Junge, du hättest dir nichts verdienen müssen. Liebe ist kein Tauschmittel, James. Dass er sie als Belohnung und nicht als Geschenk benutzt hat, sagt alles über ihn und nichts über dich. Du hast mehr verdient."

Er schaute hinunter in ihre Augen und sah dort das Leben widergespiegelt, das er mit ihr führen würde. Ein Leben voller Liebe und Glück, voller Schutz, nicht nur von ihm für sie, sondern von ihr für ihn. Er sah Kinder und eine Chance, der Vater zu sein, den er nie gehabt hatte.

Er sah seine Zukunft, und in diesem Moment schwoll seine Brust mit einer Verzweiflung, sie nicht zu verlieren. Um sie und die Liebe, die sie bot, nicht zu verlieren. Die Liebe, die er im Gegenzug fühlte, aber versteckt hatte.

„Emma", flüsterte er. „Lady Montague hat mich auf der Terrasse angesprochen und wollte meine Mätresse sein."

Sie gab einen leisen Schmerzenslaut von sich, der ihm einen Stich ins Herz versetzte, und bewegte sich, um sich von ihm zu entfernen. Er klammerte sich an ihre Hand und hielt sie an Ort und Stelle fest.

„Hör zu", sagte er leise. „Bitte sieh mich an und höre wirklich, was ich nun sage."

Ihr Atem ging stoßweise, aber sie hörte auf, sich zu wehren und sah ihn mit tränenverschleierten Augen an. „Nun gut. Was hast du zu sagen?"

Er schluckte schwer. „Ich habe sie nicht gewollt", sagte er.

Sie runzelte die Stirn. „Aber sie ist schön und beliebt, sie passt besser zu dir, als ich es je könnte. Und jeder kennt die Gerüchte über ihre ... ihre ... Erfahrung. Viele Männer nehmen sich eine Geliebte und ..."

„Das ist mir egal", unterbrach er sie, bevor sie noch mehr Atem dafür verschwenden konnte, ihn zu überzeugen. *Ich will sie nicht.* Ich wollte sie nicht, als sie mir das Angebot machte. Und das habe ich ihr auch gesagt. Ich will nur dich."

Sie blinzelte, schnelle kleine Flatterbewegungen, wie ein Vogel, der darum kämpfte, in der Luft zu bleiben. „Aber du bist ... du. Und ich bin ... ich."

„Das sagst du immer wieder", meinte er, frustriert über ihre fortgesetzte Selbstentwertung. „Aber ich habe nie gedacht, dass du nicht zu mir passt. In der Tat, diese neue Seite von dir, die du vorhin beschrieben hast, diejenige, die bereit ist, mich zu konfrontieren, mich zu verlassen, da du dachtest, dass ich dich betrogen habe ... diese Emma würde weit über mir stehen. Ich mag sie. Ich mag aber auch die ursprüngliche Emma. Das blaublütige Mauerblümchen mit all der Leidenschaft, die sich unter ihrer Oberfläche verbirgt, ist genau die, die mich in ihren Bann gezogen hat. Ich will *dich*, Emma. Alle Teile und Seiten von dir."

„Du hast sie wirklich zurückgewiesen?", flüsterte sie.

Er nickte langsam. „Das habe ich. Und ich werde jedes andere Angebot ablehnen, das mir in Zukunft gemacht wird. Ich bin nicht dein Vater, Emma. Ich werde dich niemals betrügen, solange ich noch Atem in meinem Körper habe."

Sie stieß einen schaudernden Seufzer aus. „Und ich bin nicht *dein* Vater, James. Ich werde Liebe niemals als Druckmittel benutzen." Sie schüttelte den Kopf. „Sind wir nicht ein ungewöhnliches Paar?"

„Ja", stimmte er mit einem kleinen Lachen zu. „Es scheint, dass wir beide so in der Vergangenheit verstrickt waren, dass wir bereit waren, unsere Zukunft davon ruinieren zu lassen."

Sie schnappte nach Luft, ihre Hände zitterten, obwohl sie seine weiterhin festhielt. „Müssen wir es denn zulassen?"

„Nein", flüsterte er. „Wir könnten neu anfangen."

Sie legte den Kopf schief. „Von vorne anfangen?"

Er ließ seine Hand aus ihrer gleiten und streckte sie ihr entgegen, als wolle er sie zum ersten Mal begrüßen. „Hallo, ich bin James Rylon, fünfzehnter Duke of Abernathe. Und ich liebe dich, Emma Liston. Wenn dieser Moment ein Neuanfang sein soll, ist das alles, was du wissen musst."

Ihre Stirn legte sich in Falten und sie starrte ihn in herzzerreißendem Unglauben an. „Du ... du liebst mich?", wiederholte sie.

„Das tue ich. Und wenn du dich herablässt, mich zu heiraten, wie wir es geplant haben, werde ich mich für den Rest meines Lebens bemühen, dich nie wieder an dieser Tatsache zweifeln zu lassen. Ich werde mich bemühen, dir zu zeigen, dass es wahr ist, jeden Moment eines jeden Tages für den Rest meines Lebens."

Emma stieß einen Schluchzer aus, aber sie lächelte auch. Dann nahm sie seine Hand und schüttelte sie sanft. „Hallo, ich bin Emma Liston. Und ich liebe dich, James. Und du bist meiner Liebe mehr als würdig, egal, was irgendein verkrusteter alter Bastard von einem Duke dir erzählt hat."

Er beugte sich vor, umfasste ihre Wangen und küsste sie mit all der Leidenschaft und Liebe und Hingabe, die er in ihr gefunden hatte. Und zum ersten Mal seit langer Zeit ... seit Jahren oder sogar Jahrzehnten, fühlte er sich zu Hause. Denn sein Zuhause war bei ihr. Und das machte es sicher und geborgen.

Mit einem Lachen zog er sich zurück. „Ich glaube, wir haben gerade unser Ehegelübde abgelegt. Vorausgesetzt, du willst mich immer noch heiraten."

„Wenn du es wünscht", sagte sie und Tränen rannen über ihr lächelndes Gesicht.

„Ich dachte immer, nicht zu heiraten, seinen Namen nicht weiterzuführen, wäre meine beste Rache an meinem Vater", erklärte er leise, während er ihr sanft die Tränen von den Wangen wischte. „Aber glücklich zu leben, mich aus seinem Schatten zu lösen ... ich denke, das ist eine viel bessere Rache."

„Dann lass uns gemeinsam glücklich sein", flüsterte sie und nahm seinen Arm.

Er führte sie lachend zu den Stalltüren. „Glücklich bis ans Lebensende."

EPILOG

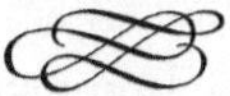

Drei Monate später

Es gab diejenigen, die geflüstert hatten, dass ein Mauerblümchen wie Emma Liston niemals eine gute Duchess of Abernathe abgeben würde. Aber selbst diese grausamen Klatschtanten bettelten darum, nur drei Monate nach ihrer Heirat mit dem Duke zur Endsommerparty in Falcon's Landing eingeladen zu werden.

Emma hatte nur diejenigen eingeladen, die sie tatsächlich mochte. Nun stand sie auf dem Podest, das über den Rasen blickte, und lächelte auf die Menge hinab, die sich zum Tee versammelt hatte. Dies waren ihre Freunde, ihre Familie. Die einzige, die fehlte, war ihre Mutter.

Sie seufzte ein wenig bei dem Gedanken. Sie hatten seit ihrem Streit vor der Hochzeit nicht mehr miteinander gesprochen, obwohl sie durch Freunde von Freunden gehört hatte, dass ihr Vater Mrs. Liston kürzlich wieder verlassen hatte. Emma schüttelte den Kopf bei dem Gedanken. In ein paar Tagen wollte sie sich an ihre Mutter wenden. Vielleicht konnte sie ihr diesmal helfen zu erkennen, dass was auch immer zwischen ihren Eltern bestand, keine Liebe war.

Und wenn sie es nicht könnte? Dann würde sie nicht zulassen, dass es ihr Glück weiter trübte. Und sie *war* glücklich. Sie hatte nie gedacht, dass sie es genießen würde, eine Duchess zu sein, aber James machte jeden Tag zu einem Abenteuer und jede Nacht zu einer leidenschaftlichen Erkundung.

Wie von ihren Gedanken herbeigezaubert, spürte sie, wie er seine Arme von hinten um sie schlang und ihr einen Kuss auf die Wange drückte, während er sie mit dem Rücken an seine starke, breite Brust zog. Sie spürte, wie sich die Krone seiner Erektion in ihren Hintern drückte, und lachte. Es schien, als müsste sie sich darum kümmern, bevor sie sich zu ihren Gästen gesellten, und sie war begeistert von der Idee.

„Unsere Gäste warten auf uns", sagte James.

Emma drückte sich ein wenig gegen ihn und entlockte ihm ein tiefes Stöhnen, das sie zum Lächeln brachte. „Offensichtlich müssen sie sich noch gedulden."

Sie erwartete, dass er sie zurück in den Salon ziehen und sie nehmen würde, aber stattdessen blieb er, wo er war, und hielt sie fest gegen seine Brust geschmiegt. Sie drehte sich in seinen Armen und schaute auf, um ihn lächelnd zu sehen.

„Was soll dieser Blick?", fragte sie, als sie sich streckte, um ihre Lippen auf seine zu streichen.

„Ich bin glücklich, Emma", sagte er leise. „Ich war unvollständig und wusste es nicht. Aber du bist gekommen und nun ... nun bin ich ganz."

Ein Kloß füllte ihre Kehle bei dem süßen Geständnis und dem reinen Glück auf seinem Gesicht, als er es sagte. „Mir geht es genauso", gestand sie. „Und ich ... ich habe Neuigkeiten, die uns mehr als komplett machen werden."

„Neuigkeiten?", fragte er und legte den Kopf leicht schief. „Was für Neuigkeiten sind das?"

Sie ergriff seine Hand, zog sie nach unten und drückte sie sanft an ihren Bauch. „Ein Baby", sagte sie und wartete auf seine Reaktion.

Zu ihrer Freude erhellte sich sein Gesicht und er ließ seine andere Hand auf ihren Bauch fallen, während er sie schockiert anstarrte. „Ein Baby?"

Sie nickte. „Bist du glücklich?"

„Glücklich?", wiederholte er mit einem lauten Lachen. „Ich bin überglücklich, Emma. Mein ganzes Glück, meine ganze Welt ... sie beginnt und endet mit dir. Und ich kann mir kein besseres Geschenk vorstellen als ein Kind, um diese glückliche Verbindung zu vollenden."

Dann nahm er sie in seine Arme und küsste sie, erst sanft, dann immer tiefer und leidenschaftlicher. Als er sie zurück ins Haus führte, in einen Salon, in dem er ihr noch einmal seine Liebe beweisen würde, konnte sie nicht anders als zu strahlen.

Dies war ihr Leben. Eines, das sie sich vielleicht nie hätte vorstellen können, das sie aber glücklicher machte, als sie es je für möglich gehalten hätte. Und eines, das sie mit dem Mann, den sie liebte, feiern wollte.

AUSZUG AUS „IHR LIEBLINGSDUKE"

DER 1797 CLUB - BUCH 2

~

Simon schloss die Terrassentür hinter sich, dann holte er tief Luft und genoss die kühle Nacht. Seit dem Gespräch mit Christopher hatte er das Gefühl, dass ein Gewicht auf seine Schultern drückte, ja ihn geradezu erdrückte. Er erinnerte sich kaum an die letzten zwanzig Minuten. Er erinnerte sich kaum an die Tänze oder seine Partnerinnen.

Er erinnerte sich an nichts, außer an den hämmernden Refrain, der in seinem Kopf widerhallte. *Margaret. Margaret. Margaret.*

Er hat es verdient, dass man ihn für seine Besessenheit schalt. Er hätte es verdient, verlassen zu werden. Und doch konnte er sich nicht davon abhalten, an sie zu denken.

„Ich sollte weggehen", murmelte er. „Für ein paar Monate oder ein paar Jahre."

Das hatte er auch schon oft gedacht, aber er hatte den Plan nie durchgezogen. Vielleicht war es an der Zeit, endlich zu tun, was richtig war. Er neigte den Kopf und starrte auf seine Finger, die sich an der Steinwand der Terrasse verkrampft hatten. Er würde sich eine gute Ausrede einfallen lassen müssen, um zu gehen. Er konnte

Graham und James sicher nicht sagen, dass er verzweifelt in Margaret verliebt war.

Simon dachte immer noch über diesen Gedanken nach, als er ein schwaches Geräusch aus einer dunklen Ecke der Terrasse hörte. Er drehte sich um. Er war allein hier draußen, oder zumindest hatte er das gedacht. Aber nun hörte er mehr Geräusche. Weinen.

Er bewegte sich vorwärts, auf den verdunkelten Teil der Terrasse zu, der von den Fenstern und Türen entfernt war, weit weg von dem Ort, an dem jemand eine Person finden würde.

„Hallo?“, rief er, als er in die Dunkelheit trat und dann stehen blieb, damit sich seine Augen daran gewöhnen konnten, dass nun kein Licht mehr aus dem Haus drang. Dann keuchte er.

Eine Frau saß an einem Tisch im Schatten des Hauses, den Kopf auf die Arme gestützt. Und sie weinte.

Er stürzte auf sie zu. „Geht es Euch gut?“

Zum ersten Mal schien die unbekannte Lady seine Anwesenheit zu erkennen. Sie ruckte mit dem Kopf hoch, drehte ihr Gesicht zu ihm und er schrie auf.

„Meg?“, flüsterte er.

Sie erhob sich nicht, sondern starrte nur zu ihm hoch, ihre Augen im Halbdunkel unlesbar. „Natürlich musstest du mich finden“, sagte sie, ihre Stimme rau vor Tränen, bevor sie den Kopf wieder senkte.

Er hätte weggehen sollen. Er hätte hineingehen und ihren Bruder oder ihren Verlobten finden sollen und einen von ihnen sie trösten lassen, wie es angemessen war.

Aber Meg war immer seine Freundin gewesen, genau wie seine Besessenheit. Und er war nicht bereit, sie in ihrer Not alleinzulassen.

Simon nahm am Tisch Platz und zog sie näher heran, sodass sich ihre Beine unter der Tischplatte streiften. Langsam und behutsam legte er einen Arm um ihre Schultern und führte sie zu sich, bis sie ihre Wange an seiner Brust lehnte.

Sie stieß einen schaudernden Seufzer aus, und das Gefühl, wie sie sich gegen ihn bewegte, schoss durch ihn hindurch, weckte jedes Nervenende und zwang ihn, sich vor Augen zu führen, wie verzweifelt er sie wollte und anbetete.

„Was ist los?“, fragte er, schockiert, dass er überhaupt Worte bilden konnte, obwohl er sich ihrer in seinen Armen so verdammt bewusst war.

Sie hob eine zitternde Hand und legte sie an sein Herz. Sicherlich konnte sie es pochen fühlen, sogar unter all den Schichten seiner Kleidung. Er spürte förmlich den Druck jedes einzelnen ihrer schlanken Finger.

„Es ist nichts“, sagte sie, ihr Tonfall nun etwas ruhiger. „Ich war nur einen Moment lang überwältigt.“

Er schaute auf sie herab und nahm den Geißblattduft ihres Haares wahr. Gott, wie sehr er diesen Geruch liebte. Er hatte vor fünf Jahren vierzehn Geißblattbüsche um sein Anwesen in Crestwood gepflanzt, nur um ein winziges Stück von ihr bei sich zu haben.

„Hat jemand etwas Unanständiges zu dir gesagt?“, fragte er. „Weil ich da hineingehen kann und ...“

Sie neigte ihr Gesicht zu seinem und sein Herz blieb stehen. Ihre Lippen waren fünf Zentimeter von seinen entfernt. Nahe genug, dass er den schwachen Hauch ihres Atems auf seinen Lippen spüren konnte. Nahe genug, dass es leicht sein würde, sie zu küssen.

Herr im Himmel, wie sehr er sie küssen wollte. Er wollte sogar mehr tun, als sie zu küssen.

Sie schluckte, ihre Augen wurden ein wenig wild, als sie sich sanft aus seinen Armen löste, aufstand und aus der Dunkelheit in die Sicherheit des Lichts des Hauses trat.

„Niemand hat etwas gesagt“, flüsterte sie, ihre Stimme kaum hörbar.

Er hätte ihr danken sollen, dass sie sich in Sicherheit gebracht hatte. Stattdessen wollte er sie an der Samtschärpe um ihre Taille fassen und sie zurück in den Schatten des Hauses ziehen.

Simon stand auf und folgte ihr.

„Du und ich, wir sind ... *Freunde* ... seit langer Zeit", würgte er hervor. „Du weißt, dass du mir alles sagen kannst."

Sie starrte zu ihm auf und dann bewegte sich ihre Hand. Er beobachtete sie, als sie sie anhob und noch einmal gegen seine Brust drückte. Ihre Finger glitten nach oben und sie strich nur mit den Spitzen an seinem Kiefer entlang. Es passte kein Atemhauch zwischen sie, und in diesem Moment gab es keine Lügen.

Er konnte etwas sehen, wovon er sich jahrelang eingeredet hatte, dass es nicht existierte. Meg wollte ihn.

Mit einem leisen Laut in der Kehle zog sie ihre Hand weg und flüsterte: „Ich kann dir nicht *alles* sagen, Simon."

„Meg", stieß er hervor und bewegte sich, um ihre Hand zu nehmen.

Bevor er das tun konnte, öffnete sich die Tür hinter ihnen. Meg drehte sich weg, drehte ihm den Rücken zu, ihre schlanken Schultern hoben und senkten sich mit keuchenden Atemzügen.

„Ah, da seid ihr zwei ja."

Simon drehte sich um und lächelte, als James zu ihnen auf die Terrasse trat. „James."

„Wir haben euch schon gesucht. Kommt herein, ja? Wir haben eine Ankündigung zu machen."

Meg drehte sich um, und Simon stockte der Atem. Sie hatte sich so weit gefasst, dass niemand vermuten würde, dass sie keine fünf Minuten zuvor noch weinend in der Ecke gesessen hatte. Sie lächelte ihren Bruder strahlend an.

„Natürlich, James." Als sie an Simon vorbeiging, warf sie ihm einen kurzen Blick zu. „Danke für das ... für das Gespräch, Crestwood."

Eine vollständige Liste der Titel von Jess Michaels finden Sie unter:

http://www.authorjessmichaels.com/books

ÜBER DIE AUTORIN

USA Today-Bestsellerautorin Jess Michaels hat eine Vorliebe für geekiges Zeug, Vanilla Coke Zero, und alles, was mit Kokosnuss zu tun hat. Darüber hinaus mag sie Käse, flauschige Katzen, Feinhaarkatzen, einfach alle Katzen, viele Hunde und Menschen, die sich um das Wohl ihrer Mitmenschen kümmern. Sie hat das Glück, mit ihrem Lieblingsmenschen verheiratet zu sein und lebt im Herzen von Dallas, Texas, wo sie versucht, all die tollsten Gerichte der Stadt zu probieren.

Wenn sie nicht zwanghaft ihre Schritte auf Fitbit überprüft oder neue Geschmacksrichtungen von griechischem Joghurt ausprobiert, schreibt sie historische Liebesromane mit heißen Alphamännern und frechen Ladies, die alles tun, außer zu warten, um zu bekommen, was sie wollen. Sie hat für zahlreiche Verlage geschrieben und ist jetzt komplett unabhängig und liebt jeden Moment davon (naja, fast jeden Moment).

Jess liebt es, von ihren Fans zu hören! Also zögern Sie bitte nicht, sie unter Jess@AuthorJessMichaels.com zu kontaktieren.

Jess Michaels verlost JEDEN MONAT einen Geschenkgutschein an Mitglieder ihres Newsletters, also melden Sie sich auf ihrer Website dazu an:

http://www.AuthorJessMichaels.com/

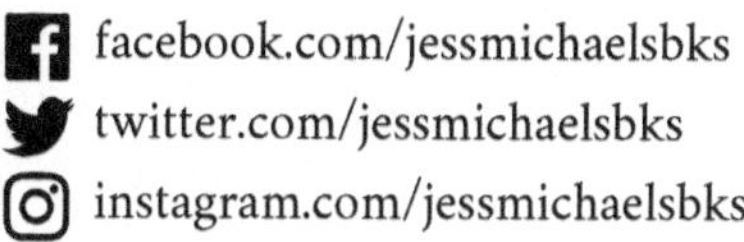

facebook.com/jessmichaelsbks

twitter.com/jessmichaelsbks

instagram.com/jessmichaelsbks